当代中国最具实力中青年作家作品选

温亚军中短篇小说选

桃花落

温亚军 著

中国言实出版社

图书在版编目(CIP)数据

桃花落：温亚军中短篇小说选 / 温亚军著. -- 北京：中国言实出版社, 2016.4（2019. 1重印）

ISBN 978-7-5171-1842-8

Ⅰ. ①桃… Ⅱ. ①温… Ⅲ. ①中篇小说 - 小说集 - 中国 - 当代②短篇小说 - 小说集 - 中国 - 当代 Ⅳ. ①I247.7

中国版本图书馆 CIP 数据核字(2016)第 070684 号

出 版 人：王昕朋

责任编辑：胡　明

文字编辑：张凯琳

封面设计：水岸风创意文化

出版发行　中国言实出版社

地　址：北京市朝阳区北苑路 180 号加利大厦 5 号楼 105 室

邮　编：100101

编辑部：北京市海淀区北太平庄路甲 1 号

邮　编：100088

电　话：64924853（总编室）64924716（发行部）

网　址：www.zgyscbs.cn

E-mail：zgyscbs@263.net

经　　销　新华书店

印　　刷　三河市华晨印务有限公司

版　　次　2016 年 5 月第 1 版　　2019 年 1 月第 2 次印刷

规　　格　710 毫米 × 1000 毫米　1/16　14.25 印张

字　　数　200 千字

定　　价　38.00元　　ISBN 978-7-5171-1842-8

目录

苜　蓿

一大早，莲儿抱着两个女儿的新衣服出了门。

夜里下过一场毛雪，薄得连地面都盖不住，脚踩下去，雪片像灰尘一样轻盈地飞扬，地上留下一个个简单的脚印，在太阳下闪着模糊的银光。雪下得虽薄，却使早晨的阳光亮堂了不少，空气也新鲜而洁净。没有一丝风，快到腊月末了，也不觉着冷。莲儿不愿多绕那几道弯，放弃了走开阔的大路，下这点雪路面都打不湿不会太滑。她顺着羊肠小道，爬到塬顶时居然出了一身细汗。没多长的坡道，有时一天要上下几个来回，出汗的时候很少，大冬天的竟然出一身细汗，莲儿明白，是她心里急了。

莲儿要回娘家，给爹筹备过年的物什。自从娘去世后，每年一过腊八，莲儿都要回娘家给爹蒸上够一个正月吃的馍，煮好一大锅肉，还要将屋子里外彻底清扫一遍，让爹过个清爽干净的新年。其实没有莲儿做这些，爹照样也能过个干净的新年，家里还有大嫂呢，她也会把一切收拾利索。可莲儿不这样想，有些事还是该亲闺女来做，像拆洗父亲的被褥，尤其是贴身内衣，人家做媳妇的给公公拆洗还是不大方便。养闺女，不就是这个时候用得上吗？

公公婆婆住在塬上的大哥家。早些年，半坡的老宅公家不让住了，说是下雨容易发生滑坡很危险，让搬到塬上，免费给规划宅基地。趁这机会，公公给两个儿子大河、小河分别要了新宅基地。大河先盖了三间平房搬了上去，他媳妇是在城里打工时自己对上眼的，是南方人。南方人离不开大米，经常为吃面食还是大米，与大河闹得有些不愉快，但大河厚道能迁就，反正在城里打工，经常不在一起吃住，还能凑合。两人生活了一年多，生下一个儿子后，媳妇被一个爱吃大米的北方男人勾引走了，把儿子留给了大河。莲儿的公公婆婆只好搬到塬上，给大儿子带孩子。小河暂时没搬家，想再攒些钱，在塬上盖栋两层楼，风风光光地搬上去。说这话时，小河和莲儿才一个女儿，转眼间，小女儿都会遍地乱跑，知道过年要新衣服了。

莲儿将两个女儿的新衣服送到大哥家。大哥不在，帮别人家杀猪去了。公公也不在，看别人家杀猪去了。婆婆一个人在收拾屋里屋外的卫生，大哥的儿子及自己的两个女儿在婆婆的大呼小叫声中，跑出跑进帮奶奶搬小物件，越搬越乱，却乐此不疲。两个女儿见到莲儿，大女儿抢过衣服欢天喜地地就要穿，小女儿只瞅了一眼，根本顾不上喊声妈，与哥哥抢着又去搬东西了。莲儿心里很失落，眼泪差点滚落下来。婆婆顶着一头灰尘，过来看到莲儿手里的新衣服，脸上顿时也像蒙上了一层灰尘。莲儿咬咬嘴唇，强忍住心里的酸楚，轻轻地叫了声妈。

婆婆迅速打断了莲儿要往下说的话，返身进屋，瞬间又出来，已是一脸笑容。这笑容虚晃晃的，像挂上去的一样。她递给莲儿两百块钱，说，拿上给你爹买件新衣服，快过年了，老年人穿一次少一次。

莲儿的泪水奔涌而出，颤颤地又叫了声妈。

婆婆也抹了把泪，从莲儿手里接过孩子的新衣服，说，你去吧，多陪你爹，他一个人孤单，有我在，孩子尽可放心。

今年，莲儿回娘家，可不是为爹筹备过年的物什这么简单。她的男人小河，秋天的时候在城里的建筑工地出事故死了，大哥大河领着一帮亲戚去城里交涉，吵吵闹闹好几天，带回二十万元抚恤金，同时带回来的还有小河的骨灰。因为是在外面出的事，按祖规不能进家门，也不能埋进家族的坟场。小河的骨灰没有上塬，只在半坡稍作停留，便被匆匆埋葬在阳坡的一片苜蓿地里。那是莲儿家的苜蓿地，已经安排人挖好了墓坑。那时候，苜蓿已收割完毕，打成了捆留作牛马冬天的饲料，苜蓿地里只剩下干硬的苜蓿茬和掉落的枯叶，寂寂地守在失去实质内容的苜蓿地里。因给小河挖墓坑、埋葬，那片地里的苜蓿茬和枯叶被人踩碎踩烂，掩进土里，像小河，高高的身形就那么莫名地变成了一撮灰，最后钻进了泥土里。小河从出事到安葬，莲儿自始至终头脑都是木的，她完全处在混沌之中，谁的话都听，让她披麻戴孝，她就戴，让她哭，她就哭，好像她情感的所有开关都被旁人控制着，一个按钮按下去，再一个按钮按下去，她就那么被按着钮走完了所有的程序。与小河结婚五年多，她感觉还没完全进入状态，他们的婚姻就随着小河的离世，结束了。

莲儿和小河，是通过媒人介绍的，双方也都见过几面，彼此没啥挑剔的，主要是家里人都同意。既然都挑不出什么，还犹豫什么？莲儿根本连说话的权利都没有，也不知道还能说什么。她对小河，那感觉说不上强烈，也不讨厌，就好像在一段路上相遇的两个人，前后都没有往来者，只能是他们结伴而行了。莲儿性子软，家里相中了，她也说不出反对的话来，就和小河结婚了。结婚都五年多了，莲儿还觉得小河很陌生。小河跟大河一样，也在城里打工，每年总要到腊月根，小河才从城里回来，刚过正月初五又像鸟儿一样走了。唯一待得比较长的时间，是刚结婚那年，小河才尝到女人的好，心里贪恋，舍不得离开莲儿，今天拖明天，找了好多个走不了的理由，最后还是没能拖太久，被父母逼着没过正月十五就回城了。说句实话，他们结婚五年，在一起的时间加起来还不足两月，就是这不足两月的时间，小河也只是更多地贪恋着莲儿的身体，彼此没怎么交流过。甚至，小河的模样在莲儿的心里有时候都会莫名地模糊起来，好像这个男人只是路经她家门前的一个过客，每年走到这儿，歇歇脚，再向别处。就这样，他们还是生下了两个女儿。

小河出事后，公公婆婆借故莲儿悲伤过度，一个人操持不过来，把两个孙女接到塬上自己身边照顾。其实，莲儿心里明镜似的，这几年里，除了生孩子坐月子那会儿，婆婆过来帮一把，剩下的不都是她一人带着孩子吗？那时候可没有人想着她一个人带俩孩子有什么不妥。公婆这是担心她有别的打算，毕竟她还年轻，和小河结婚才五年多，这五年多的时间又基本都在离别之中，他们的心怎么可能妥妥帖帖地在一起，所以先把孩子掌控在自己手中。还有，小河的那二十万元抚恤金怎么办，这是个敏感而且也是非常脆弱的话题，快半年了，一直都没谁敢轻易去碰。

果然，莲儿到娘家刚吃过午饭，还没涮碗呢，大嫂就闻讯过来了。她在镇街上摆着水果摊，年前生意忙，吃饭都脱不开身回家，儿子给她送饭时说莲儿来了，她顾不得生意，让儿子看摊，迫不及待地赶回来问那笔抚恤金。莲儿早就从大嫂的言语里猜到了她的心思，她一直想给儿子在城里买套房，将来结婚用，可家里连首付都凑不够，还指望着从莲儿这里借钱交首付呢。所以，莲儿不想说抚恤金，便把话题往水果生意上引。大嫂怎肯罢休，她专门赶回来就是想从莲儿这里听一个说法的，怎么能让莲儿去说别的事儿呢。莲儿能有什么说法，在公公婆婆那里，关于抚恤金她一个字都听不到，甚至，连小河的名字都没人跟她提了。莲儿说，现在的状况，让我怎么办啊？说着又要流泪。大嫂赶紧上前拥住，说，莲儿，千万别难受，这跟现在的状况是两回事，不管今后你跟谁过日子，这钱得有一半在你名下，你可只有两个闺女，将来还不得靠自己养老……

这下，老爹不愿意了，从炕下跳下来，冲儿媳妇怒道，老大家的，我不爱听你这话，闺女就不能养老了？我闺女就比儿子强！这个时候，莲儿心里难受，你就别再添乱，忙你的去吧。

大嫂也不计较老爹话里的意思，给老爹把鞋子往跟前踢了踢说，爹，咱不能让莲儿吃这么大的亏。莲儿可是你闺女，不得你心疼她，还能靠别人？瞧他们想得多好，让莲儿与他们家的大儿子一起过，省了再娶媳妇的钱，二十万元还全落下了，莲儿拿不走他们一分钱。啧啧，这算盘打得太精了！二十万哩，谁一辈子见过这么多钱？再说了，他们考虑过莲儿的感受吗？嫁给弟弟，再转嫁给哥哥，这……

够了！老爹怒吼道，你还嫌不够乱，添什么堵！

大嫂撇撇嘴，走了。

莲儿不怪大嫂，心里叹了口气，表面上仍装作很平静，里里外外地忙活。莲儿知道老爹爱喝醪醩，母亲活着时就自己做曲头，从来不买酒曲发醪醩，因为老爹不喜欢那个味道。母亲去世后，大嫂懒得做曲头，嫌麻烦，买酒曲发醪醩，便宜又方便，发酵的也快，一天就成。老爹嫌买的酒曲发酵的有股怪味，给大嫂提醒过几次不见效，只好忍着不喝。后来，莲儿知道了，隔上一阵子，便过来给做些曲头，给老爹发些醪醩，她也不时地给大嫂送来自己做的曲头，方便她用曲头发醪醩。大嫂嫌老曲头发酵太慢浪费时间，缺了那份耐心，把莲儿送来的曲头放在一旁，依然如故。莲儿是出嫁的人，不能说大嫂什么，也只好像老爹一样忍气吞声。要过年了，得多发些醪醴，莲儿泡好米，蒸熟后用自己带来的老曲头，装在大盆里放到炕角用被子捂上发酵。这种老曲头发酵慢，又是冬天，得发两天才行。接下来，莲儿开始拆洗老爹的被褥衣物，清扫屋子。孤单惯了的老爹看着忙碌的莲儿反而很高兴，一直前前后后地跟着莲儿，帮不上忙还碍手脚，给洗衣盆里不断加洗衣粉。洗衣粉加多了，盆里的泡沫多得往外溢，老爹像个孩子似的捧着那些泡沫吹起来，把屋里弄得到处都是飞扬的泡沫不说，还害得莲儿把那些衣物多透了几遍清水，可她没有一点儿责怪老爹的意思，连个嫌弃的眼神也没有。她知道，老爹这是在用他的方式和自己亲近呢。

醪醴发好了，莲儿先给老爹烧了一碗，像母亲当年那样，里面卧上一个荷包蛋，刚盛到碗里，老爹迫不及待，烫得不敢粘嘴。透过满屋子蒸汽，莲儿看到满头白发的老爹烫得一边吸溜着凉气，一边发出知足的吧嗒声。莲儿再也控制不住自己，泪水夺眶而出，她咬紧唇没让自己哭出声来。

煮好肉，到腊月二十八了，大哥也从城里打工回来了，说是年前的活干不完不让走，不是加班加点，差点连大年三十都赶不上了。大年三十赶不上不要紧，必须得赶上初一，因为他今年腊月刚嫁了闺女，大年初二闺女第一次过年回门，这比什么都重要。大哥见莲儿将过年的物什都准备妥了，老爹那里也收拾得很停当，非常高兴，就着刚煮的猪头肉，陪老爹喝上几杯，也让莲儿喝。莲儿不敢喝，只给老爹和大哥端菜倒酒。这样的情形以前少有，大哥只顾自己子女，对老爹很少有那种父子间的亲密，他对老爹的照顾也仅限于看到老爹会说上几句话而已。看着眼前父子俩喝得高兴，莲儿心里也舒畅了许多，看上去比他们还要高兴。可是，只过了一夜，大哥就有点不对劲儿了，嘴上没说，脸上能看出来。莲儿没往心里去，细细地将院子、牛舍的柴草整理了一遍。正月里不能动扫帚，年前必须清扫干净，母亲活着时每年都是这样做的。

二十九这天，莲儿在牛舍给牛铡干苜蓿时，大铡刀一个人操持不了，苜蓿又干又硬，老爹年龄大了没劲，压不下去铡刀。莲儿自己压，又不敢让老爹往铡刀口薅草，怕伤到手，便去叫大哥帮忙。大哥靠在热炕上正看电视剧呢，斜了莲儿一眼，一句话不说，像是坐久了不舒服似的转过了身子。莲儿有些呆愣，这才意识到大哥的态度与昨天不一样了，没啥来由啊。望着一语不发一心扑在电视剧上的大哥，莲儿气得胸部一起一伏，她咬着嘴唇还是忍了，回到牛舍与老爹慢慢地铡了大半天，才铡够牛吃一个正月的草料。往常，这些活是大嫂帮着老爹干的，莲儿也能干。

可是，到了三十早晨，见莲儿还没有走的意思，大哥就忍不住了，打发大嫂来催。大嫂很难为情，不知怎么开口，又拗不过丈夫，便试探性地对莲儿说，莲儿啊，今年初二可不同往年，小红第一次过年回门，你这个姑姑可得初二在啊，别像往年，有时初二有时初三才来拜年……

莲儿明白了大嫂的意思，笑笑说，这么大的事，我怎会忘记。

回答得模棱两可。大嫂张了张嘴，太露骨的话说不出口。不一会儿，大哥趿着鞋一脸阴沉地过来了。还没等大哥开口，老爹咳嗽了一声，对莲儿更像是对大儿子说道，莲儿，待会儿给你妈上过坟后，再回去吧，来陪我这多天，你的两个闺女都该想你了。

年三十，有给亡人上坟的习俗。母亲走后，每年的三十，莲儿都会来给母亲上坟，然后在娘家坐坐就回。出嫁的闺女，得在婆家送走大年夜。

老爹这样一说，莲儿的泪水顿时涌了出来，老爹的话再明白不过，她不能说什么，转过身去收拾自己的东西。大哥见状识趣地走了。老爹端起酒瓶，猛灌了一大口，呛得咳嗽起来，眼泪呛了出来，却说，这酒，不对劲啊。

给母亲上过坟，莲儿先回到半坡自己的家，拿上早已准备好的香烛纸钱，到那片苜蓿地里，给小河上坟。冬天的苜蓿地光秃秃的，把小河的新坟衬托得更加孤苦伶仃。莲儿生怕在小河坟前待时间长了，夜里睡不着觉，烧完纸钱匆匆地回家了。家里冷冷清清，一切依旧。半坡已剩下没几户人家，整个半坡都冷冷清清的。天阴着，很冷。莲儿摸了摸冰冷的炕，习惯性地要抱柴烧炕，才想起今天是大年三十，不用烧炕。往年，他们一家都是到塬上过三十，那里有老人。老人在哪儿，年三十就在那里过。

莲儿锁上自家的门，心想着不用急，天黑前到塬上就行，去早了反而不自然。慢慢地爬到塬顶，她还是出了一身细汗。还在半坡时，莲儿早早地就看到，坡顶的塬边上有两个人影一直在晃动。上来一看，果然是公公，还有大河。他们在寒风里站的时间肯定不短，公公的脸都冻青了。大河的表情显得极不自然。见到莲儿，公公的脸上展露出一丝笑意，僵硬得像是被寒风冻住了。莲儿赶紧上前，扯了扯老公公本来就裹得很紧的棉大衣，算是表达了歉意。

两个女儿已经纠缠着奶奶换上了新衣服，正玩得欢天喜地，对莲儿的到来不像她回娘家前那样轻慢，扑过来又喊又叫。莲儿心里一热，揽住两个女儿，几天未见，孩子是想她的，她们还不知道怎样收敛自己的情绪。但她们表现得异常兴奋，显然是婆婆之前给她们教过的，不然，也不会在莲儿抱住她们还没能等内心的那份感动消退，两个女儿就先后挣脱开她的怀抱，欢呼雀跃地追闹去了。

吃过年夜饭，孩子们闹着要放鞭炮，大河便带着自己的儿子和两个侄女去院子里放。小河在的时候，每次都是小河与莲儿一起领着孩子们去放炮，有时候莲儿还不想去，小河就说去吧去吧，图个热闹。小河这样说的时候像个小孩子，那表情单纯得令莲儿不忍，于是也就去了。现在，小河不在了，大女儿要扯上莲儿一起去，因为大河在，莲儿不便去，她不知怎么拒绝女儿，就暗中用劲掰大女儿的手。大女儿抓得很紧，掰了几次都没掰开，她心里有些急，突然间回头，看到略显暗淡的灯光下公公婆婆眼巴巴地望着自己。那神态像是期待，又像恳求，叫莲儿受不了，她怔了一下，转过头，眼里含着慢慢洇出来的泪水，牵着女儿去放鞭炮了。

过了十五，还不见大河有走的意思，听说是他儿子不让走。莲儿心里便敲起了鼓，这年过的，怎么说呢，小心翼翼。对，从公公到婆婆，再到大河，大家都小心翼翼，不知道怎么说话了。虽说，大年初一莲儿就带着两个女儿回到了半坡自己的家，可孩子不懂事，吵闹着要在爷爷奶奶那里玩，好不容易初二带着回趟娘家，给侄女小红捧完场，两个女儿就去塬上不回来了，留下莲儿一人倒也不寂寞，一会儿不是公公送碗饺子下来，就是婆婆拎来一罐汤，他们总有理由下到半坡。有时也没话说，只是默默地坐着，时不时地拿眼神睃一下莲儿。这样一来，莲儿更没主意了，不知怎么办才好。

好不容易快熬到了正月底，莲儿想，今年的二月二很重要，得去看新婚的侄女小红。她提前几天得去帮大嫂炸果子、捏花馍。莲儿比大嫂手巧，大嫂早就给莲儿打过招呼，要她早几天回娘家，帮她忙乎。莲儿一来，最高兴的当然是老爹了，他吃着莲儿蒸的老酵头馍，站在边上看着莲儿捏花馍，有时能看出两眼老泪。

给侄女筹备二月二礼物的这几天，看到大嫂辛苦忙碌却荡漾着一脸的幸福，莲儿也在心里想着，自己的两个女儿到时出嫁后，自己也是要这样忙乎的。想到未来，莲儿心里忽然间有些不知所措，她在想象女儿们的未来，她自己的未来究竟又在哪里呢？这一想，忍不住心里泛起酸涩。

忙完二月二，天渐渐热了起来，该拔麦子地里的草了。莲儿脱掉穿了一冬天的毛衣、毛裤，换上轻巧的秋衣秋裤，去自家麦地拔草。春天的太阳既暖又毒，能把人的骨头晒酥。不到一上午，莲儿就全身酥软得提不起劲，手脚根本不听使唤，拔不出草，倒拔了不少麦子。后来，莲儿干脆不拔了，在温软的阳光里信步走着，望着脚下被自己踩得到处乱窜的阳光碎片，莲儿心里阳光灿烂，竟然忘记了一个冬天捂在心里的那些不知所措，忘记了这个世界的其他。

不知不觉间，趟着阳光的莲儿竟然来到一个土堆前，起初看着这个土堆，莲儿还没什么意识，但有些神使鬼差，她的眼神晃过土堆之后，忽然就从那种漫不经的状态一下子回到了现实之中。那是小河的坟堆。她折回身，在阳光的波浪中看到那堆不再显得孤清和突兀的坟堆。可是，莲儿心里一点儿都不慌张了，还能像刚才那样平心静气地绕着小河的坟堆走了一圈。莲儿发现，小河的坟堆上竟然钻出不少细嫩的黄芽。是苜蓿。莲儿又在周围仔细看了，苜蓿地里居然不见一丝苜蓿芽的踪影。这个季节，还不到苜蓿发芽的时候。可小河的坟堆上已经有了，这是多么奇怪却有意思的事啊。

莲儿对这个发现满心欢喜，这是小河给他们两个女儿的礼物，她俩最稀罕苜蓿馅的饺子了，应该是遗传。可能是小河让坟堆上的苜蓿最早发芽的，他在用这种方式来慰藉他的两个女儿。莲儿蹲下身子，轻轻抚摸着那些翠嫩的芽苗，好像在抚摸小河已经离去的魂灵。然后，她沿着小河的坟堆，仔细地将那些苜蓿嫩芽一根一根掐下。不一会儿，竟然攥了一大把，没地方搁，便将外衣脱下当做包袱。到太阳快落时，莲儿竟然掐了不小的一包，够一家人吃的了。莲儿抱着这些苜蓿，没回自己的家，直接来到塬上，与公公婆婆，还有大河父子俩，当然少不了自己的两个女儿，一起吃顿苜蓿馅饺子。

他们家都爱吃这个。

桃花落

一

庄晓然是哭着离开家的。

依庄晓然的性格，绝不会对弟弟打她两巴掌这种事，善罢甘休的。凭什么呀？你庄晓虎虽是庄家唯一的男丁，可你又为庄家做过什么？性格懦弱，什么事还不是唯姐妹是从？这样的人有什么资格给她——庄家的主心骨庄晓然两巴掌，真是长能耐了！那一刻，屋子里静极了，庄晓然愣怔之下，心中的怒火呼哧呼哧往上冒，眼睛都红了。她忍耐着怎样的委屈和焦虑操持父亲的后事，难道换来就是两巴掌？庄晓然愤怒得全身颤抖，手都举起来了，铁定心要把这两巴掌狠狠地还给庄晓虎。

可是，随着庄晓虎甩在庄晓然脸上的两声脆响，母亲黄雅琴像抽去所有的支撑似的，被子女们的打闹气昏过去了。老大庄晓天冲上去托住昏过去的母亲，把她抱到床上，又颠着长短不一的瘸腿一蹦一跳地扑过来，扑通一声跪在弟妹之间，嘴里不知喃喃些什么，对着庄晓然连连磕头。咚咚的磕头声又一次使屋里变得相对安静起来。看着昏死过去的母亲和跪在地上的大哥，庄晓然的手终于没能落下去，她把嘴唇咬出了血，指甲掐进手心里，目光含了钢钉似地射向弟弟。庄晓虎全然没了往日的唯唯诺诺，他硬硬地接住庄晓然射来的铁钉，当他看到姐姐脸上正由青变红、痕迹鲜明的手掌印时，他的目光还是不堪重负地闪了一下。庄晓然重重地吸着气，患了哮喘似的，她颤颤地伸出手，把大哥从地上扶起，咬着牙说，大哥，你起来吧，我不和庄晓虎闹，但他得给一个打我的理由。

一听这话，庄晓虎有些变软的目光又硬起来，呼哧呼哧喘着粗气，放声吼道，你还要理由？好，我告诉你理由——庄晓然，你要尽孝心我们没意见，可你明知道爸爸得的是绝症，没法治的，却要显示你的能耐，逼着爸爸住进那个豪华医院，是，那是荣耀，芙蓉里没有一个人住过那么高级的医院，谁都会说庄家有你这个能干的女儿。可结果怎样？没把爸爸挽救住，他老人家该受的罪一样没落下，还花了一大堆医药费。你庄晓然不是有能耐吗，就应该把这钱掏了。可你倒好，捞一堆好名声，却把自己撇得干干净净，叫我在欠条上签名，押上身份证，医院天天催我要十七万块钱，还说我要再限期不还，就到法院告我。我到哪儿去弄这么多钱？这是我一个人的事吗，要我一个人背？你啥事没有，光会指手画脚这个干嘛那个干嘛，自己还有闲心在爸爸丧事期间去勾引三姐夫。你，你除了算计自家人，打自家人的主意外，还有别的能耐没有？庄晓然，你还算个人吗，啊？

庄晓然懵了，弟弟的话像把利刃，比他的两巴掌更尖锐锋利，毫不留情地刺戳在她的心上。庄晓然明白了，她所有的操持，在姐姐妹妹和弟弟的眼里仅仅是她个人的一场奢华演出，是为她自己脸上贴金的。在芙蓉里生活的是庄家的其他人，而不是久居省城的她，她为什么要在这里讨一份荣耀？她委屈，更心痛，她承认自己考虑不周，可她的本意又怎么会像庄晓虎说得那样不堪？庄晓然浑身的血液冰冻一般，大脑处于空白状态，根本无法回击庄晓虎的质问。她四肢无力，像一个即将窒息的落水者被拖出水面，大口大口地喘着气，终于，她再也撑持不住，泪水喷涌而出。大哥张着嘴紧张地看着妹妹，一副随时都有可能再给妹妹跪下磕头的状态。庄晓然泪眼婆娑地看了眼站在床边的姐姐庄晓丽和妹妹庄晓雯，她们两人神色平静，目光很冷地望着她。已经醒过来的黄雅琴也微微侧起身，用哀怨的目光瞅着女儿，除了潸然泪下，什么话都没说。庄晓然摇摇头，不做任何解释，突然转身，夺门而出。

庄晓虎像刚长跑回来似的，累塌了，蹲在地上呜呜痛哭起来；庄晓丽和庄晓雯依然刚才的姿势望着门外，她们眼神里的冷淡，突然间变得茫然起来。庄晓天看看弟弟妹妹们的脸色，要冲出去追二妹，却被他的老婆一把扯住胳膊。庄晓天犹豫了一下，还是一把甩开老婆的手。气得老婆跺脚，但总算没再扯住他。

奔出家门，庄晓然却恍惚了。这是十月底一个温暖祥和的中午，街巷上异常宁静，没有人声狗吠，更没有来回走动的人影，像是刻意要留给庄晓然一个逃避的空间，街巷上空荡荡的，连一丝秋风都没有。阳光明媚得有些妖艳，照得肮脏的芙蓉里街巷生出一分明丽来。庄晓然从来没看到过这么安静的芙蓉里，这使她瞬间产生了一种错觉，觉得这个芙蓉里并不是她熟悉的那个芙蓉里。曾经的芙蓉里不仅邋遢肮脏，而且还是喧闹的，是那种夹杂着生活味道的喧闹，叫人感到亲切却又厌烦。而这个时候的芙蓉里，却像一个饱读诗书的落魄书生，虽穷困落破，不修边幅，却气度不凡，真实而温暖地拥着庄晓然，在暄软的秋阳里，像梦幻虚境，使她有种不真实的感觉。那一刻，庄晓然连自己都不认识了。

这时，庄晓天追了出来，他的腿脚不灵便，一急便更不利索，身子忽高忽低，像摇床似的，把金黄的阳光撞得上下翻飞，碎片噼里啪啦落了一地，被他踩在脚下，发出吱吱嘎嘎的叫声。庄晓天顾不上这些纷扰的阳光，只想快点追上妹妹，他知道再温暖的阳光，此刻也温暖不了二妹的心。

庄晓然瞅了一眼向她摇过来的大哥，心一横，不管不顾大哥在后面的呼喊声，咬着唇碎着心跑走了。

弟弟的两巴掌，不，是庄晓虎和着泪水的那些话，把庄晓然击得一败涂地。眼泪一直伴着庄晓然坐火车回到省城。一进家门，迎面扑来的静寂将她裹住，她觉得全身就像被人抽走了所有的内容，身体里忽然间空了，没了支撑，仅剩一副空荡荡的皮囊。这时的她才感到疲惫像秋雨似的一丝一丝地渗进来，渗进她的脑、她的心，带着深深的寒意。庄晓然打个寒战，眼皮像是雨水泡烂的泥土，稠稠地黏在了一起，她甩掉鞋，身上的脏衣服都顾不上脱，一头栽倒在床上，昏昏沉沉地睡了过去。

这一觉，庄晓然睡到第二天中午才完全醒来。刚睁开眼时，庄晓然竟不知自己身在何处，但那种茫然很快就消失了，庄晓虎摔给她的两巴掌在脸上又痛起来。一夜长睡，还是未能驱走心里的疼痛。在昏睡期间，庄晓然接到过大哥打来的电话，得知她已安全到家，庄晓天明显松了口气，他告诉庄晓然，母亲没啥大碍，叫她放心。庄晓然听着大哥的安慰有些木然，此刻她的心里连温情也容不下了。闭着眼有一搭没一搭地听大哥又说了些有关母亲的话，庄晓然始终不曾应答一声。庄晓天见妹妹不言语，转而又结结巴巴地劝说起来。大哥的劝说并没使庄晓然生出些许感动，相反，倒有点恼。这个时候，她不想听这些话，索性扔掉电话，摸索着拔掉了电话线。她的心里已经够满了，不想再塞进一点点东西，如果可以的话，她希望能一觉睡到永远不醒来。

电话沉默下来不再讨扰庄晓然，可丈夫陈家豪回到家的声音，还是把她吵醒了。庄晓然半死不活的睡相，没能引起陈家豪的同情，他象征性地问候了几句，见庄晓然狂睡之后像具僵尸，目光冷漠地望着屋顶，对他不理不睬，便知趣地退出卧室。

陈家豪不是心肠冷硬的男人，他没计较庄晓然的态度，他还不知道庄家姐妹到底发生了什么，只想着庄晓然刚奔丧归来，要对他摆出一副笑脸肯定非常艰难，再说，他们夫妻之间还别着劲儿正闹离婚呢，庄晓然的冷漠也在情理之中。陈家豪在客厅一连抽了两支烟，打开电视看了会儿又关掉，虽说不用过分在意庄晓然，但毕竟她父亲去世了，他还是不要显得过于轻松和欢乐，以免刺激她。看庄晓然的样子，肯定两天没吃饭了，他现在还是她名义上的丈夫，得动点恻隐之心吧。但陈家豪懒得烧火做饭，便打电话叫了两份快餐，一份给庄晓然送到卧室，自己吃了一份，然后躲进书房，在电脑上打起游戏。

二

庄晓然做了一生中最长的梦，梦很杂，稀奇古怪什么都有，她担任过不少角色，做过不少出格的事，很多事并不是她自己想要做的，可很奇怪，尽管她清清楚楚地明白不愿意，可就是无法控制梦境，她伤心得不得了，哭得稀里哗啦。然而，即使是哭，她也能看得到她自己在做什么，好像梦里身不由己的不是她，她只不过是一个清醒的看客。事实上，她在梦里也知道是做梦，就是无法醒来，而且她身上背负许许多多的东西，那些东西又看不到具体的形状，却把她压得连爬的力气都没有，气也喘不匀，没人伸手帮她一把，所有的人，个个冷漠，甚至狰狞地笑。一种比听到父亲去世还要强烈的悲恸潮水一般袭击了庄晓然，她惊慌地大叫一声，终于把自己从梦里惊醒。梦碎了，像蒸气一样很快消失得无影无踪，那一堆碎碎的梦，她一个也记不起来。但梦里沉甸甸的感觉和莫名的伤感却随着她的醒来真切地留了下来，像根绳子死死地拽住她，要把她撕裂成碎片似的。如果不是尿憋得紧，庄晓然或许不会从梦里醒来，其实醒来还不如在梦里呢，梦再累再沉重，自己知道是梦，是假的。而一旦醒来，就只有承担。庄晓然的心又咝咝啦啦地疼，她是不能再睡下去了。爬起来去卫生间，却没有卸重的感觉。她回来靠在床头，听书房那边有动静，也许是夜太安静，连一星半点的声音都会无尽放大，庄晓然听到鼠标的点击和键盘的敲击声，间或，还有陈家豪压抑的惊叫声。她心里酸楚楚的，离得这么近的男人，却隔得那么远！她惆怅地叹息一声，望着窗外的黑暗。再黑暗的夜因为有路灯而变得不再黑暗。连夜都失去了黑暗，为什么她的生活却扯不开撇不清一层又一层的暗淡？想要爱情的时节，爱情被她的执着错失了，以为婚姻可以让自己有一份安稳，却偏偏婚姻也摇荡起来，最让她心中不舍的，是家人对她的依靠和热爱，如今倒好，父亲死了，除大哥外，自己的兄弟姐妹都把她看成仇人，弟弟的两巴掌，也甩断了亲情。老天，到底要我庄晓然怎么样啊？

不知不觉间，庄晓然的泪水爬得满脸都是，她狠狠擦着眼泪，要自己不去想那些伤心事，可黑夜里的大脑异常活跃，数月来的烦恼纠集在一起，纷纷扰扰地逼进来，逼得她又是泪水滂沱。她想不通，她怎么会走到今天这个地步？

庄晓然是芙蓉里独一无二的省城重点大学的大学生，她成就了庄家在芙蓉里不再被轻视的地位，给庄家带来的荣耀是姐妹们不可比拟的。由此，父母把她当成庄家的主心骨，什么时候都以她为中心，家里的大事小情，唯有她的意见才最具权威。这样，又有什么错？难道她的学识与见识不配这样？也许，她自以为是了些，以为自己真的可以替家里操持一切，如果说这也叫错误的话，那这世上的亲情不知道还能叫什么。父亲住院，她难道不是想在这个时候多尽尽孝心？庄晓虎说的没错，她是有虚荣心，可她的虚荣心为了谁，不都是为庄家？凭什么她尽了心尽了力却落得你庄晓虎的两巴掌？父亲去世，我的悲痛比谁少了？我忙前忙后，给父亲开追悼会，写悼词，你庄晓丽、庄晓雯又干了什么？凭什么你们责怪我，对我有怨气？

庄晓然越想越气，一生气，心里的疼反倒弱了。突然间，她觉得应该感谢弟弟的两巴掌，他把她打醒了。这么多年，她一直生活在自己的梦想里，梦想庄家在芙蓉里的地位越来越高。可是现在，她终于明白，她在自家兄弟姐妹那儿，已经造成独断专行、颐指气使的不良影响，他们早已对她有了看法，只是没机会发泄罢了。这次，他们终于爆发了。

想到这里，庄晓然茫然了，她作为庄家支撑的时候，也支撑着自己，现在她不再是庄家的支撑，她便也失去了自己的支撑。一个没有支撑的人，如何面对迎面而来的现实？她不知道。她想找件什么事来做，以冲淡父亲丧事之后的疼痛，但她不愿去上班，现在这副无精打采的样子，到了班上只会出洋相。她甚至懒得给单位打个电话，她不想请假，赖在家里，有了破罐子破摔的劲儿。

现实却不给庄晓然随心所欲做破罐子的机会。

这天，陈家豪下班回来，见庄晓然已经睡醒，靠在床头上发呆，便走进卧室。庄晓然没理他。陈家豪看着生气，语气里多了些不客气，你父亲去世，难道你一辈子伤心，我就要替你担待一辈子？陈家豪没好气地给庄晓然说，你做得是不是过了点？怎么拿夏秘书长做医院的挡箭牌？人家帮你联系最好的医院，够给你们庄家在那个破芙蓉里争脸了吧？你们医药费一时拿不出，他帮你们缓解，怎么倒成你们家的费用担保人了？医院都找到市政府催他要钱去了，人家马上要当副市长，为你们家这八竿子打不着的事影响了他，值不值啊？你们庄家也忒不地道了吧，坑人还有这样坑的？

这话说得重了，陈家豪都做好了要与庄晓然大吵一场的准备。该来的总要来的，躲不过的。但是，庄晓然的神情没一点变化，依然呆呆地望着别处，好像陈家豪刚才说的话纯粹是自言自语，跟她毫不相干似的。只是，她的手指在神经质地抖动着。这下，轮到陈家豪沉不住气了，庄晓然什么时候有过这样的淡漠？放在以往，庄晓然早跳起来了，尤其是说到庄家的什么事，她不会吃丝毫的亏，一定要和他针锋相对争个高下的。今天的庄晓然太反常了，反常得叫陈家豪不知所措。望着庄晓然一副不在人间的模样，陈家豪有些不忍心，他知道庄晓然虽不喜欢芙蓉里，却在意她的家在芙蓉里人们眼里的形象，很多时候，她的所作所为，会纯粹地只为能不能给庄家带来风光。她父亲的离世肯定对她打击不小，不会是伤心过度出什么问题吧？可不对呀，前两天，她还在电话里给他发脾气呢，怎么这会儿就蔫了呢？陈家豪往前走了几步，试探着把手放到庄晓然的额头，看她是否是生病。他的手还没触到庄晓然的额头，就被她一把打开，她目光冷寒地斜了他一眼。

陈家豪很恼火，怒道，庄晓然，你，你太过分了。

庄晓然还是不接话茬，两眼回归了刚才的空洞，望着前方。前方是一堵干净的墙壁，墙壁的正中有一块白色的长方形痕迹，那曾是挂他们结婚照的地方，陈家豪第一次提出离婚争吵时，庄晓然愤然将它扯下来，照片却是陈家豪撕碎的。满地的玻璃碴和结婚照的碎片就像他们的婚姻一样，想缝补都找不着头绪。那几天，陈家豪索性不回家，庄晓然也不管，任着那一地的碎片像眼泪似的淌了几天，终于还是受不了，疯了一般扫起那些碎片，拎着垃圾袋直接送到几百米远的垃圾回收站。

让这些骗人的虚假幸福见鬼去吧。越远越好。

庄晓然还是不理陈家豪的茬。她已经想好，已经这样了，兄弟姐妹们不需要她，她什么都不用再管，爱怎么怎么去，她不操这份闲心了！真有这份闲心，还不如好好打扮打扮自己，才三十出头，何必搞得这么丧气憔悴。那个夏秘书长，现在跟她又有什么关系？他既然能当副市长，还能搞不掂这点小事？陈家豪说她过分就过分吧，反正，这日子已经过不长了。

庄晓然这样想着，忍不住把目光略略移了移，她要用眼角的余光看到陈家豪的脸。陈家豪的脸色果然很难看，他呼哧呼哧喘着粗气，像一只斗败的狗，样子有些狼狈。庄晓然有点幸灾乐祸，甚至，她的嘴角还不易察觉地向两边翘了翘，挂着一丝冷笑。

陈家豪没领教过庄晓然的这套新章法，果然拿她没办法，他点上一支烟狠狠地抽着，故意要烟雾在卧室里迷漫。这也是没办法的办法。庄晓然讨厌烟味，虽然她不反对陈家豪抽烟，可她绝不让他在卧室抽，有时候陈家豪没在意，在客厅抽着烟走进卧室，庄晓然必然要和他吵闹一顿的。但眼下，这一招似乎不灵，庄晓然一点反应都没有。陈家豪发狠，故意把烟灰弹到窗台或者地上，最后又把烟头往地上一扔，拿拖鞋在脚底下拧着。自始至终，庄晓然看都没看他一眼。陈家豪算是明白了，庄晓然这次铁定了心，要和他耗到底了。

陈家豪的忍耐是有限度的，他把第二支抽了一半的烟没掐灭，扔进窗台的花盆里，烟头冒着一股青烟，像蒸腾的火气。陈家豪对庄晓然说，我不管你是怎么想，这次，你别想再拖了，结婚四年，我被你蒙蔽四年，戴了四年绿帽子浑然不知，这种日子我绝不再过下去了。你也甭叫我看你的这副脸色，咱们到时法院见吧。

陈家豪原来不是这样的，就是前阵子他们闹开，他提出离婚时也没这么咄咄逼人。无论什么情况下，他都装得很大度，一副谦谦君子样。这才多长时间，他的谦谦君子样就变了？他是什么时候变得这么不可思议的？庄晓然脑子木木的，想不起一个清晰的开头来。

三

认识陈家豪，似乎是很久远的事了。那时，庄晓然经历被男友抛弃，又坚持生下与男友的私生女才半年时间，心里的痛楚就像刺猬身上的刺一样，根根竖着，一不小心，那痛便扎出她一摊血来，殷红得刺眼。她为自己的幼稚懊悔，怎么会轻易替一个没责任感的男人生下孩子呢？生活给她的教训太深刻了，她几乎觉得自己没有了未来，不知道今后该怎么办时，单位派她到北京参加精密软件培训。庄晓然当时的心情，是不想参加这种培训的，但她是单位尖端科技项目研究的具体操作人员，又刚分到单位不久，按理是最应该出去学习的。庄晓然给研究室的向主任编了一大堆不能去的理由，可是，那个向老头一辈子没研究出个啥成果，原则性倒很强，只要是他认准的事，谁也改变不了。庄晓然差点大哭，也没把向主任的心说动，最后，她只好收拾行李，郁闷地去了北京。那时是初冬，北京的天气还不太冷，可天空整天灰不拉叽的，又不像是低垂的云层，后来才知道，那是北京汽车太多，排放的尾气污染所致。北京的天空很大，但因为常年灰着脸，看不出来有多大，反倒迷迷瞪瞪的，给人一种看不到尽头的颓败感。庄晓然的心情也像北京的天空，灰到了极点，怎么展也展不开。

培训班在中关村科技园附近，离北京大学和清华大学不远。学员住在万泉河一个相对偏僻的宾馆，离培训班有段距离，每天有班车接送他们往返。那时北京还没修成四环路，那一片除中关村大街，往西北方向走两站多路，就能看到野地，西风一吹，地边的树枝上挂满了废弃的塑料袋，幡旗似的，怎么看怎么别扭。这可是首都北京啊，多少人向往的神圣地方，怎么也与庄晓然出生的那个小城一样有极度肮脏、混乱的一面。刚开始那几天，庄晓然坐在往返的班车上，看到车窗外慢慢悠悠摇晃过去的景致，心情糟糕透顶，她盼望时间快快过去，早点结束学习。在这个异地他乡，她的心是坠着铅的。

认识陈家豪后，庄晓然的想法才有了变化。

有天下课后，庄晓然去趟卫生间，她那天肚子痛，在卫生间待的时间长了点，出来后发现班车已经开走了。庄晓然情绪本来就不好，看到平时停车的门口空荡荡的，她心里很乱，又是一种被世界抛弃的感觉。望着灰蒙蒙的天空，没忍住随口骂了句脏话。这对庄晓然来说，太正常不过，她从小生活在小城市，在那个城乡接合部，口头上不挂句脏话，是不正常的。可这句脏话从模样温雅的庄晓然口里蹦出来，又是在北京这个动不动就讲素质的地方，格外引人注意。门口出出进进的几个人，凡是听到庄晓然骂脏话的，都偏过头来看她，有人甚至还站下很认真地打量她，这或多或少使庄晓然有些尴尬。正在这时，陈家豪不知从那个角落跑过来，边跑边叫道，庄晓然，终于等到你了。

庄晓然回头一看，心想，我认识他吗？他为什么等我？

陈家豪跑到庄晓然跟前，冲她笑笑，说，别用这种眼神看我，咱们是老乡呢，我从名册上知道的你，注意你好几天了。

自从被男友决然抛弃后，庄晓然对男人没有好感。她冲着一脸笑意的陈家豪翻个白眼，没理他。

陈家豪并不在意庄晓然的态度，依旧笑嘻嘻地说，上班车后没看到你，就知道你被落下了，我就下车等你。

这批学习班，他们省城的各行各业来了十几个人，唯独这个男人留下等她，你又不是领队，凭什么？

庄晓然并没领受陈家豪的好意，冷漠地把脸别开。

这下，陈家豪有点愕然，他想自己也许巴心巴肺得有点过头，是不是人家觉得自己是个轻狂之徒？他收起脸上的表情，一本正经地说，庄晓然，你不要多想，没别的意思，北京冬天黑得早，我猜你对这一带不很熟悉，怕你一个人没坐上班车会迷路，咱们是老乡，出门在外该相互照应点。如果……

庄晓然心里动了一下，插嘴道，如果什么？

如果你认为我是成心想打你的主意，那么，我是狗拿耗子，对不起，先走一步了。那一刻，陈家豪的自尊心被庄晓然的冷漠伤害了，他说完就走。

庄晓然略犹豫一下，跟了上去。刚过五点，天色已微黑，要说迷路，庄晓然倒不会，就算人生地不熟，就这点路，坐几站公共汽车的事，想迷路都难。但毕竟是在异地他乡，有人放弃乘车专门等你，庄晓然对男人再有偏见，也不能不近人情吧。她跟着陈家豪，俩人走路回的宾馆。陈家豪要带她打出租车，庄晓然不让，说来北京这么些天，每天乘车来来去去，这路边的景色看熟悉了，可不知道一路走过去，感觉是不是还跟乘车时一样。陈家豪一听，果然来了兴致，说听她这一说，他也想走一走呢。其实，庄晓然是不想占他的便宜，一个不熟的男人，她何必无故欠他这份人情。若她掏出租车钱，显然也不现实，男人都有一副下贱的自尊呢。

一路上，俩人几乎无话，陈家豪偶尔会问庄晓然几句他们单位上的人和事，庄晓然都当成他是在套近乎，要不含糊地回答一到两个字，要不一声抱歉，笑着说声不知道，表现出她既不失礼貌，又有涵养。回到宾馆，已过吃晚饭时间，他们的工作餐肯定吃不上了，庄晓然心想着，如果陈家豪要借机提出请她吃饭，她会断然拒绝的，她绝不给这个男人更进一步的机会。

陈家豪像看透了庄晓然的心思，在宾馆门口，就向她告别，吃饭的话连一个字都没提。这太出乎庄晓然的意料，她在心里还嘀咕呢，这个男人怎么能这样，过了吃饭时间，怎么连句话都没呢？真是不懂事！

可是那晚，庄晓然失眠了。

第二天，庄晓然上车下车，上课下课，就连吃饭，都在人堆里找寻陈家豪，发现他根本没注意她，偶尔打个照面，也像相互不认识似的，马上会把目光移到别处。庄晓然觉得这个男人挺特别的，同时，她也隐隐有些怅然失落。但是，庄晓然不由自主地注意上陈家豪这个人了。他为人谦和，从不傲慢，她看到过几次，陈家豪在操作系统时，有同学向他求教，他会微笑着向对方讲解，他自己不明白时，也谦逊地去请教别人；他也讲礼貌，在班车上时不时地给别人让座位，自己则站在过道，一路摇摇晃晃，有次，他竟然站在庄晓然身边，在汽车的颠簸中，差点儿压到她身上，待站稳后，他还向她道歉来着。假如，陈家豪在车上、在饭厅，只给那些女人让座，庄晓然是不再理会陈家豪的，认为这个男太色，只会讨好女人。可是，陈家豪给谁都让，年龄比他大的，也有年龄比他小的，无论男女，他都让，好像自己是个工作人员，就该站着。有时，他让的是女人，尤其是年轻点的，庄晓然心里会很不舒服，好几天她都盯着那个年轻女人，是不是脸上有种优越感。或者，她盯着陈家豪，看他是不是追着那个年轻女人，有意讨好人家。陈家豪没有。他看上去一本正经。

庄晓然感觉到自己对陈家豪的注意，她有些奇怪，难道就因为陈家豪那天没如她所想请她吃饭，她就如此关注他？不管是什么，反正，她就是想关注陈家豪。有了这样一份关注他人的心情，庄晓然开始觉得北京的生活有些意思了，虽说是初冬，可她的眼里开始有了风景。离住处不远的香山她没有去过，但她知道那满山的红艳是怎样的一种艳美；北京的银杏树叶也落得差不多了，她能想象得出那一树连着一树的金黄该有多么的炫烂。就连路边已枯黄的草坪，庄晓然都能看出你缠我绕的情趣来。有时候，她自己都很惊讶，一个不过等了她一回，陪她走了几站路的男人，怎么就莫名地叫她有了好感，有了关注他的心思呢？

显然，陈家豪并不知道庄晓然对他的那份关注，他不是个难缠的男人，庄晓然冷漠的态度和戒备的话语，使他感受到这个女人的不可接近。不可接近就不接近，像他这样的男人还是不愁女人缘的。

日子一旦有了色彩，就变了，也快了，庄晓然好像才觉出北京灰蒙蒙的天空也很辽阔的时候，培训班结束了。

回到省城一个月后，庄晓然忍不住，主动给陈家豪打了电话。号码通讯录上都有。庄晓然最害怕过冬天，尤其是被男友抛弃后，没有暖气的冬夜是很漫长的，孤零零的一个人住在单身宿舍里，整座楼像冰窖似的，她甚至觉着寒冷的冬天是冲着她一个人来的。单位的同事嘴上都叫着冷，但没等到下班，就悄悄溜回家去了，同样是冬天，他们的冬天因为有家的存在，就有了温暖，像寒夜里的灯，亮在他们的前方，那路途再漫长也不寂寞。而她呢，只能无奈地回到老宿舍楼里，孤身守在冰冷的寒夜。

庄晓然受不了寒冷，受不了在省城的孤苦伶仃，她放下了自尊。在妥协和好强面前，庄晓然选择了妥协。

庄晓然算是看清楚了，她不主动打这个电话，陈家豪是不会打给她的。

电话一接通，陈家豪就表达了这个意思，他说，没想到会接到你的电话，真叫我感到意外。

庄晓然故意说，我给你打电话不行吗？

陈家豪说，当然行了。他有点油腔滑调，说庄晓然这样的冷美人能给他打电话，他荣幸还来不及呢。

庄晓然听着这话，心里很受用，故意问陈家豪，为什么不给她打电话，又不花你的长途费。在北京互不认识时还知道照应呢，现在在同一个城市，又算是同学一场，怎么就不联系了？

陈家豪说，我哪敢呀，你年轻、漂亮又冷傲，怕你说我是大色狼。相识不相见，我在你心里怎么着也该是个谦谦君子的形象吧，我可不愿在你心里是个色狼。

陈家豪这句话，彻底叫庄晓然的心扉为他打开了。她很感动，这个男人原来是这样在意他在她心目中的形象！如今的男人，还能有几个会顾及形象，只怕见了稍有姿色的女人，恨不得立马剥衣服拉上床，谁还有耐心去想其他？一个叫自己心仪的男人并不是想找就能找得到的。庄晓然不想错过机会，她觉得，为这样单纯的男人，她主动点，值。

然后，他们见面约会。一直到上床，都是水到渠成。情到深处了，不存在谁主动谁被动。自始至终，庄晓然都认为，陈家豪是够得上完美的男人了，他的一举一动，一言一行，都是那么有魅力，叫她迷恋不已。

再然后，他们谈婚论嫁，没有一点生硬的成分，两人都很满意对方。庄晓然幸福得要死。有时，她心里愧疚，甚至想着，把自己以前与男友的真实情况告诉陈家豪，可话到嘴边，却拐了弯，她不是不相信陈家豪的人品，而是怕他心存芥蒂，影响他们夫妻间的感情。男人的心有时候比女人还小呢。庄晓然从父亲母亲的一生中，深深地体会到了这一点。所以，她后来干脆打消了这个念头，只要她真心待陈家豪，好好过日子，过去的，就让一切随风而去吧。

结婚后，庄晓然尽自己所能，做个好妻子。吸取上次与男友分手的教训，她把自己的工资按月交给陈家豪，不沾一点儿财权，这样做，一来为能和丈夫修百年之好，不在钱财上闹矛盾；二来，自己有过私生女，弥补一下内心的愧疚。因此，心性好强的庄晓然，在陈家豪面前百依百顺，很少有犯犟的时候。就是带陈家豪回芙蓉里父母那儿，她也凡事以陈家豪为先，动不动夸奖丈夫几句，把“我们家豪”挂在嘴上，还做出一副小鸟依人状。她的超常举动，当时还把庄家每个人弄得小心翼翼，因为他们很少看到那般柔情的庄晓然。

那真是一段美丽的日子，生活就像一首歌，欢快而流畅。

然而，流畅的生活还是被截了流。终究是纸里包不住火，不管庄家对外保密措施做得何等严密，陈家豪还是知道了庄晓然未婚生子的老底儿。刚听到这事时，他的第一反应是荒唐，这怎么可能呢，他认识庄晓然的时候，她是那样傲慢的一个女人。但事实由不得他不信，这样的事，谁也不敢轻易拿来开玩笑的。反应过来的陈家豪如电击一般，再看庄晓然，看哪儿哪儿都不对劲。他受不了这种方式的侮辱，提出要和庄晓然离婚。

好好的生活就这样被被毁了，庄晓然哪能甘心，她又气又恼，自己处处讨你欢心，一片款款深情，怎么在你陈家豪眼里就这么低贱，你随随便便就把这一切踩到脚下，要毁掉呢？她本来就不是好脾性的人，陈家豪跟她一闹，她索性卸下伪装，一改平日的温顺谦和，率性而为，放纵自己的坏脾气，非要与陈家豪闹个名堂不可。

这下，陈家豪看到了庄晓然的本来面目。这是个很会伪装的女人。这更坚定了陈家豪要离婚的决心。他的心里并不是特别在意庄晓然婚前有过什么样的经历，就算有孩子，他也许能够接受，毕竟那是在认识他之前的事情，他没法掌控的。但问题是她刻意地欺骗他，他受不了被欺骗。婚姻本来就应该彼此坦诚，如果连夫妻间都戴着面具生活，这日子过得该有多么无聊和无趣啊！他以为自己是幸福的，事实上也是幸福的，可忽然之间，一下子得知一起生活了四年的妻子，以前给别的男人生过孩子，这是多么令人震惊的事，又是多么叫人恶心的事。

想想之前，自己还一直沉浸在所谓的幸福里面，真是可笑可悲。

陈家豪自认为对庄晓然是真心实意的，而庄晓然对他却留了一手，他接受不了这个事实，与庄晓然闹僵的那段日子，同时和已经离婚的女同学闻燕好上了，他在婚姻的起跑线上输给了庄晓然，但这一段奔跑的过程中，他不甘落后。

庄晓然的倔脾气上来，不管不顾，凭什么她得同意离婚？你陈家豪嫌我婚前生过孩子，我心里有愧，但可以好聚好散，你偏要用找女人的方式来和我打平手，我就豁出去了，坚决不离，才不轻易给你们腾地方呢。

其实，庄晓然内心里还是不想放弃这个家，除了个性使然，她不愿离婚的原因，是她爱陈家豪。虽然结婚后，她慢慢地发现，陈家豪并不是原来想象的那么完美，他的毛病越来越多，可是，她还是喜欢这个陪她度过四个寒冬的男人，与她的第一次爱情相比，这次的婚姻显得更为厚重。庄晓然喜欢这样的厚重。

陈家豪可是懒得再理庄晓然，这个女人太叫他捉摸不透了，四年婚姻，原来自己一直是在她挖好的陷阱里，这下以为要解脱了，却又叫她拖进泥潭，他发愁，怎么跟夏秘书长解释钱的事呢，虽说他现在和庄晓然没有夫妻之实，可夫妻名分还是存在的。陈家豪后悔这两天不该回家，以庄晓然这种人，才没什么可以压倒她的呢。便索性收拾几件换洗衣服，住到外面去了，至于住到哪儿，他是不会跟庄晓然说的。

庄晓然也不管不问，反正说什么也不可能叫陈家豪回心转意了，她已心灰意冷，就算整个天塌下来，也无心关注。

四

单位研究室的向主任，专门来庄晓然家看她了。这可是前所未有的，什么时候，向老头登过一个下属的家门？有事用电话联系，或者打发办公室其他人跑一趟，他笃定是不会移驾尊步的领导。况且，向老头来时，还买了个大花篮，不用驾驶员跟着，亲自抱着爬上楼。

庄晓然有点感动。这个时候，一向官架子十足的向主任居然会亲自来看她，她内心的波澜立时翻腾开了，当时，她都有点把持不住，眼泪差点流下来。但她还是稳住自己的情绪。单位已经知道陈家豪要与她离婚，这种事，像人事调整一样，永远别想保密。庄晓然不想在任何人面前表现出自己软弱的一面。她是坚强的，背是挺直的。

把向主任让进屋，庄晓然沉默着，她还没想好怎么给领导开口说没上班的理由。她没有理由，因为她请的假已经超好几天了。她等待着领导的责怪。

向主任却说，听说你回来几天了，没见你的面，大家都挺想你的，托我过来看看，有啥要帮忙的就说，咱们大家都是一个战壕的战友，客气就见外了。

庄晓然明白了，老向头不责怪她，是认为她被离婚的事压趴下了。加上自己的父亲去世，他以为自己爬不起来了。这怎么行，她庄晓然是轻易就会垮掉的人吗？

庄晓然在心里冷笑一声，轻描淡写地把话题避开，说，感谢主任，我这不是好好的嘛，生老病死，没啥大不了的。就是前几天在老家忙乱，回来想再休息休息，调整一下，也忘了请假。明天，我就去上班。

向主任急了，连连摆手道，我可没这个意思，家里有事是够累人的，你在家好好休息，工作的事就不要考虑了，咱又不是消防队，不用赶着去上班救火，急什么。

庄晓然不置可否，没有说是，也没有说不是，没点头，也不摇头。因为她很奇怪，这些话好像不是从向主任口里说出来的，他对下属一向是严厉的，怎么现在变了个人似的，这么通情达理。庄晓然一下子不认识他了。

小陈不在家啊？向老头说了句废话，左右看看，换副面孔说，自己的事也要处理好的，谁没年轻过呢，谁没个错呢，不要捕风捉影，有啥大不了的事，不能坐下来好好谈呢。我建议你和小陈好好谈谈，不要听信别人的谣言，坏了自己的幸福，不到非破不可的地步，就有挽救的余地，你可不要轻易放弃啊。

庄晓然没吭声，但她心里的烦躁已经涌动起来，这几天一个人闷头细想，似乎把一切都看得淡之又淡，这下，向老头像个搅屎棍，偏要自以为是地这么一搅，她仿佛又闻到了与陈家豪婚姻已腐烂的疮疤发出的臭味。

她不想闻这个臭味。婚姻是她和陈家豪的，该怎样由他们俩来决定，她讨厌旁人的指手画脚。什么叫不要放弃？谁愿意把这种事闹得人尽皆知？她就是咽不下那口气，你陈家豪想要痛快，我偏不叫你痛快，不把你憋得早泄，难解我心头之恨。

向老头本是宽心的话，却没宽到庄晓然的心里去。庄晓然不接这话茬，偏过头去看阳台。阳台是背阴的，不管外面的阳光有多暄腾，她家的阳台都一味地阴沉着，没有一点要接纳阳光热烈一回的意思。倒是阳台上陈家豪摆弄的一株滴水观音，在阴暗的环境里，几片宽大的叶子绿得安安静静，叫人看着心疼。向老头看出庄晓然脸上不掩饰的厌烦，也很知趣，说了句你好好休息不要急着上班，起身告辞了。

送走向主任，庄晓然没去上班。本来，她一个人闷头闷脑地待在家里，一味胡思乱想，想得心里沉甸甸的，情绪越发地烦躁，她想着还是去上班，一工作起来也就不想太多的事了。可向主任这么一来，她却打消了上班的念头，这样紧巴巴地去，好像是叫人逼着去似的。她心烦意乱，不出门，也不想在家干什么，就躺靠在床上，偶尔，也到客厅看看电视，但电视里除了铺天盖地的广告，就是疯疯癫癫的娱乐节目，再有哭哭闹闹无法让人耐下心来的肥皂剧，看得比一个人待着还无聊。待在家里她也不觉得饿，一天只做一顿饭，也没有在厨房大动干戈的心思，只下碗清汤挂面，有盐放点，没有就白吃。反正，她这阵子也尝不出咸淡，吃什么都是一个味。苦味。

这天午后，庄晓然卧在床上迷迷糊糊地睡觉，突然听到门铃响。她醒来侧身听了一会，怕又是单位的同事，带着怜悯也藏着幸灾乐祸来安慰她，她不想见他们。所以，她又倒下睡觉。屋里没人，门外的人很快就会走的。没想到，门外的人很有耐心，过一小会儿就按阵门铃，好像知道她在家里，有种不见她不罢休的劲头。门铃声扰得庄晓然异常烦躁，爬起来蹑手蹑脚走到门口，想扣出门铃电池，没想到门外的人觉察到里面的动静，叫了她一声。

庄晓然的心颤了一下，她听出是大哥，毫不犹豫地打开门。

你怎么来了？庄晓然看到门外的大哥，怯生生地站在那里，像个初次进城的农民工，他的上身居然穿着蓝涤卡中山服，是下面两只口袋吊在外面的那种。这是大哥过年时才穿的衣服。在庄晓然的印象里，大哥除过这件中山装像点样外，再没穿过合身齐整的衣服。从小，母亲给大哥做的衣服，都是超过他身材很长的，因为母亲指望大儿子一身衣服能穿得时间更长些，布料也要结实牢固的。可是，由于营养不良，大哥的个头长得很慢，经常是身上的衣服刚好合身时，已经破败不堪，补都没法补了，母亲才照她节省的尺码，再给大哥重做一件长衣服。就是说，成年之前，大哥几乎没穿过一身合身的衣服。

看着站在门口局促不安的大哥，庄晓然心里很难受。

你家的电话没人接，手机又关机，一直和你联系不上，我打电话到你单位，说你回来后一直没去上班，就来家里了。庄晓天的头脸上布满了灰土，因为路走得急，缺少毛发的头顶挤满了细密的汗珠，脸上的灰土被汗水和成泥。他抹了把花花的脸，不知所措地搓着手说。

快进来。庄晓然拉了一把庄晓天。从懂事起，她就可怜这个同母异父的大哥。他腿有残疾，又不是父亲庄达明亲生，父亲根本就不喜欢他，看他的每一个眼神都透着不屑和轻视，动不动还训斥他几声。庄晓天在庄家像乞丐似的，眼里总是怯怯的，不敢正眼看一下同母异父的弟弟妹妹，怕惹怒他们，别说侵犯，就是防守，这个大哥也不敢，他永远处在低人一等的位置，没法与大家平等地生活。

庄晓天往后缩着穿双黄胶鞋、沾满泥土的双脚，不敢进门。他怯生生地往屋里看了一眼，赶紧收回目光，低下头说，我……不进去了，说完话就走。家里的果园还有一大堆活呢。

庄晓然怜惜地看着大哥，不多说话，一把扯住大哥的胳膊，将他拉进门到沙发跟前。庄晓天死活不肯往沙发上坐。沙发上很乱，有些乱七八糟的零碎东西，长时间没有打扫，靠背上落了薄薄的一层灰尘。庄晓然把沙发上的东西拨拉到一边，庄晓天仍是不肯坐，他身子僵僵地站着，像见到重要人物似的。

二妹，庄晓天弓着腰不敢动，生怕自己身上的汗泥掉到干净的地板上，他嗓子细细地说道，本不想来给你添乱的，可这次……咋给你说哩，咱妈她……

妈怎么了？庄晓然急了，是不是庄晓虎嫌打我两巴掌不过瘾，又对妈怎么样了？

庄晓天的眼泪轰地涌了出来，他怕自己的泪溅湿地板，赶紧用手去接，可惜已经迟了，泪水砸碎在地板上，洇出几个湿圈。他伸脚踩了一下，觉得不妥，赶紧抬手抹抹眼眶，才说，不是的。二妹，晓虎他不敢。你走后，妈哭得死去活来，哭完了又去骂晓虎，把他骂走了，妈气得好几天都不吃饭。我要回家去收苹果，走前给妈烙了些饼子，可她一口没吃，每天躺在床上，只说头晕。昨天下楼时还摔倒了，妈不叫亮亮跟我说，亮亮偷偷打电话告诉我，我赶紧跑回家一看，妈的脚碗肿得像个棒槌，路都走不成了……

亮亮是庄晓然与前男友的私生女。

庄晓然哽咽了。

二妹，你放心，妈没啥大事，我给她买了些膏药，每天再用酒擦擦，过阵子就会好的，只是……

只是什么？

只是妈心里……难受，不吃东西，我怕时间长了她身子撑不住。不过，我会劝说她的。庄晓天吸口气，望着别处突然改口说道，二妹，哥来找你，是想求你点儿事……

什么……事？庄晓然的心抽紧了，这个时候她最怕有事，她的这种状态能做什么事？却因为说话的是大哥，她不忍心拒绝。

想请你帮我贷……点款。

贷款？你贷款干什么？

有——急用。是果园要急用。你帮我多贷点。

得多少？

十……十六七万。庄晓天结结巴巴地说。这个老实人一急就结巴。

庄晓然疑惑地看着大哥。庄晓天尽力装出自然的样子，躲闪妹妹的目光。庄晓然突然间明白了，大哥贷款真正的用途。她的心一下子酸涩难忍，可怜的大哥，为使母亲尽快从医药费的阴影里走出来，抹平他们兄弟姐妹之间的裂痕，竟然借用自己家果园的名义贷款来独自解决问题。一个小小的果园几年都挣不下几万块钱，又哪用得了投资进去十几万？何况这几年，庄晓天的果园一直被他打理得还可以，根本不需要贷款。被庄晓虎两巴掌打得心灰意冷，打得自以为已心硬如铁的庄晓然再也忍不住了，她失声痛哭起来。她这般伤心，是大哥的举动使她想起小时候的一件事情。有次，她去代销店买本子，看到一帮小孩围着卖雪糕冰棍的柜台，正津津有味地吃雪糕。雪糕是什么味道，庄晓然从未尝过，最酷热的夏天，她连两分钱的冰棍都很少吃到，家里情况很艰难，母亲没有闲钱给她买。唯一吃过的一次，还是她帮一个同学做完了当天的功课，同学让她在冰棍上小小地咬了一口。那又清又凉又甜的味道顺着嗓子眼慢慢滑进了心里头，那真是叫人回味无穷啊。可惜，那一小口冰棍在舌尖上停留的时间太短，她只能一遍又一遍地回味，直回味得那味道淡得再无法回味。同学舔着冰棍还直说难吃，说雪糕比冰棍不知好吃几百倍呢，又甜又软又香，吃多少都不嫌多。庄晓然不知道，那比冰棍好吃几百倍的雪糕又是怎样的味道。没有收入来源的母亲，绝对不会给他们兄妹买根冰棍吃的，雪糕更别想了。但庄晓然知道雪糕的价格：一毛！娘哎，那可是一斤半盐的价钱，一家人可以吃大半个月呢。那天，庄晓然不知哪儿来的胆量，买完本子，用剩下的钱买了一根雪糕。她想尝一下蛋黄色的雪糕到底是什么味道。雪糕的确很好吃，可她并没能尝出来美味，她的心思全放在回家怎么给母亲交代上了，雪糕的味道，竟不比冰棍强出多少。庄晓然很懊恼，早知如此，还不如不吃呢。她想了一路，回到家，她先发制人，把自己弄得泪水涟涟，伤心地告诉母亲，商店找给她的是两个五分的硬币，她上了趟厕所，钱掉进了粪池。母亲丢下手里正在翻炒的菜，两眼像刀子一样劈向女儿。庄晓然低下头躲开母亲的目光，等待着一顿痛骂或者挨打。可是没有，过了半天母亲才有气无力地问她，你能肯定？她点点头。母亲追问，是哪个厕所？庄晓然不敢说是学校的厕所，那样会穿帮，她是放学后去的代销店，就说是街巷口的公厕。母亲当即放下炒菜的铲子，抓起捞面条的竹笆篱，拉着她去街巷口的粪池子打捞。庄晓然没想到母亲会这么做，又不敢改口，跟着母亲把街巷口的粪池子搅得臭气熏天，路过街巷口的人怨气冲天，当然没捞到一分硬币。母亲一屁股坐在地上，一把捞过低眉顺眼的庄晓然就要打。这时大哥闻讯跑来，说竹笆篱缝隙太大，根本捞不到，他脱掉长长的上衣，蹲在粪池边，用手捞。庄晓然怎么也没想到，大哥竟然捞出一个五分、两个二分、一个一分的硬币来，刚好凑够一毛。钱捞到了，母亲也不追究是两个还是四个硬币，更懒得关心庄晓天手心里的那些硬币为什么是干净的，她只要数字对就行。后来，庄晓然才弄清楚，是大哥怕她挨打，把自己几年积攒的硬币捏在手里顶了账。

庄晓然哭得伤心欲绝，没有人在乎的大哥总是在她最艰难的时候悄无声息地站在她的背后替她撑着，而她现在，却认为自己是个被兄弟姐妹抛弃了的人。

庄晓然哭得投入，她把这一段时间以来的伤感、委屈、愤懑，还有对陈家豪的痛恨，全化做哭声，哭得惊天动地。庄晓天慌神了，看着妹妹伤心，他心疼，打小他最喜欢二妹庄晓然，在庄家也只有这个妹妹对他最好，从不歧视他，甚至，他在外面受了别人的欺负，庄晓然会奔出去和人家大吵一通，她曾狠着脸说，谁要再敢欺负她大哥，她一定饶不了谁。其实，当时的庄晓然对别人一点儿办法都没有，就是她的嘴上有点儿功夫。她说的那些话是一个年少无知的孩子的话，但在庄晓天的心里，却能深深感动。这会儿，庄晓天嘴拙，不知道怎么劝妹妹，只能跟着庄晓然一起流泪。

楼下住着一对退休的老头老太太，他们正看着电视连续剧呢，被楼上突如其来的哭声吓坏了。老头说，这大白天的，哭成这样，不像是小两口打架啊。老伴竖着耳朵听了一阵，突然清醒过来，对老头喊道，快打110报警，再晚就出人命了。

庄晓然哭得死去活来，要不是110警察来敲门，连她自己都不知道会哭到什么时候。经过这么一场撕心裂肺的痛哭，庄晓然的情绪才算平静下来，内心积攒数日的郁闷之气似乎也淡化开了。她把庄晓天推进卫生间，拧好毛巾叫他洗把脸，给他泡好茶。这时的庄晓天放松了一点，终于在庄晓然的推让下，才在沙发上坐下。

庄晓然拉着大哥的手说道，哥，你的心思我知道，我有你这个哥，是我，不，是我们弟妹的福分。

这一说，兄妹俩的泪水又下来了。在父亲的医药费这件事上，庄家兄妹最应该淡然面对的是庄晓天，可偏偏只有他不逃避不躲闪，尽心尽力地承担着兄长的责任。面对这个为父亲的医药费要用贷款来偿还的兄长，庄晓然觉得她这个父亲的亲生女儿，还有姐姐、妹妹，弟弟，都应该感到羞愧。想到这里，庄晓然抹把泪强作笑颜，轻轻地说道，看我，又忍不住了，大哥，你别难受，我说的是真心话，自从爸生病开始，你是照顾他最多的，在爸的丧事上，你也比我们都要尽力，爸在天之灵也会感到欣慰的。反而，是我和晓丽、晓雯、晓虎四个人……唉，不说那些了，过去的就让它过去吧。回来这几天，我心里没平静过，我自认为庄家是尽心尽力的，怎么到最后反倒弄出一身的不是来？庄晓虎凭什么打我？这个结怎么也解不开。可刚才从你身上我突然明白了，晓虎那两巴掌打得不是没有道理，站在他的立场上想想，任谁心里都会对我有气的。爸爸是我们兄弟姐妹的，高档医院又是我执意要爸爸住的，最后的欠条是我叫晓虎写的，十七万一下子压在他身上，是受不了。又加上晓雯的丈夫……

庄晓天打断说，二妹，我绝对不信你会勾引晓雯的……

庄晓然摆摆手，说，不说了，不说了，这事自会水落石出的。大哥，你今天来得真好，我心里的结，被你打开了。我原不想再管咱家里的事了，反正我是个出了嫁的女人，不管也就不管了。但现在不这么认为了，我还得承担起咱们家的责任，谁让我是咱妈看定的主心骨呢……哥，你听我说完，咱爸咱妈一辈子不容易，在芙蓉里谁都可以看我们家不顺眼，我一直不服气，想在芙蓉里给爸妈挣个脸面。到今天，咱兄弟姐妹五人，都长大成人过上了自己的日子，可是，大家的日子都过得不够好，你——老大，基本能维持生活；老二靠做钟点工和骑三轮车拉货挣俩钱，养孩子上学；老四日子好过点，可碰上那么一个丈夫，至今我连他干什么都没弄清楚，谁知道以后……就说老五吧，刚买了期房，单位又不景气……唉，说白了，还是我比大家好过点。是我一直考虑不周全，晓虎说得对，我只想挣面子，却不考虑实际情况，太独断专行……爸爸的丧事之后，咱家发生的这些事，对我是个教训啊。大哥，说什么，也不会叫你贷款还爸爸医药费的！刚才我也想了，我是不能躲开的，这件事里，最应该负起责任的是我，而不是大哥你。

可……这事压得咱妈喘不过气来，她心都快碎了。再说了，这么一大笔钱，你……二妹，你还是想办法帮我贷些款吧，好歹我还有个果园呢。明年我还打算再多租些地种些别的，钱会赚得比今年多。庄晓天不忍妹妹一个扛下责任，还想帮她分担。

大哥，我没本事贷来这么多钱。庄晓然坚定地说，但我有办法还上这笔钱。

五

庄晓然要留大哥在省城住几天，反正她这几天也不用去上班，想和大哥说说话。庄晓天执意不肯，说家里事多，妈又病着，他要赶回去照顾，连顿饭都不肯吃。庄晓然没办法，只好听任大哥的。

庄晓天走后，庄晓然给家里打电话，问母亲受伤的情况。

黄雅琴听到女儿的声音，在电话里哭得喘不匀气。她给小三子打过无数次电话，可是都没人接，打手机又没开机，她知道这次老五把小三子的心伤死、伤透了，小三子不愿意与任何人联系，包括她这个母亲。黄雅琴越想越难受，有时，她会因为难受，脑子变得晕乎乎，她的思维从子女们闹得一塌糊涂那刻起，跳跃性很大，时不时处于混乱状态，有时，她都分不清谁对谁错，不知道该怪谁才对。

庄晓然从母亲一边哭一边颠三倒四的诉说里，感到很内疚，自己也不想想，她的态度对母亲影响有多大。一回到省城，只觉得自己委屈，切断电话，不与家里联系，叫母亲经受了多少煎熬啊。庄晓然陪母亲在电话上又痛哭了一通。好不容易劝住母亲，挂断电话，庄晓然想都没想拨通了陈家豪的手机。

庄晓然告诉陈家豪，她同意离婚，不过，她有个条件。

陈家豪很有涵养，没在电话上问庄晓然的条件。他淡淡地说了句，这件事等我回去再说，好吗？

庄晓然倒有点急切，追问陈家豪，你不是盼着这一天吗，现在我同意，你倒不急了，你就不问问，我是什么条件？

陈家豪说，无论什么条件，得看是否切合实际，合情合理，是不是？所以，我现在不想问你的条件。我们好歹夫妻一场，也有过真感情的，我不想为离婚闹得反目成仇。

这就是陈家豪，临离婚了，他昔日的风度又重现出来。挂断电话，庄晓然号啕大哭。

陈家豪下班回来，将一沓纸放到庄晓然面前，说，这是家里所有财产的证明，你看看。我们两人的进项只有工资，每月加在一起共四千五百块，你都交给了我。购房首付的八万元，是我个人以前的积蓄，房子月供一千七百二十块，每月还剩两千七百八十。除过生活费用，还有买衣服，人情往来等花销，每月能余一千块钱左右，一年也就剩下万把块钱，四年共存款四万一，存折上都写得清清楚楚。按法律规定，夫妻双方财产平均分配，存款好分，二一添作五，也就是说我们各得两万零五百……

怎么才这点钱？庄晓然的心凉了半截。她原想着，同意离婚，能从陈家豪那里分一大笔钱，为父亲的医药费救急，没想到只有这点钱。

陈家豪说，这账都能算得清，工资是死的，我们俩人都没灰色收入，你要不信，可以查四年来的工资单，我都保存着呢。

我不是这个意思。庄晓然赶紧申明。陈家豪把话说到这个份上，她要还疑惑，就有点胡搅蛮缠了。

陈家豪说，咱俩都是平民百姓，没什么值钱的财产，只有这套房子，还有屋里的家具。这都是我们俩人的钱购置的，应该平分才对。别的东西好说，可这房子有点难办，月供是十年，还差六年到期，现在，到底是把房子处理给你，还是给我，都是个难题。我们俩一时都拿不出这么多的钱付给对方，再说，月供叫一个人背着压力太大，还得吃饭穿衣呀，是不是？你说说，有什么想法？

庄晓然摇摇头说，我还真没想好，听你说吧。

陈家豪疑惑地看了庄晓然一眼，说，到这时候了，你肯定有你的打算。好，你不说，那我就先说了。我的意思是，房子暂时还由我们俩人付月供，一人一半，房子的使用权也是一人一半，如果我们俩谁有能力接手，就折价给对方。你看这样行吗？

庄晓然木然地看着客厅墙上的挂画发呆。她的确没想这么多，也没想到离婚会这么复杂。看来，组织一个家很容易，两人只要投缘，有钱没钱没关系，只要去办个结婚证就行了。可分开一个家，却有这样那样的问题纠缠在一起，家是双方在日复一日的生活中用心维护的，要在一时半会的时间里掰开它，确实不是件简单的事。但不简单又能怎样？还不是该算得算，该清得清？除了彼此的记忆，这世上还有什么掰不清的啊！庄晓然凄然地摇摇头，她能有什么意见？她只想着离婚能得到一笔钱。

我没什么好说的，庄晓然说，如果我把房子让出来，你能马上给我这笔钱吗？我现在急需要钱！

陈家豪说，我刚才已经给你说清楚了，首付是我一个人掏的钱，就是你把房子让出来给我，计算下来，你也得不到多少。况且，我现在也拿不出这么多钱给你，分给我的存款也就两万多一点。我也只能先欠你的。

遇到这些现实问题，庄晓然的头就大了。

在一起生活了四年多，陈家豪早就摸透了庄晓然，知道她此时在想什么。陈家豪把茶几上的证明材料拿起来，边看边说，你不是说有个条件吗，现在不妨说说看。

庄晓然把目光收回来，稳了稳心，看着陈家豪说，是你提出要离婚的，你知道我不想离，我同意离是为成全你和那个闻燕，你得付给我一笔损失费。

陈家豪表现得很平静，正色道，你损失了什么？要说得有道理，我不会耍赖的。

我损失的多了，家庭、婚姻、正常的生活，最重要的，是和你一起过了四年，我损失了四年青春岁月，这是用金钱买都买不回来的。庄晓然也平静地说。

从面上来说，庄晓然实在找不出可以多要钱的理由，家庭的财政状况她不甚清楚，也只能从陈家豪婚外情这块着手了。这个时候，她该强硬地为自己力争，不然，吃亏的只能是她。

陈家豪似乎早就准备好了应付庄晓然的办法，他点上一支烟，慢慢地抽着说，你说这话时也不想想，要说损失，我可比你大得多，你结婚前生下私生女，你别忘了，我跟你可是初婚，我才损失了青春岁月呢。过了四年被蒙蔽的婚姻生活，我冤不冤？你要不提，我还不来气，要说，你得赔给我损失费才对。

庄晓然跳起来，尖叫道，陈家豪，你给我闭嘴！这是一个男人说的话吗？你搞婚外情还搞出理了？还要不要脸，这种话都说得出口，简直跟无赖、地痞、流氓没什么两样！

陈家豪把抽了一半的烟往地下一甩，呼地站起来，张了张嘴，却心平气和地说，庄晓然，我不想和你吵架的，劝你不要大喊大叫，嗓门大不代表你有理。我是怎样的人，你的定论不算数，所以，请你不要把话说得这么难听，我不和你闹，咱们是协议离婚，如果协议不成，可以起诉，让法院裁决。中国是个法治国家，《婚姻法》写得明明白白，相信不会专门为你加上青春损失费这个条款的。

你……庄晓然呼哧呼哧喘着粗气，手指着陈家豪，却不知说什么好。

心强好胜的庄晓然，败在了陈家豪的阵前。最叫她难受的，不是陈家豪对她所说的这些话，而是她讨不到更多的钱。

六

庄晓天专门找五弟谈了一次。起初，庄晓虎不愿见这个同母异父的大哥。庄晓天很有耐心，三番五次上门，蹲在弟弟家新房门口不走，邻居还以为是上门要钱的残疾人，帮着要轰走。这下，庄晓虎在家里待不住了，开门把大哥让进屋。庄晓天拿拖鞋换上，轻手轻脚地跟着弟弟走进客厅。

庄晓虎从小跟二姐庄晓然关系不错，他和庄晓然一样，很同情这个同母异父的大哥。只是，这会儿他不想和大哥谈父亲医药费的事。他很烦躁、郁闷、压抑、委屈。十七万多医药费欠条是他写的，医院拿着他押的身份证催款，他不烦躁、压抑才怪呢。为了这借条，同居的女友要跟他闹分手，天上掉馅饼的事砸不着他，怎么掉石头就偏偏砸中了他？他也是被逼到绝境了，不然怎会动手打自己最尊敬的二姐。那一刻，他只认为这一切压力全是二姐施加给他的，他恨死了她，他平日的懦弱、胆小不见了，心里只有愤怒，只有不平，他不顾一切，冲动地上去甩给她两巴掌。过后，他吓傻了，都不知道自己做了些什么。他被自己的鲁莽行为吓得不敢出门，不敢见任何人。他把自己困在家里，拔掉电话线，整天开着电视机，却没正经看节目，他是在为那两巴掌害怕、内疚。同时，他也怕医院给他打电话催账。

庄晓天没有责怪弟弟。他从不责怪任何人，遇到什么事，他只会从自己身上找原因，从不敢怀疑别人。所以，庄晓天进屋后第一句给弟弟说的话竟然是，都是大哥不对，还来烦扰你。

庄晓虎没吭声。

庄晓天又说，前两天我去趟省城，找你二姐了。

庄晓虎明显紧张了，他手没地方搁，摸摸茶几，又从下面拿出一只空茶杯，慌乱地说，哥，你渴吧，喝茶。发现茶杯是空的，他脸憋得通红，起身要去厨房倒水，被庄晓天拦住了。

你看，哥来给你添乱呢。庄晓天说，五弟，你二姐可没有一点儿怪你的意思，她还为你开脱呢，说她欠考虑，叫你打的欠条，你压力太大，才……那样对她的。她说要是站在你的立场上想想，就不会怪你了。

真的？庄晓虎疑惑了，他当然清楚二姐是何等要强的人，她怎么会轻易原谅他呢。

庄晓天见庄晓虎一副不相信的样子，就说，大哥啥时候说过假话？你二姐还叫我劝说你哩，叫你别往心里去，都是自家兄弟姐妹，从一个母亲肚子里爬出来的，无论发生过什么事，千万不要伤感情。她还说了，爸是她坚持送进大医院的，那笔医药费她会尽快想办法解决的，不会压在你身上，叫你一个人扛的。

这下，庄晓虎彻底垮了，他摔开手中的空茶杯，一把抱住庄晓天，哭了。他看上去还是那么懦弱。

庄晓然接到弟弟的电话，又哭了。弟弟一口一个对不起，叫庄晓然不知说什么好，她劝弟弟别自责了，她现在一点儿都不怪他，叫他再等等，她马上就会弄到钱解除他的压力。最后，庄晓然叫弟弟经常回家看看妈妈，她身体不好，需要人照顾，而且父亲刚去世，妈妈很孤单，需要人陪。

弟弟含泪答应了。

挂断电话，庄晓然茫然地盯着电话机，发了半天的呆。这么一大笔钱，陈家豪那里是没什么指望了，她到哪儿去弄呢?

最后，庄晓然想到了自己单位。有困难找组织。这个时候，她是最困难的，她需要组织的帮助。庄晓然用了半个上午时间，把自己仔细打扮一番：上身穿一件快过膝的黑色羊毛毛衣，高翻领，外套一件浅米色风衣，敞开着领口，下着磨白的紧身牛仔裤，两腿又直又长，身材一下子就凸显了出来。三十多岁的女人了，脸上化点淡妆，又面带着笑容，看上去不像身心交瘁的样子，有点秋天阳光的感觉，是个成熟有风韵的女士。

这样穿着打扮，庄晓然没别的意思，只想给单位一个良好的形象。要离婚怎么啦，并没有把她庄晓然打倒。那个性格倔强、心高气傲的庄晓然，是轻易不会打败的。

一到单位，同事们大多有点儿惊讶，或者他们也想不到这时的庄晓然会比之前更有韵致。与同事们热情地打过招呼，庄晓然才拍拍狂跳的心口，去向主任办公室，找组织去了。

向主任换了个人似的，难得地对庄晓然的穿着打扮大加赞赏，还饶有兴趣地转着圈打量她。庄晓然从没听向主任说过这么多的溢美之词，觉得别扭。可她是来求人家的，得装出很妥帖受用的样子，甚至，还摆出一副风情万种的样子。

风情是女人最锐利的武器之一，它能不知不觉让男人沉迷。大概向主任自己也没想到，他以前在属下面前的严肃，居然在庄晓然面前轰然坍塌了，他的思维变得敏捷犀利，说话风趣幽默，甚至还有点轻狂，一点儿都不像个领导。庄晓然奇怪，怎么以前没发现，向主任是这么有意思的人呢。

向主任本人更觉得奇怪，自己以前怎么没注意到，庄晓然竟然这么耐看，那身段那脸蛋，丰满圆润，越看越有味，尤其是她的笑容，微微上挑的眼角，还带着点骚呢。

在向主任办公室待了近两个小时，庄晓然没机会给组织摆摆自己的困难。向主任几乎没停嘴，给她说东说西，单位的研究项目，人事关系浮动，说到后来，连网络聊天、网恋趣闻都讲了不少。庄晓然根本插不上嘴，也没法把话题扯到自己的困难上。几次，她都起身想着离开，下次再找机会给组织诉说，可都叫向主任按住了。他的话还没说完呢。

下班后，庄晓然回到家里不久，又接到向主任的电话，他开口就是抱歉，说难得遇到一个叫他有一份好心境的人，一下午光顾自己说了，还没听听庄晓然说话，现在打电话就是想问一下，她有什么困难，不要客气，尽管给他说。他解决不了，还有组织嘛。

庄晓然深受感动，哽咽着把自己的困难给向主任，同时也给组织说了。她一点儿都没客气，像报告文学里的主人公，在台上做报告似的，一把鼻涕一把泪，渲染了气氛，讲述了自己的艰辛。

电话那端却是无尽的沉默，就像庄晓然一个人在对着电话筒自言自语似的。

庄晓然听不到向主任那边的声音，哪怕一丁点气息也好啊，她心里有些发虚，但她坚持不让自己停下来。诉说到最后，基本上是在重复前面的话，空洞无比，没有一点儿意思，可向主任还是没发一言。庄晓然顿了顿，还是停了下来。她一停，那边立马传过来“嗯嗯”声，向主任表示他在听，而且听得很认真，很投入的。

一旦停下诉说，庄晓然有点不知所措，该说的都已经说完了，这会儿，她很想听向主任的意思。向主任沉默了一阵，才说，你的这个要求按理说，一点儿也不过分，谁没遇上困难呢，可你说的数额大了些，办理手续肯定比较麻烦，我一时不知怎么答复你。看来这几天你精神负担不轻啊。这样吧，这事也不急在一时，你好好休息，不要压力太大，有组织在，没有解决不了的问题，你只是借，又不是伸手要，相信会有办法解决的。

有领导的这句话，庄晓然心里踏实了不少，组织就是一堵最坚实的墙，靠着这堵墙，她是应该好好轻松一下。她开始正常上班，每天都从向主任办公室门口走十几个来回，想敲门进去，又觉得不妥，人家不是在想办法吗，你进去催，成何体统？这不明摆着不相信组织，不信任领导嘛。

庄晓然忍着，没去找向主任。

过了几天，向主任突然把庄晓然叫到办公室，对她兴奋地说，有研究项目了，院里已经做通上面的工作，把这个项目的百分之二十任务争取了过来，叫他带人去北京拿项目。

庄晓然两眼茫然地望着向主任，不明白他为什么会告诉她这个。按照惯例，研究室有了新项目，都会成立研究小组，一开始会由研究小组直接介入，去上面拿项目，一般都是教授、副教授才行，普通工作人员没份，别人更插不进手。庄晓然连回家奔丧带休息，有十天半个月，回来上班才几天，没机会进哪个研究小组。也就是说，她根本没资格去北京拿项目。

主任，我……没听明白您的意思。庄晓然有些疑惑，她不是在装傻，她的确没听懂。

我说得这么清楚，全是中国话呀，你怎么就没听明白呢？向主任收起脸上的兴奋，样子有点沮丧。

庄晓然连忙解释道，不是这意思，主任，我……我的意思是说您的意思……

向主任看着庄晓然，突然哈哈大笑起来。笑毕才说，你看你，越抹越黑。怪我事先没说清，你回去准备一下，跟我去北京拿项目。

可是我不是研究小组的呀？

去了，就是了嘛，傻瓜！

七

庄晓然连这次研究的是什么课题都没搞清楚，就跟着向主任到北京拿项目了。这些年，庄晓然也进过一些不大的项目研究小组，充其量只是比跑龙套的稍强些，但拿项目的差事，就是竹竿横着扫也扫不到她的，因为她还是中级职称，连个副教授都不是，而所里，中高级职称的闭着眼也能数出几十个来。她实在是没有去拿项目的资格。这次，她算例外。

一路上，向主任没跟庄晓然说项目的事，她也不问。他们坐飞机去的北京，一个小时二十分钟，向主任尽给庄晓然讲各种各样的趣闻，他没时间说正事。庄晓然听着没心思，她心里还惦记着借钱的大事呢，心里琢磨着，趁这次出差，多和向主任套套近乎，把钱的事落到实处。

没想到，庄晓然的心思叫向主任看出来了。一下飞机，他们打的出租车刚进机场高速收费站，向主任就对庄晓然说，你的事我一直没忘，这不，正往这方面发展呢。

庄晓然又是一脸茫然。

向主任又说，晓然，你不会反应这么迟钝吧，你想想，有了项目，就有了经费。这个项目我亲自上，到时我说了算，就从项目经费中，给你借出这笔款项来。

那研究经费不是不足了吗？庄晓然明白过来，心里挺震动，没想到向主任真的把她的事这么当回事。

嗨，研究的事，本来就是弹性很大的嘛，到时咱们可以节省点人力物力，需要考察的几个点，不去就完了嘛，打几个电话，叫别人把数据给我们收集上来，再从网络上收集相关的资料也是一样的，这不都是你的强项吗。这节约下的经费，先救你的急，等你还上钱后，咱再发奖金，到时谁也不会有话说的，你说是不是？

原来是这样！庄晓然松了一口气，兴奋地叫道，主任，你真有智慧！

向主任一脸坏笑，道，你现在才知道。不过，还不算太晚，今后你可要好好表现哟，如果我满意，就把我的聪明才智匀点儿给你，啊，哈哈。

笑声中，向主任给司机说了个地方。出租车把他们拉到离市区很远的香山脚下，住进一家别墅式宾馆。偌大一套带小院子的两层小洋楼里，就住着向主任和庄晓然俩人。服务生放下行李走后，庄晓然心里有点慌乱，可又不能表达出来，便在楼下的大客厅里走来走去，装作欣赏豪华的装修。

向主任脱掉皮鞋，换上拖鞋，也给庄晓然拿来一双粉色的女式拖鞋，很自然地说，年底了，北京会议多，城里宾馆被会议占满了，只好住这儿，没办法，咱们也腐败一回吧，都是为了工作嘛。既来之，则安之啊。虽说这里偏了点，但安全、清静，不会有人来打扰，去城里办事多跑点儿路而已。

来，晓然，换上拖鞋，让脚放松点。出门在外，可不能亏了自己。你自个选吧，住楼上还是楼下，随你挑。

庄晓然回身看向主任，向主任正笑眯眯地望着她，那温和的目光之中还带点别的色彩。庄晓然突然间不心慌了，她从那双眯眯笑的眼睛里，已经看出了什么。人家充当的是救世主，早预谋好的，知道你现在最需要什么，哪一块肉最好捏，他的闸门打开，水已经放出来了，你的渠沟还能拦得住水？认了吧，过三十岁，是老女人了，有男人稀罕你，年龄虽然大点儿，但人家为你，费这么大心机，别不知趣。这是迟早的事，早一天晚一天罢了，在这节骨眼上，早解决了早好，只要这一步迈出去，就什么都不怕了。不就是和男人睡个觉吗，都经历过两个男人了，有啥可怕的！

可庄晓然还是放不开，到了床上，都钻进人家怀里了，还扭扭捏捏地挡人家的手呢。她还是得装一下的，不然，太配合了，向老头会把她看轻的。她越躲，向老头越来劲，嘴和手不够用似的，忙得直喘粗气。不一会儿，庄晓然全身软绵绵的，已经配合老头动作了，嘴里还含糊地叫着“不要……”，后来就叫成“不要停”了。

关键时候，向主任没忘记拿出早准备好的安全工具，正要给自己套，被庄晓然一把打掉。她闭着眼睛，气喘吁吁地说，医生论断，我不会再怀孕了。向主任两眼放出绿光，兴奋地大叫一声，不顾一切忙开了。

事后，庄晓然认为自己无耻到极点。可谁又不无耻呢？男男女女平时都装得一本正经，突破了这一关，谁还能正经得起来。

第二天一大早，庄晓然从糟老头的身边起来，不知道怎么面对他，穿好衣服钻进卫生间半天不出来。后来，她的手机响了一声，是短信，打开一看，是向老头发来的，上面写着：改革开放就是好，老牛都能吃嫩草。庄晓然看着短信，心里恶狠狠地骂了一句老不死的东西，突然释然了。

接下来几天，向主任根本没去拿什么项目，白天带庄晓然去爬香山，游附近的颐和园、玉泉山。初冬的北京异常萧条，树木疲惫过度而提前摇落叶子，秃秃的枝枝杈杈，显得寂寞而无奈。天空灰蒙蒙的，阴冷得叫人害怕，太阳像掉进污水沟的大饼，只能看出个依稀的模样，却散发不出明媚的亮光。不时刮过一阵阴冷的西北风，卷起的沙尘四处弥漫，把北京本来就灰暗的天空弄得肮脏不堪。几个景点都很冷清，一点儿也看不出它们曾经的繁华。尤其是香山公园，售票员看他们的目光有点异样，说句实话，庄晓然不愿被公园的看门人在背后骂傻逼。但不出门待在宾馆里更难受，像他们已经好上很久似的，向老头每时每刻都要做出亲昵的动作，看电视要抱着她，吃饭要喂她，洗澡还要和她泡在一起抚摸她。更可怕的还是晚上，向老头为显示自己有真本事，上蹿下跳地折腾，又成不了事，就是不叫她好好睡觉。庄晓然不习惯这样。她心里很清楚，自己是为了什么，她不能把自己摊开了，却要别人占了便宜又缩回去。曾经，她犯过傻，把孩子生下来，却被人家抛弃了。现在她可不能再前功尽弃，她一边催向主任快点拿上项目回去，一边还得装出一副很开心的样子，任这个糟老头瞎折腾。在没拿上钱之前，她只能强颜欢笑。

临离开京城时，庄晓然专门去了一趟原来和陈家豪学习时住过的那家宾馆。在宾馆的院子、大厅、走廊，还有她曾经住过的房间门口转悠了好久。宾馆的模样没变，大概是后来又装修过，只是，装修的时间一长，旧模样又挤了出来，就好像这么多年，专为等她来瞧上一眼。可瞧了又能怎样？感情不是房子，房子旧了可以再装修，可感情破了，只能破了！庄晓然站在宾馆大厅那年与陈家豪站过的地方，心情很复杂，当年陈家豪为了等她，毫不犹豫地放弃乘车，而今，他又毫不痛惜地放弃她。想到和陈家豪几年的婚姻里，自己是怎样竭力想要做一个幸福温顺的妻子啊，可结果是最后的现实把她逼回到以前。前前后后想得多了，心里头的苦痛由浅及深，又由深变淡。一幢旧房子，原本就是不值得留恋的，也不是因为留恋就可以留得住的。倒是生活，是实实在在的，想要拥有，付出是必须的！向老头这几天的所作所为，就是为那些钱，她必须得付出。这么一想，庄晓然竟然对向老头没了愤恨，内心平静得跟结冰的湖泊似的。

刚回到省城，陈家豪的电话就追了过来。在北京几天，庄晓然不想被打扰，一直关着手机。陈家豪电话里的声音有些气急，说已经过去这么长时间了，人家夏秘书长被医院的事弄得焦头烂额，她倒好，连电话都关掉，难不成还真的想要赖掉这笔医药费不成？庄晓然听着很生气，冷冷地说，她现在正在想办法，但如果他再催，她还真的会赖呢。陈家豪一听还真不敢多说，怕把庄晓然惹急，她可能真会做出这种事来。夏秘书长是看在他的面子上才出面的，人家也是好心，他不能叫人家为这事下不了台，更不能为此耽误了前程。陈家豪只得恨恨地嘀咕了一句，庄晓然，你够狠！不过希望你真别把事做绝，你们庄家可只有你一人在省城。说罢，挂了电话。

倒也怨不得庄晓然跟陈家豪说赖话，她心里也急，在北京的几天，向老头一心只想和她寻欢作乐，绝口不提钱的事。还是庄晓然担心凉了黄花菜，催着他去把项目拿回来，理由也很堂皇，说是怕在北京待的时间太长，单位里有什么事没有领导可不行，何况孤男寡女出来，别人说闲话的。向老头多少还是顾点颜面的，听得出里面的道理，何况钱还在他手上，庄晓然自然也就还被他拿捏着。从北京回来，向老头还是不提借钱的事，庄晓然暗示了几回，不知道老头是人老忘性大，还是装糊涂，每次都岔开话题说别的事，她又不好直截了当地问，急得坐卧不安。陈家豪又来过几次电话，庄晓然一看号码，索性摁掉不接。手头没钱，拿什么还医药费？免不得又要和陈家豪打一场口水仗，最后两人都不愉快。庄晓然不接电话，陈家豪不免又有想法，干脆回家堵庄晓然。庄晓然被陈家豪黄世仁一样的逼债方式惹得气急败坏，她冲进厨房，拿了一把菜刀递到陈家豪跟前，说陈家豪你这样逼我，不如拿刀结果了完事。陈家豪吓了一跳，看庄晓然一脸疲惫憔悴的模样，还真有些于心不忍，叹口气，说他再向夏秘书长解释一下，叫医院再宽限一段时日，要她赶紧去借钱。

庄晓然能到哪里去借？要有地方早就借了，何苦耗到现在被向老头钓鱼似的一直钓着。她现在只能依靠向老头了。此时的向老头似乎已忘记自己还代表着组织，他只是很个人地不断给庄晓然手机发短信，提醒她幽会的时间。回来后，他们没地方幽会，到宾馆开房怕碰到熟人，只能在老头的办公室，那里相对比较安全，插上门谁也不知道他们在里面干什么。但是，办公室的床太小，躺两个人很挤，还得听着门外的脚步声，担心有人来敲门。为此，向老头很郁闷，催庄晓然快点办离婚手续，他就可以放心地上她家去做好事了。

陡地，庄晓然的气上来了，心想，你光知道做好事，别的就不管了？有了情绪，对向老头有意无意地会拧着劲。向老头感觉到庄晓然的情绪变化，抚摸着她说，怎么，你又不想离了？那种男人，你有啥可留恋的。庄晓然摇摇头说，我对陈家豪已经死了心，只是，我们之间分割起来很麻烦。

有啥麻烦的，我有认识的律师，叫他帮你办，你吃不了亏的。

看来，向老头真把借钱的事忘记了。庄晓然心里不舒服，她可不能赔了身体又折兵，得想法给老头提醒提醒，不能再拖了。再拖下去，不光夏秘书长那里不好交代，家人那里她已做过保证，她不能让家人失望，再陷入沉重的医药费负担之中。

庄晓然又不能直接给向老头说钱的事，那样的口不好开。你陪人家睡觉了，张口提钱，像什么？情急之下，她想出一个旁敲侧击的办法。这天，去向老头办公室幽会前，她给手机定了闹铃。两人正待宽衣解带，要行好事之时，庄晓然的手机响了，她迅速抓过手机，装作接听来电，对着电话说了几遍“再缓两天，再缓两天，我们领导已经同意借钱了，这两天就办！”算是将了老头一军。

向老头扯起衣服狠狠地往身上套，一脸的不高兴，待庄晓然“挂机”，他说，做好事时关机，给你说过多少次了，不长记性。

庄晓然抱住老头，撒起娇来。她自己都被自己的撒娇声激得身上起了一层鸡皮疙瘩，可向老头却买这个账。他把提起的裤子又往下脱，边脱边说，不就欠几个医药费吗，我是项目组长，已经给财务上说过了，这两天项目经费就到账，第一个先解决你的问题，做好事嘛。

八

从银行出来，庄晓然手上的纸袋子里，装了沉甸甸的十七万元现金。

本来，向老头叫庄晓然直接从银行把钱汇走，不要提现金，那样安全又便捷。但庄晓然不肯，她没见过十七万现金堆在一起有多少，她想看看。另外，她想亲手把钱送回家，心里才踏实。营业员从柜台里给她推出十七捆人民币时，她心里一下子满了，那种满叫她说不清。在营业员面前，她装作见过大世面，一副经常与钱打交道的老成样子，不点钱的数字，却歪着头说，给我全部过一下验钞机。

营业员瞪大眼睛说，这都是封好的，盖着金库的章子呢，绝对不会少的。

我没说会少，庄晓然理由充分地说，我是怕有假钞，我说的是万一。出了这个门，可就说不清了。

绝对不会有万一。营业员不耐烦地说，你就是拿出银行的门，发现有一张假钞，回来我都给你换，能说得清，上面有编码，顺序都没打乱，我绝对认账。

老成没装好，倒闹了个心里不痛快。营业员的态度使庄晓然突然改变了计划：她不想送钱回家。但她不想再通过银行汇款，就冲这态度，她都不想叫银行挣这笔汇费。一时，她也忘记了安全不安全，竟然抱着装有十七万元的纸袋，绕了一大圈，跑到邮局。她亲眼看到，邮局的营业员看了看钱捆上面的印章，很信任她，连数都没数，直接点了十七个捆数，就给她办理汇款。这叫庄晓然心里舒服了点。终于完成了一件大事，可以想象得到，母亲和大哥，还有弟妹们收到这笔钱时该是怎样的开心，没有负担的日子，谁过得不轻松呢。按理，她的身心也应该是轻松的，可是，走出邮局的大门，看到初冬的阳光洞悉人间一切似的，恬淡地挂在天上，庄晓然忽然泪流满面。泪水滴在手里捏着的那张汇款收据上，落下一个又一个圆圈，像眼睛似的看着她。

此时，庄晓然只想回家，蒙头好好地大哭一场。

庄晓然没有大哭，连眼泪也不流了。她为什么要哭？她坚信自己没有错。错的只是命运，把她推向这条路，叫她这样走的。她没有办法不走。

往前走吧。该和陈家豪有个了断了。

向老头给庄晓然找的这个姓江的律师果然厉害，他在法庭上提出疑问，要法官核准陈家豪的存款数，然后再判双方离婚。庄晓然不知道江律师葫芦里卖的什么药，休庭后问他。江律师对她说，法律讲的是公正，如果你丈夫在此之前，在存款数上做了手脚，与你分割的只是一部分，你可就吃大亏了。

庄晓然说，我们的收入有数可查，还养着房子的月供，他做不了手脚。

这倒不一定。江律师说，现在很多单位的隐性收入比工资高得多，你不清楚他的这块收入，只是光从表面计算，当然不会有多少。但问题是他先提出的离婚，你们的收入又是他掌管着，他把做不了手脚的那部分给你留下来分割，剩下的转移走，你不亏谁亏？我要做的就是不能叫你轻易吃这个亏，得与他平分所有财产，包括存款。不然，你不吭声，他说有多少你就是多少，他不但不会同情你，还会在背后送你个绰号呢。

什么绰号？

傻逼！

庄晓然怎么会当这个傻逼，她问江律师，怎样才能弄清楚陈家豪还有别的存款？

江律师说，这个几乎办不到。人家打的是有准备之仗，难叫你查出来。法律最重要的是讲证据，拿不出证据你就是知道他有一百万、一千万，也是白搭。一是银行得为储户保密，不可能给你出具他有存款的证明，二是纵使可能，对方准备充足，有可能早就把款转移到别的地方去了，你到哪里查？

那我怎么办？听江律师的话，好像陈家豪真的转走了上百上千万的钱似的，庄晓然心里忍不住生出急迫来。

你先别急，听我说完。我觉得，你唯一的办法，就是拖，他不是已经与别的女人在一起吗，非得把他拖得半死不活，到最后只好拿出钱来息事宁人。

庄晓然这才明白了，律师就是搅屎棍，不臭的时候就搅搅，让臭味一直弥漫着不散。

婚暂时离不成，财产分割调解不了，法院撤销了立案。庄晓然不急，陈家豪看上去也不急了。他急也没办法。只是，他基本上不再回家，与庄晓然彻底分居。向老头还在那头盼星星盼月亮似的地盼着庄晓然离婚后，他们有更自由的空间呢。尽管陈家豪不回家，但庄晓然做不到还没离婚就带随便带男人回家，她可不愿叫陈家豪拿住把柄，无论如何，她表面上要做得干干净净。这下，向老头不干了，介绍江律师的馊主意是他出的，没想到给自己出了难题。他把江律师臭骂一顿，以为他们相识，会帮他把事做得圆满快捷些，没成想好事竟叫他做成坏事，他叫江律师不要再参与这件离婚案。然后，向老头做庄晓然的工作。他和庄晓然没有婚姻关系，只在一起做做好事，为什么不能去她家里？他们做得隐秘些，又没人认识他，可以放心大胆地做，那样心里才踏实。他催庄晓然快点离婚算了，不要为多分几个钱这么干拖着，把自己拖得年龄越来越大，有什么好？

这话庄晓然不爱听。什么叫多分几个钱？什么叫年龄越拖越大？难道我离婚了，你能娶我？你只是为玩我方便！再说了，你不过利用职权给我借的公款，又没送给我十七万，没在我身上贴上你的标签，凭什么我离婚了，只供你玩？庄晓然心里很不舒服，虽然没当着向老头的面说出来，但心里已经对老头没了一点儿好感，与老头说起话来也没有了开始时的娇顺。时不时地，她还在言语里对老头有些摔摔打打的意思。

向老头看出了庄晓然心里的不快，还以为她也在为不能和陈家豪顺利离婚而发愁呢。但庄晓然似乎没再给老头这样自以为是的机会，有天，她断然拒绝了向老头约她去办公室做好事的邀请。

向老头耐着性子，请了几次，都没请动庄晓然，才知道她是真的闹脾气了。向老头很恼火，但又没法，总不能当着同事的面，把她拖进自己的办公室吧。就是可以拖，她不配合，也是白搭。你以为你是二十郎当岁的小伙子，想做好事就能做成？

向老头一气之下，停止了庄晓然的项目研究，理由是她的资历不够，他想以此制约住庄晓然，然后等她主动送货上门。老头端起架子，又回归了组织的严肃面孔。庄晓然的犟劲上来，才不吃老头的这一套，她坚决不求向老头。不让参加研究小组就不参加，累死累活，东奔西跑，到头来成功了，全是那些教授、副教授的成果，能有她什么事？要说有好处，也就是最后项目完成，摊上点儿奖金，可拿到自己手上的奖金，不过几顿饭钱而已。反正，钱已经借上，解了燃眉之急，至于以后，再说吧。

庄晓然与向老头的“感情”出现了危机。向老头见庄晓然不回头，才知这个女人的心是什么做的，但钱已借给出，现在往回要，简直是天方夜谭。再说，他也怕把事闹大，无故再生出事端。但向老头心里气恨不过，又骂江律师。江律师不干了，律师费没挣着，还三番四次挨骂，终与向老头争执起来。这种争执没法诉讼法庭，结果，两人反目为仇，不再交往。

九

这个冬天，庄晓然过得异常凄惨。没有男人的冬天，没有温暖，尤其是到夜里，冰冷的一个人待在没有暖气的大房子里，像待在一个与世隔绝的冰窖里，那份寒冷与孤寂实在不好熬。庄晓然甚至都想着，妥协吧，与向老头和解，不管他多么自私，但他是个男人，还有点男人的味道，最重要的，是他的心思还在她身上，她喜欢被人看重的感觉。不然，一个人没依靠地度寒冬，她受不了。

可是，一看到向老头，见他冷冰冰的样子，庄晓然的心里就瓦解了。从停止她参加项目研究后，向老头一直没再让她插手研究的事，她本来对这个项目就没太多的心思，不让参加就不参加吧，只是这个老男人心眼小得像针眼，就是和他和解了，以后肯定也会闹崩的，他对她又能有几份真感情？不过原始的欲望罢了。庄晓然心里要妥协的想法冷却了。她是女人，如果她随时都巴巴地往男人身上凑，会让人从骨子里看不起她。她庄晓然没这么贱。

俩人僵到来年开春，彼此都没了信心，又像以前那样，成了正常的上下级关系。庄晓然释然了，心想，还是这样的关系好，没有负担，不然，纸里总是包不住火的，不定哪天败露了，可就惹了一屁股骚呢。

过去的这个冬天，陈家豪偶尔会打电话给庄晓然，催她协议离婚。因为江律师不再帮庄晓然的忙，但他的话还在起着作用。反正，庄晓然已经不着急用钱了，她与陈家豪打起了持久战，你不拿出存款，休想离成婚。

庄晓然想得太简单，陈家豪绝对不是吃素的。法律规定，第一次立案撤销后，满六个月方可第二次上诉。半年之后，陈家豪又一次上诉离婚。

接到法院的离婚传票之前，庄晓然先接到了单位财务处通知，叫她十日内还清欠款，否则，将诉讼法院。

庄晓然呆了，欠债还钱，天经地义，可不能是这个催法呀，十日内，叫她庄晓然一下子从哪儿去弄十七万元？这肯定是向老头得不到她，从中捣的鬼，不然，财务处不会催得这么急。她义愤填膺，去找向老头理论。

没想到，向老头比庄晓然还气愤。这几个月来，他在研究小组，到了最后的攻坚阶段，在外面包宾馆住，除去开紧要的会议，基本不回单位。他们好久不打照面了，猛然一见，都吃了一惊。两人的脸色都很难看。尤其是向老头，脸色苍白，胡子头发乱糟糟的，像个鸟窝。没等庄晓然质问，他把愤怒的她拉到一边，小声说道，你别把我想得那么坏，我们俩好歹好过一场，我是生你的气，可不会落井下石的。告诉你吧，我被人告了挪用公款，院里马上会派调查小组，对我进行审查的，我已自身难保。你快想法弄钱，不要弄到法庭上去，不然会很麻烦。只要还了欠款，不会有人追究你的责任，款是我挪用的，责任在我……实话告诉你吧，研究经费出现短缺，我不愿追你要钱，就压缩了人手，才被人记恨上……

庄晓然扑到向老头怀里，哭了。

向老头一把推开庄晓然，咬着牙小声叫道，乖乖，不要命了，这种时候，你还敢这样，不要命了。

庄晓然赶紧抬起身子，哭道，是我连累了你。

向老头老泪纵横道，有你这句话，够了。

庄晓然到哪儿去弄钱？在她认识的人里，有钱的人还真没有，就是有，谁会借你这么多？正两眼茫茫然时，法院离婚的传票到了。庄晓然看着传票，大骂道，陈家豪，你真不是人，我这辈子和你拼上了，不把你耗死，我就不是庄家的小三子。

骂完，庄晓然号啕大哭。哭过，她想了一晚上，陈家豪再怎么可恶，现在还只有他才能帮自己。她打电话约陈家豪谈谈。

陈家豪来了。庄晓然对他说了自己的想法，她不要这座房子，只要钱。陈家豪问她要多少。庄晓然说，十七万，必须是现金。

陈家豪明白了，说，还是为你父亲的医药费啊，你不是还了吗？是借钱的对方催你还钱吧，怪不得呢。按说我现在不该说这话，但对你这个一根筋，还是说了好，别傻了，你父亲的医药费就不应该你一个人掏，凭什么……

这不用你操心。庄晓然打断陈家豪说，你只说同不同意我的条件？

陈家豪害牙疼似的，丝丝抽着凉气，过了半天才说，这个价太高，我接受不了。你也知道我没钱。这样吧，咱们夫妻一场，就算我最后帮你一次，十五万吧，你要的是现金，我去借也得想个地儿去借，一下子哪凑得齐？

此话一出，庄晓然清楚了，江律师说得对，陈家豪果然早留了一手，他手头有钱。她心里咻咻啦啦直冒寒气。这次，她算是彻底把陈家豪看透了，她的心里也干净了，不会再对陈家豪有什么留恋的了。她咬紧牙，慢慢地说道，陈家豪，别跟我讲条件，十七万，一分都不能少，我的性格你是知道的！

陈家豪冷笑道，好吧，要不是看在我们夫妻一场的情分上，我绝不会答应你。

庄晓然也冷笑两声，说，煽情的话还是留着给你的小情妇去说吧。我现在除了钱，什么都不相信。

空 巢

早晨起来若天气晴好，二舅定要爬上三楼的露台。他家的三层楼是高店街最高的，气势足不说，重要的是登得高望得远，高店街的一切全在他的目光掌控之下。南北向的正街是老街，旧房子旧门脸，样子灰扑扑的，不过全是卖衣服、鞋子的小商铺，半晌午才能开门。一开门，就色彩纷呈了，像一张老脸化了个五颜六色的妆，妆厚些，看不出这街的陈旧来。早晨除了几条早起的野狗落寞地穿过之外，正街几乎看不到半个人影。最热闹的当数背街，也是南北朝向，几乎与正街平行，被菜市场与各种吃食店占领。这时候的背街可与萧条冷清的正街大相径庭，热闹得好像要沸腾起来，卖菜的和卖各种小吃的吆喝声、讨价还价声，熟悉的人相遇时的招呼声，各种声音浪潮一般，涌动之间，竟没一点儿缝隙，俨然就是声波的海洋，广袤得无边无际。在各色哄闹中，人头攒动处，老林家的早点摊冒起的热气再不肯间断，黄家的烧饼烤出第一炉的香气飘到二舅家的三楼后就一直这么飘着……背街的人多到让二舅不知所措，正街还在沉睡中，它怎么就嚣张到不晓得收敛呢？最后，二舅的目光会被远处开发区的那几根大烟囱烫伤，迅速结束他的目光之旅，耷拉下眼皮，木然地离开露台，开始他无聊又漫长的一天。

有雾霾的早晨，二舅绝不上三楼做观光客的，观望什么呢？灰不邋遢的，败兴得很，说不定望多了还得眼病呢。这样的天气他要赶早出门，做别人的风景去。出门左拐，先去黄家买两个刚出炉的烧饼，用草纸捏着拧一块，边走边吃，烫得直吸气，却香味四溢，那份烫也是有资本的，凉了香味会失去一大半。待走到老林家早点摊前，一个烧饼刚好吃完，老林早盯上二舅了，把一碗辣红油旺的豆花及时地端到他眼前，带着一脸的笑容，看着心里舒坦。二舅脸上多云转晴，舌头迅速在口腔里旋转一番，接过豆花碗吸溜一口，又辣又烫，就着微凉的另一个烧饼，吃得满头大汗，从里到外爽个透。再恶劣的天气、再不爽的心情，也抛到了脑后。

给老林递上一支烟，两人点上抽着，这个时候老林一般不招乎其他食客了，要陪二舅说会儿话。无非是发生在高店街的一些新鲜事儿。说是新鲜事儿，也算不得新鲜了，老林要说的，二舅全都知道，高店街巴掌大点儿地方，何况，二舅总是站得那么高看得那么远，视线覆盖的范围比老林大了去了。可他还是愿听老林再扯上一遍，消磨时间。

二舅家的三层楼刚盖起来不久，二舅妈就突然得病去世了，这个家几乎塌陷，二舅一下子没了任何心思，除了收拾出几间必须住人的屋，三层楼另外十几间屋子，大多保持着原样。说是新房子，却透着那么一股破败样，平时被雾霾填充着，二舅一个人哪个屋里待着都感到压抑。雾霾倒是随意得很，落进屋里便不肯离开，使整幢房子都沉甸甸的，更加让人喘不过气来。天气晴好时就不一样了，那一面面裸露着水泥的墙壁像吸足了阳光，那气息也让二舅备感温暖与舒适。这样晴好的天气二舅不舍得出门，宁愿整天待在家里，他喜欢喝口酒，从早饭起就炸个花生米，再炒个小菜，就着通透的阳光，边喝酒边看电视，楼上楼下跑几趟，一天就消耗没了。

说到消耗，老林这天给二舅说了个很重要的消息：下河洼的那片地保不住了。

二舅对老林这个消息的可靠性持怀疑态度，他把烟头从嘴里拔出，狠狠地拧死在烟灰缸里。这是二舅要起身离开的前兆，老林太熟悉了，赶紧按住他，嘴角扯到了耳根："这次绝对是真的，孩儿他舅昨晚才给我说的，煎熬了我一夜，终于等到你来。"

老林的孩儿他舅在市里工作，或许掌握了一些新消息，可二舅这两天没看到他来过高店街呀。再说了，征地这么大的事，老林哪能憋到天亮！二舅料想老林并不是真的有什么事要说，大概不知从哪儿捕风捉影来的。他没让老林按住，还是起身，丢下一句："那片是水洼地，可建不了炼钢炉。"老林又不能硬拉着二舅，张着手急了："我没说人家要建炼钢炉啊，孩儿他舅说在下河洼要修个高铁站。”

这就更扯了，高店街修高铁站？除非铁道部部长是高店街人，即便是高店街人，也还得考量考量呢，哪有这么轻易？高店街只是个镇街，比县城小得多，怎么会修高铁站！二舅斜了一眼老林：“夜里做梦了吧？这几天就没看见你孩儿他舅的人。”

老林说：“你老糊涂了，非得见孩儿他舅干啥？有啥事一个电话都说清楚了。你要不信，给你儿子打个电话，不就证实了？”

二舅回到家呆坐了一阵，也没给儿子打电话问下河洼征地的事。老林这次说的事确实比较重大，他很想证实这事的真假，整个高店街就剩下河洼那片地了。二舅还在那里种着一亩多的麦子，如果征地的事是真的，那他就失去了所有的土地。一个农民没有一寸可种植的土地，这将意味着什么？他今后得买那些洋面吃了，这是他最不想看到的。前些年市区向东扩展，把开发区延伸到四十里外的高店街，说白了就是卖地办私营企业，一窝蜂竖烟囱炼钢铁。高店街的绿树没见成排成行，竖起来的烟囱倒是壮观得很。高店街被“开发”了，跟城里算是接上了轨，日子是好过了，可是有了钱后，人的心情却没法通透起来，后来二舅发现，心情不通透的原因跟天气有关——雾霾天越来越多。

二舅的儿子虽没能力建个炼钢炉，却跟着他姐夫跑铁粉生意挣下不少钱，在市里买了住房，又给家里盖了栋三层楼，说是孝敬父母，逢年过节回来也有个宽畅的住处。以前的房子是平房，一家人住着是有些紧凑，可家家都这么紧凑地生活着，没谁觉着有啥不适的。倒是儿子住进市里的商品房，不习惯以前的住处了。二舅也没反对，盖楼房是欢喜事，盖了就盖了。可楼盖起来，老伴没享受到，儿子又不常回来，出出进进只有二舅孤影一人，这就使楼上楼下宽敞得有些寂冷，冰炕冷灶的，让二舅时常感觉不到时辰的变动。

去年深秋的时候，北街口补鞋的秋霞，男人出车祸撒手走了，扔下她与一双儿女相依为命。前阵，秋霞刚给男人过完一周年，扯下鞋子上蒙的孝布，老林就等不及了，试探着给二舅撮合。二舅听明白了老林的话，心里有些荡漾，只是这荡漾有些短促，涟漪都还没有扩散出去就消停了。二舅故意不接老林的话茬，每次把那碗豆花喝得山响，压过了老林的好心好意。三番五次，老林像是看不透二舅的态度，有点儿不屈不挠，越发把话往明处说了。有次竟然说二舅家楼盖得高，连眼光也跟着涨高了，难怪他跟人家秋霞聊天时说起，她也说二舅条件好，头仰得高呢。二舅一听这话，顿了一下，揣测秋霞说这话到底是啥意思。

也不是二舅喜欢揣测人心思，在老林提起这个话题前，有天下午，秋霞独自走进了二舅家，说是想参观一下高店镇最气派的楼房。二舅虽说是守着一幢楼，再满足也毕竟是孤单单一个人，有人来看他的楼房，当然非常乐意，何况还是秋霞这样的女人。二舅陪着秋霞从楼上到楼下，一个房间一个房间地看，二舅像端详一件宝贝似的，怎么都不觉得腻。秋霞也不腻，丝毫不吝啬她的赞叹，从"参观"第一个房间开始，啧啧啧的声音一直没停止过。这极大地满足了二舅的虚荣心，除了房子，他已经没什么值得炫耀的了。

楼上楼下参观完，二舅给秋霞泡了一杯茶，茶叶是儿子孝敬他的，精致的铁盒装着，说是最好的绿茶。二舅喝了一辈子茶，却搞不懂茶叶还有什么红绿之分，摘的时候还不都是绿的？儿子很无奈，说这可是从杭州带来的明前绿茶，贵着呢，不喝就浪费了。二舅不想浪费，可又实在喝不出味道来，没有味道的茶还叫茶？凭啥就贵？还不如一袋茉莉花茶，沸水倒进去，浓浓的香味就出来了，冲三四次喝起来还是香的。因为绿茶贵，二舅不舍得把茶叶送人，自己又喝不出味道，就留着来客人时喝，一来显得对客人的接待隆重，二来也可以显摆儿子的孝顺。只是二舅家来的客人不多，乡里乡邻的，有啥事迎面碰上，几句话就说完了，哪还有专程往人家里跑一趟的？绿茶跟红茶不一样，娇贵着呢，放时间长了，冲泡出来的颜色不再绿莹莹的好看，第一口喝下去连淡淡的清香味都没了。二舅没那么精细讲究，依旧把这盒很贵却放了很长时间的茶叶当宝贝。秋霞是为数不多到二舅家来的客人，二舅自然当贵客接待了。

秋霞看装茶叶的盒子精致，顺手拿起来端详了一下，说二舅的日子过得就是滋润，住着大楼房，还有这么好的茶喝，高店街这么高质量的生活也就这一家了。这话夸进了二舅的心里，像喝了蜜糖水，嗞嗞地往外冒着甜。二舅还是很低调地顺着秋霞的话头说，这也是托了儿子女儿的福呢，我一个糟老头子，哪懂什么生活质量，能吃饱饿不着就行了。秋霞笑笑，说，你太谦虑了，才六十出头，还是盛年，哪成糟老头了？

秋霞说话时轻轻地抿了一口茶，放下杯子，直到离开再没端起杯子。看来她也喝不惯这种高档茶。两人东拉西扯又说了些散漫的话，秋霞终于把来意说明了，说是她有个娘家表侄，在开发区一个私企里打工，工厂有宿舍，十几个人挤在一间屋里的那种。表侄一个人好对付，挤在宿舍没问题，可表侄的媳妇不放心，非要跟了来照顾，这照顾也是有代价的，得找个住处。这不，找到她这个姑姑了，让她帮忙在高店街租个房。秋霞思虑了半天，也只有二舅家的空房子多，又在高店街上，各方面都方便。

听着这话，二舅心里莫名地慌了，他的眼神闪了几下，不敢落在秋霞的脸上，支支吾吾地说，房子太简陋，还没修整呢，租出去还不得叫人戳后背？再说，房子是儿子盖的，怕是儿子不会同意吧。

秋霞笑笑说，房子是儿子盖的没错，他还不是给你盖的？他们住在城里还稀罕咱这地方？是我找你租房子，简陋就简陋点儿住，租的人不嫌弃，谁吃饱了撑的，嚼这闲口干啥。

二舅还在犹豫。秋霞在二舅的屋里又巡视了一遍，说："你也知道，我家里就那么大点儿地方，是没法空出一间房子来的。我要是有你这样的楼房，就不会空着，租出去既赚房租，还能借着人多热闹暖暖房。你看你一个人守着这么大幢房子也着实孤单了些。"

秋霞声音柔柔的，她话里的体贴让二舅觉出一种久违的温暖，他心里一软，几乎就要答应了。二舅硬是扛住了内心的波动，拒绝了秋霞的求租，最后的理由竟然是怕搅扰了这份清静。听听，他说的是清静！

离开的时候，秋霞没显得多失望，大概在她意料之中吧。她依然笑意盈盈地跟二舅告别，走到院门口，折过身对二舅又说谢谢他的好茶。二舅回到屋内，看着那杯早没了热气的茶，茶叶沉在杯底，水绿不绿黄不黄的，一点儿都不好看。他忽然想起，这茶，秋霞只喝了一口。轻轻抿了一口。

二舅对老林说到秋霞的话题揣测归揣测，却还是不搭老林的这个话头，闷头喝完豆花，扔下毛票，抹抹嘴扭头走了。撂下老林站在原地看着二舅的背影，哎了几声不见二舅一丝迟疑，只好带着一脸的无奈继续张罗他的生意。

二舅自觉道行深，把心里的活动都藏得纹丝不露。不是二舅不想接这个话题，老伴走了两年多，他一人住在三层高的大楼里，好像阅尽风光似的，其实正如秋霞说的孤单着呢，心里比楼还要空荡。楼高有什么用，那只是用来看高店街风景的，日子不照样过得没滋没味。特别是夜深人静时，孤单凄苦只有他自己知道。他哪里是真的习惯这种清静，那不过是对自己被别人羡慕的某种掩饰。他不是没有一点儿想法，不过想法比较简单，只要有个伴，年龄相当，知冷知热的那种。秋霞不太合适，她才四十出头，虽说在街口守个补鞋摊，可她是个爱收拾的人，平时注重穿衣打扮，看上去比实际年龄还要小些，她的补鞋摊也是高店街的一景。自己就不一样了，虽说刚六十出头，满头灰发却像寒冬里的枯草，乱七八糟，没有一点儿章法，脸上的皱纹粗枝大叶地横躺着，都快没地方长新的了，乍一看，很多人都觉得他怎么也有七十挂零了。俩人年龄相差十多岁，又是街坊邻居，他怕人笑话。再说了，二舅有个私心，秋霞拖着一双未成年的儿女，如果过门，肯定得带着两个孩子，以眼下的条件，二舅供养俩孩子读书成人倒没问题，可将来他百年之后，这三层楼的归属难道不会有争议？二舅之所以拒绝秋霞，还有一个原因就是，他在秋霞的目光中看到某种渴望，好像秋霞不是替亲戚来租房，而是为自己看房子似的。二舅在秋霞不经意间流露出的渴望中有了警惕，他内心的坚定像堵墙一样瞬间竖立了起来。这栋楼可是儿子送给父母养老的，他没法跟儿子，还有女儿开这个口。为盖这栋楼，女儿也往里面添了几万块私房钱，她不让说，怕丈夫知道，闹别扭。

说到底，二舅不是没有心思，是不想把心思叫老林看透，一把年纪了，若是让人看出些春花秋月的意思来，叫他的老脸往哪儿搁？二舅揣着心思，失眠了。失眠的时间里，秋霞的影子像是有意要补这个缺似的，在他的脑海里晃啊晃的，晃得二舅在暗黑的夜里越发精神。这种时候，天气也跟着凑热闹，连着三天雾霾，二舅望着外面凝滞的灰色，他知道那些熟悉的景致还在，只是像被罩在塑料薄膜里似的，让人有种看不透彻的焦虑。二舅没去老黄家买烧饼，也没去老林家吃豆花，像是某个东西的断裂，二舅听到这种断裂的声音，不是清脆爽直，而是吱吱扭扭，带着迟疑和嘶哑。

老林等不得了，第四天一大早，他一手捏着老黄家的两个烧饼，一手端碗自家的豆花来敲二舅家的门。二舅把门打开，看到笑眯眯的老林，还有冒着热气的红油豆花，他心里热了，眼眶湿了，不知说什么好。倒是老林看穿了似的，站在门口大大咧咧地说：“几天不见个影，我怕你死在屋里臭了没人知道。”二舅这才讷讷地道：“哪能，哪能呢！我还没活够哩。”边说边把老林让进屋。老林把碗往二舅手里一塞：“没那么烫嘴了，想趁这口福吧，就到摊子上吃去，摆啥臭谱啊。”二舅的胃对老林家的红油豆花永远产生不了抗体，他捧起碗，急不可耐地呼噜呼噜喝光，觉得不过瘾，扯住老林坐下，从柜子里翻出半瓶茅台，就着昨天的剩菜要喝几口。这也是早上，没有现烧的开水，不然，二舅那盒绿茶也是要拿出来的。老林不干了：“这哪能啊，我就来瞅你一眼。大清早人多，我还得回去招呼生意呢。要是晌午或晚上，这么好的酒你赶我都不走。”二舅扯住老林不放：“你拉倒吧，也就抽支烟的工夫，你能赚多少！再说还有你老伴招呼着呢。坐下陪我喝杯酒吧。”

老林不是非得回去，他那小摊什么情况自己心里清楚着呢，不然，他也分不开身来看二舅。老林便坐下和二舅喝了起来。几口酒下肚，全身热乎起来，二舅又炸了一盘花生米下酒。喝着喝着，话题自然被老林扯到了秋霞的身上。二舅这次不藏了，以年龄差距为由头，表明自己的担忧，当然，他没说自己的心事。以前只是老林有撮合的意思，但他摸不透二舅的想法，几番试探又叫二舅给躲闪了过去，还以为二舅真没啥想法呢。这次二舅说出他的忧虑，老林倒是豁然开朗，也不半遮半掩了：“都这把年纪了，还能活几天啊，秋霞的想法跟你差不多，也就想找个老伴，相互支撑着睡几天热炕头，是你想得太多啦。”二舅说：“年龄差距这么大是事实，咱不考虑，人家秋霞还能不考虑？她还年轻。”老林沉吟道：“话可以这么说。但是只要你没顾虑，秋霞那里好说，是我老伴最先觉得你俩合适，试探过秋霞，她也没啥可说的……”

二舅急眼了：“咋能这样呢？八字还没一撇，你老伴倒跟人家说了，这让我咋见人呢？这传出去，我成啥了我……”老林打断二舅说：“急啥呀，就是试探了一下秋霞的意思，又没跟秋霞说找的人是你。”

二舅心里这才踏实点儿，还是嘀咕道，没个说道，你让人家秋霞说啥？说不定她一听到是我就有顾虑了呢。老林咱先别剃头匠的挑子一头热了，还是喝酒吧。说话间，半瓶茅台很快见了底。二舅还没去找酒，老林喝得不尽兴，自己起身打开柜子找酒，翻来翻去再没比茅台好的。他打开一瓶“太白”，只喝了一杯便没了兴致，嚷嚷着应该先喝次点儿的酒，好酒一旦入了口，次酒实在难咽下去，算了吧，等这次媒做成，就你儿子的能耐，还愁没茅台喝！

送走老林，二舅借着酒劲给儿子拨通电话，本想跟儿子说一下老林的意思，征求一下儿子的意见，明着主动权好像交到儿子手里，实际上呢，是借着老林来表达一下自己心里的某种诉求。儿子一年难得见几回面，见了面除了掏钱买东西，也想不到他老爹一个人守着三层楼是怎么熬日子的。谁知，电话接通二舅却说不出口了。他一般不主动给儿子打电话，基本上都是儿子打给他。难得主动拨一回儿子的电话，儿子自然有些紧张，一再追问他怎么了，是不是身体不舒服。二舅支吾了几声，忽然想起还有下河洼那片地的事需要证实一下。儿子说，这事他也听说了，消息可能是真的，从发展的角度看，高铁站很少建在城市跟前，一般会选在稍微远点儿的地方，高店街又属开发区，被“开发”成高铁站也理所当然。儿子说这话的时候不自觉地稍带了点儿官腔，好像他是个有大视野、大见地的人。二舅急眼了：“这还稍微，有四十里远呢，也不想想我们就剩这么点儿庄稼地了。”儿子说：“你的想法，跟国家的政策背道而驰，你就惦记着那点儿庄稼地！你的观念要转变，不能老是一根筋只盯着那点儿贱庄稼，一年到头，能折腾出几个钱来？要不是高店街紧挨着几家国有企业，谁征你的破庄稼地？谁会把高铁站修到你家门口？你别不乐意——哎，不乐意也没用，你还能跟国家对着干啊？等着吧，好日子在后头呢，只要高铁站往高店街一修，咱家那三层楼就派上用场了，到时……”二舅终于失去了耐心，把儿子兴奋的声音摁死在电话那头。

天气晴好，因为冬季寒风的功劳。只要有风，雾霾就能被驱散，不然，谁也没法对付幕布一样浓厚的雾霾。

要在高店街建高铁站的消息不胫而走，大家传得有鼻子有眼，有人说连开发办的人都默认了。一时间高店街沸腾了起来，走到哪儿，都是关于要修高铁站的议论，躲都躲不开。在这样密集的舆论下，下河洼还有耕地的人家便动起了心思：如果真的要征下河洼，那要补助的可不能光是地，还有地里的作物。有头脑活泛的人点拨说，地里种的是粮食，属于农作物，一般只补偿产量，粮食不值钱，一亩地最多补偿一两千元；要是果树就不一样了，属于经济作物，树龄长的每棵能赔两三百块钱，刚栽的也能补一两百呢。这样的账谁都会算，谁也不愿吃这种暗亏。为多挣点儿补偿款，大家又纷纷在自家仅有的那点儿地里挖起了树坑，赶在征地前植下果树。下河洼一下子变得热闹了，到处是老弱的留守人员在自家的麦子地里挖树坑的身影，有些家庭实在没劳力，担心失去赚钱的机会，便花钱雇人。一个树坑二十块钱，在松软的冬麦地里挖树坑，捡钱似的，有些在近处打工的人都闻讯回来挖树坑了。

二舅本来没啥心思，他没有被征地的喜悦，而是发愁以后没地种了要买粮食吃。但儿子说他操心的都不是事儿，说他不分轻重。再看别的人家，二舅这才觉得自己真的是轻重不分了。不过，他在下河洼只有一亩多地，在他心里，那根本不算什么。他想的是，秋霞在下河洼也有地，她知不知道这个消息？可千万不要别人都忙得热火朝天，她连个音讯都没有，还守着那个补鞋摊，那可就失去了大好的机会。人可真是奇怪，老林没撮合二舅和秋霞时，二舅从不替人上这个心，一旦有了心思，什么事都忍不住要把秋霞放在心上，好像这样想一想，就真的替人家操了心，连情绪都莫名地好了很多。

为此，二舅专门到北街口去看秋霞，无论秋霞知不知道这个消息，他都要向秋霞传递一遍，以示他对她的关心。还有，弥补一下那次没能把房子租给她亲戚的遗憾。到北街口，却没看到秋霞的补鞋摊。二舅有些失落，懊悔没能亲口给秋霞说这个消息，不然，他们还可以多说几句话的。

二舅转回家准备拿工具去下河洼，却在途中遇见秋霞扛着工具匆匆往下河洼方向走。二舅赶紧上前招呼，说正要去跟你说这个事呢，知道了就好！秋霞笑笑，急匆匆地边走边说，整个高店街都传疯了，我想不知道都不行，你倒淡定得很。二舅讪讪地说，我这正要去呢。

到了地里真正干上了，二舅才明白就算只有一亩多地也不是那么简单，毕竟上年纪了，挖一个两个坑还行，十个二十个就撑不住了。再松软的麦子地，也只属于年轻人，对六十多岁的二舅来说，一天挖下来能看到天上的星光了，也只挖了二十个树坑。这还是咬着牙坚持下来的，不然，连二十个都挖不到。为了多得补偿款，就得多种果树，大家把树坑挖得很密集，比正常的要多一半以上，工作量也增加了一半。好在是庄稼人，身体底子厚实，二舅撑了下来。让二舅一直硬撑着把树坑挖完的，还有一个精神支柱，那就是秋霞。在众多的劳动者身影里，二舅看到了秋霞，她脱掉外衣，穿着水红色毛衣，很鲜亮很扎眼，隔老远看过去，她像一朵在风中摇曳的花儿。二舅暗暗脸红了一下，他和秋霞之间什么都没发生呢，连当时急吼吼的老林这些日子都没了踪影，他独自一人居然就酝酿出了那么多的情绪来，秋霞不知不觉就进驻了他的心，他就像这些挖好的树坑，等待着移栽秋霞这棵树苗。

在下河洼这些天，二舅始终关注着秋霞的动向，挖个坑，他就直起身去找寻秋霞的身影，有时正好看到秋霞也直着身子朝他这个方向望时，心想秋霞可能也关注着他呢，便又是一阵甜蜜滋生。这样的关注下，他绝不能让自己表现得那么衰老无用，所以，他浑身是劲儿。

树坑还没挖完，儿子回来了，他不是来帮父亲挖树坑的，而是从这挖树坑的繁荣中看到了另一个商机：果树苗。大家都在埋头挖树坑，却没想到树苗的来源，况且，还不到植树的季节，苗圃也不会出售树苗的。儿子发现商机后回来一家一家去敲定需要的树苗量，没工夫帮父亲。二舅也不生气，他确实习惯了没人帮衬的生活。挖完树坑，二舅累得浑身散了架一般，在家睡了一天半，胳膊腿疼得不想动，可他却睡不着了，拎着一双挖树坑时裂口的胶鞋，来到北街口秋霞的鞋摊前。二舅想找借口与秋霞正式接触一下。

秋霞比其他人勤快，挖完树坑没休息，已经摆开了补鞋摊。

这天是个雾霾天，离老远，二舅看到没有生意的秋霞坐在太阳伞下发呆，他心里一阵难过，没了男人的女人看来日子比他还难过。二舅手里掂着胶鞋犹豫着要不要过去，他只是把胶鞋上的泥土大概刷了刷，擦拭的痕迹鲜明地附着在上面，像他的神情一样难堪。二舅不知道除了补鞋，他与秋霞还能说些什么，他的嘴已经开始颤动了，心里在预演跟秋霞找些什么话题。以前他可没这么复杂，跟秋霞遇见了，打声招呼，若是孩子在跟前，再说几句关于孩子的话，心情不好时，点个头也就过去了，哪还用得着在心里千绕百转，这么胆怯？迟迟疑疑间，秋霞已经看到了二舅和他手里拎着的胶鞋，忙站起来笑脸迎接。二舅只好走上前，接过秋霞双手递过的小板凳。小板凳一直在秋霞的屁股下焐着，一点儿都不凉。二舅能感觉到她热乎乎的体温正通过小板凳传递到他全身，甚至在他体内燃烧，使他高烧般语无伦次。这么体贴的女人怎么能没男人呢！二舅嗫嚅着，差点儿把他的那份怜惜之情说出来。幸亏，这时有个骑摩托车的陌生男人来了，才让二舅解脱出来。男人停住车没熄火，一只脚撑在地上，后座上竟然跳下来秋霞的一双儿女，他们放学了。二舅看着那对活蹦乱跳的孩子，眼睛酸酸的。男人跟秋霞打了声招呼，秋霞温婉地笑着，在二舅眼里，那笑容像阳光一样挣脱出灰沉沉的雾霾，闪烁出灿亮的光芒。

如果说，之前秋霞是一团挥散不去的雾，在二舅的心里盘旋，那么这之后，秋霞则更像是清风，细密绵柔，温存丰实，让他觉得踏实和满足。

接下来，联系果树苗，分配，栽种，儿子在网上从南方引进了一批八九年树龄的果树苗，挣了钱又解决了大家的燃眉之急。二舅也跟着忙活，却没与儿子谈秋霞的事，儿子的眼里满世界都蕴含着商机，看不到他父亲的日子枯成干草。待栽完果树，二舅也没啥事，一个人待在家里就觉出日子的漫长来，便时不时地到北街口秋霞的鞋摊上坐坐。秋霞没鞋可补时，也主动寻些话头跟二舅聊，有时说她自己，她生育晚，起初还以为不能生育，吃了好些日子的药，那时公公婆婆看她的眼神都带着怨恨，她都不知道接下来的日子怎么过了。等到终于有了女儿，公公婆婆先是高兴了一阵，不久又不乐意了，嫌是女孩儿家，好在一年后，儿子又出生了。满心以为这日子从此就顺了，想不到公公却病倒了，熬了大半年后撒手归西，没多久婆婆又卧病不起，不到一年也随公公去了。男人在外面打工赚钱养家，她一个人带着俩孩子就这么咬着牙一步一步走过来，可是天不遂人愿，当孩子一天一天长大，日子越过越顺，男人又出了车祸……这些事其实二舅都知道，乡里乡亲的，谁家那点儿长短都会被大家说来道去，只是这些事秋霞亲口一说，二舅对她的怜惜越发多了。除了怜惜，还有敬佩，一个女人家，日子过得这么难，做的又是补鞋这样的营生，能赚几个钱呢？可她却仍是这么妥帖，几乎看不到被生活压迫的萎靡和消沉。除了聊孩子，秋霞也会问二舅住楼房的感觉，住那么大的房，是不是感觉跟皇帝一样？二舅被这样的话问得不好意思，他不能说自己孤单啊，挠着头想了想，很认真地说皇帝有人伺候，我得伺候着自己。这话倒把秋霞逗乐了。

等秋霞忙的时候，二舅不去打扰她，起了身，像秋霞一样把焐热的凳子递给顾客，他站立一旁看着，或者去附近溜达一圈。这样过了好些天，高店街好多人看出些端倪来了，但也没人说穿，只是再见到二舅时，会暧昧地一笑。

卖完果树，儿子又不露面了，二舅打电话，又说不出口，想起秋霞有次跟他说起茶叶，秋霞说，茶是好茶，只是时间长了，味道变了，还是别再喝了，做别的用吧。他想问一下儿子，绿茶那么贵，为啥没味道。终是没问，却再也没耐心等下去，干脆打电话把女儿叫了回来。理由是他想吃自家蒸的馒头，就是用酵头发的面，而不是酵母。

女儿赶紧回来，到处去找酵头，高店街还有谁家能留酵头？早不自己蒸馒头了，全在馒头店买。女儿几乎转遍了高店街，最终还是在一个老人家里找到了酵头。寻酵头时，女儿隐隐约约听到了父亲和秋霞的事——似乎也不关人家秋霞的事，只是父亲经常去北街口跟秋霞聊天。女儿回家给父亲蒸了一大锅馒头，透过白雾般的蒸汽，她看到父亲捧着馒头吃得香甜的样子，心想，父亲一个人守着这么大的楼房，实在太可怜了，连个酵头发面的普通馒头都吃不上，是得有个伴了。女儿含泪走出厨房，给弟弟拨通电话，说了父亲的孤单，也说了高店街传说父亲与秋霞的事。弟弟一点儿都没反对，让姐姐把这个意思跟父亲挑明，一定要表明他们姐弟的积极态度——只要父亲愿意，找个什么样的老伴都行。

二舅哭了。他被孩子们的孝心感动了，揣了那么多日子的心思，结果只是自己给自己结下的网，孩子们的心通透着呢，根本就没往房子最终的归属方面去想。二舅激动得一夜未眠，好不容易盼到天亮，赶紧去找老林——这种事，有个中间人终是方便——表明对秋霞的心迹。当然，主要是儿女们的心迹。这次，他在老林面前的态度明朗得像云层之上的阳光。

老林听完，一把将二舅按坐下，塞过一碗辣红油旺的豆花：“先喝口烫嘴的，我去老黄家给你拿两个烧饼。这时节，吃啥都得趁热。”从二舅开始说起秋霞的态度上，老林就揣透了二舅的那点儿心思，只是不好说破罢了。时间说明了一切，明眼人哪个看不出来？秋霞也是要强的人，她又怎肯让人误会自己是有企图的人？多难的日子都挺过来了，剩下的时间她还能过不下去？后来老林正经跟秋霞挑明这事，秋霞很婉转地表示以后不再提这档子事，她想安安静静地把孩子抚养成人。这几天老林苦于没法向二舅明说，这事缘他而起，看到二舅对秋霞的鞋摊光顾得频繁，他更不知怎么开口了。

这个时候的二舅哪有心思吃豆花，一把没扯住，让老林溜了。他觉得此刻老林的态度就像这浓重的雾霾，说不清道不明看不透，有点儿压他的心了。老林不该是这个态度，他一直是个爽快人，肚子里藏不住事儿，今儿个怎么了……二舅看着喧闹的背街，平视的背街与他在三楼俯瞰的原来并不是一个景致，他突然间看不明白了，到底哪个才更真切，更让他心里舒坦。这个问题纠缠着二舅，捧着豆花碗的手竟然抖了起来，直愣愣的眼神，灰扑扑的脸色，样子有点儿吓人。

老林的老伴从里间出来，看到二舅痴呆的样子，有点儿不忍心，上前拿下他手中的碗，说："我给你再换碗烫点儿的，这碗豆花时间太长——凉了！"

西路上

一

陈加西对上级任命他担任“第四纵队”司令兼政委一职，心理上一下子接受不了。前一阵子传言要成立新四纵，陈加西没想到上级会提拔他，事先没透露一点这方面的消息，连提拔前考察摸底的程序都没有。突破腊子口，进入甘肃地界后，红军第一、三军团里，战功卓著的团长比比皆是，三十二岁的十七团团长陈加西无论从年龄还是打仗经验，只能算个“小字辈”。陕甘支队政治部首长宣布完命令后，对陈加西短暂的谈话中，流露出的期望却很高，要他这个“常胜团长”带领“新四纵”，准备去啃掉一块硬骨头，打一场只能胜不能败的战役。

陈加西心想自己算什么“常胜团长”？从江西、湖南、贵州一路走过来，各种战役打了无数次，大部分硬仗都是在军团的统一部署下打的。说到陈加西每次作战能够取得胜利，也只是在一些小战役中，他们团确实没辜负上级的期望，一打一个准，尤其是在若尔盖那次战役中，为把敌人困死，他们坚守了半个多月，直到他们断了粮草，在没有供给的情况下，陈加西派人去就近的农户家征粮，当地老百姓被军阀侵扰掠夺，受够了战乱的苦难，早把一点口粮都埋藏起来，任你掏多少钱都不愿卖一粒粮食。陈加西的几千号人马就靠吃积雪嚼草根，在寒冬里硬是又坚持五天五夜，最后把敌人的一个旅困得实在无计可施，悄悄地撤退了。后来，在几次小型战役中，陈加西率团作战，没有打过一次败仗，为此，陈加西得到上级的高度赞赏，称赞他是独立作战的“常胜团长”。

“新四纵”面前刚成立，上级紧跟着召开作战会议，给“新四纵”下达了奔赴甘南攻打宕昌的命令，并且强调这次战役是一次硬仗。

这次宕昌之战，关系着红军进入甘肃的安危。作战会议后，陕甘支队的最高首长跟陈加西单独谈话，陈述了这次战役的利害关系，又表明甘南是少数民族聚住区，还得安抚好当地的民族群众，以防敌人扰乱民族关系，造成更多的障碍，要求陈加西一定要像以前的战役那样，坚持宁愿自己吃苦，也绝不扰民的原则，一定把这次仗打好。陈加西在首长谈话期间，始终没表态，只是一个劲儿地点头。首长是身经百战的名将，知道打仗这事谁也不敢预先保证只赢不输，他们也没叫陈加西表态，只是用信任的目光望着陈加西，使他感觉到那目光压在自己肩上的重量。

“新四纵”下属三个团兵力都是秘密从各个军团抽调出来的。上级考虑到甘肃整个局势动荡，为了不使境外组织和马鸿逵在各个防区趁机做文章，既要攻克宕昌，又不能叫他人看出各个军团减少兵力，便从各个军团绝密地临时抽出三个团兵力，组成这么一支队伍。

“新四纵”的兵力调整都是在深夜里进行的，悄悄地集结。虽然各个团都编了新的番号，但为便于识别，允许在内部还叫原来的番号。在以前的各种战役中，团与团之间在一个战壕里或多或少都打过仗，现在临时组成一支新的队伍，大家相互都不太陌生，在做了一番战前动员和后勤方面的准备工作后，“新四纵”向甘南开拔。

二

正是深秋时节，甘南地阔荒蛮，放眼四周，一望无际的荒野上，除了风肆无忌惮地裹胁着沙尘在疯狂奔跑、叫嚣外，几乎很难看到一丝带着生气的人烟和绿色植物。直到过快接近哈达铺时，才看到了一些稀稀落落的已经憔悴的绿色，一副寂寞、懒散的样子，叫人看着打不起精神。来到哈达铺，这里却是另一番景象，到处是开得红红紫紫的红柳花，胡杨树上的叶子像镀上一层黄灿灿的金帛，热烈而妩媚，把秋天的迷人之处毫不保留地呈现出来，使人陡增信心。

陈加西倒背着双手，站在夕阳下，高大的身躯像把剪刀似的，把完整的夕阳硬剪开一个黑乎乎的缺口，抛在荒野上，使温暖宜人的夕阳像被溅上一滴浓黑的墨水一般，失去了应有的魅力。

陈加西此时正苦恼着呢，他率领的老四十二团、老四十五团和自己的老十七团，经过三天的艰难行军，终于抵达离宕昌城不远的哈达铺，突然接到情报，离宕昌还不远的岷县告急，说是扼守宕昌城的马家英，亲自到岷县去镇压已经起义的守备团团长曲和才。曲和才被马家英抓起来，岷县的情形非常危急。陈加西从侦察员的情报中得知，这次马家英亲自去岷县处理兵变，可能带的是主力部队，沿途之处尘土飞扬，兵马无数。本来，“新四纵”进军甘南，声势浩大，岷县独立团的地下党做了大量工作，已经鼓动曲和才团长起义，岷县会不攻自破，陈加西率部只要攻下宕昌，捣掉马守成老窝，就大功告成。但他万万没有想到，马家英在这个时候，会放下老窝宕昌不顾，带主力部队去争取小小的岷县？弃帅保卒，谁都知道这是死路一条，但这么一个明显的破绽敌人又岂会轻易地露出来？看来问题并不是表面上这么简单。陈加西与各团团长开了个碰头会后，猜想这可能是敌人玩的花招，有意布下的疑惑阵，是叫“新四纵”分散兵力，然后他们布好口袋，从容地把“新四纵”一口一口吃掉。还没和敌人正式接上火，就感到马家英的狡猾，陈加西紧锁眉头，传令各团在哈达铺驻扎，按兵不动，原地待命。

陈加西与纵队司令部一帮人研究战斗方案，大家各抒已见，最终意见统一，兵分两路，一路主打宕昌，另一路奔赴岷县救急。但是在怎么分兵上，大家意见却难一致。到底敌人主力在哪个地方，怎么分兵才能与敌人兵力相当？现在宕昌敌军首领去了岷县，又不知带走多少人，宕昌城里敌人的兵力不详，真不知道该不该用主力部队。在分散兵力这件事上，陈加西本来就有点想法，他不想在大战之前分兵两路出击，万一中了敌人的圈套，宕昌离岷县太远，一下子两面都救不了急，宕昌没攻下来，再失去一支人马，这个责任他陈加西可担当不起。于是，他宣布散会后，一个人离开驻地，来到空旷的戈荒野，想静静心，一个人再细细地揣摸揣摸敌人的意图。

正在陈加西举棋不定，理不出头绪时，参谋长魏大泉走过来，对陈加西说：“司令，还没有对分兵方案下决心呀？”

陈加西转过头来，看了一眼魏大泉，说："这个决心不好下啊，现在摸不清敌人主力到底在岷县还是在宕昌，如果分兵不利，哪路人马陷入敌人圈套失手了，都会影响到我们这次战役。"

魏大泉说："司令，这个大家心里都清楚，依目前的情况，我们必须分兵，得赶快出击，如果再拖延几天，会影响到士气，可能还会给敌人留下调动兵力的可乘之机。"

陈加西扭头看着魏大泉，突然对他说道："大泉，假如你是司令，你认为怎么分这个兵最有把握?"

魏大泉早就料到陈司令会有这招，胸有成竹地说道："我会把两个主力团合在一起主攻宕昌，其余兵力奔赴岷县救援。"

"为什么?"

"因为宕昌是敌人的重镇，虽然敌人主将去了岷县，未必会把主要兵力带去，敌人玩这个把戏，就是给我们投的烟幕弹，目的是想让我们上当，以为他们的主力真的去了岷县，吸引我们把主力调过去，分散我们精力，然后牵制住我们，把我们去攻打宕昌的这部分兵力困住，再让我们又从岷县赶回宕昌来救急，这样就可以把我们拖得两头跑，先拖垮我们的士气和精力，再慢慢地削砍我们。"

"有道理，"陈加西点着头说，"我也是这么想的，只是……"

"只是在摸不准敌人主力究竟在哪里的情况下，我们把主力放在宕昌这步棋有点险。"魏大泉接过陈加西的话说，"可险棋也得走啊，时间不等人，甘南这蛮荒之地，如果再拖延时间，供给就会成为头等大问题。在这个人烟不济，荒漠纵横的地方要弄到粮草肯定很难，眼看又进入深秋，气候也会越来越冷，再说，上级还在等咱们的消息，咱们也拖不起呀。"

"当前的情况非常严峻。"陈加西说，"根据现在情况来看，敌人确实不太可能把主力调到岷县去，宕昌才是他们的重地，需要主力把守，可马家英这个老狐狸居然会在这个时候，亲自去岷县，他究竟走的哪步棋，出的哪个招？咱们不能不考虑清楚，不得不做防备。想当年马守成只有一个旅的兵力，就把马鸿逵几个师打得招架不住，要不是邻国插手，出动那么多飞机大炮，马鸿逵绝对不是马守成的对手，可见马守成非等闲之辈。我听说马守成每次打仗，靠的就是他这个姐夫马家英，现在马守成虽然跑到外国去了，马家英却能把宕昌把守得固若金汤，能让不可一世的马鸿逵攻不下来，这个马家英看来还真是个人物。所以，我们对马家英绝对不能掉以轻心。”

魏大泉说：“就凭马家英临阵突然带兵去岷县这一手，就可以看出这是个狡猾的劲敌，放一般人身上，大战在即，主将怎会扔下老窝去援救一个小地方呢?”

“所以，咱们这次也学一下马家英的战术，来个以其人之道还治其人之身。”陈加西紧锁眉头说，“我决定，兵分两路，一路由四十二团和四十五团主力部队攻打宕昌，另一路由我带纵队司令部和十七团去岷县救急，万一敌人主力在岷县，那么我们就要拼上死命，和马家英把这个仗打下去。”

“那么，宕昌的主攻部队由谁来带领?”魏大泉点着头，急切地问了一句，提出自己愿意去打这个头阵的请求。

陈加西说：“大泉，你就别想立这个头功了，这次我想由他们两个团长自己带领，我连一个副司令都不派遣，连作战方案都不给他们定，就由他们自己去弄。”

“司令真是胆大，”魏大泉说道，“四十二团团长潘洪业人粗，遇事急躁，四十五团团长邵延新心细，性子缓和，但也是个粗人，这两个人一急一缓，放在一起，恐怕难于相处，这是打硬仗，大敌当前，主力部队两个团要是各行其是，没一个统筹的领导指挥，岂不乱了方寸?”

陈加西说：“你这样想是对的，可打这种摸不清敌人底细的仗，最好不要设置层层领导，以防到时不好调整兵力，就放开手脚让他们自己去打，他们肯定打得漂亮，如果层层管理，他们才不自在呢。当然，这么大的仗，我不可能不考虑由谁统筹的问题。潘团长和邵团长两人大致旗鼓相当，我就让潘团长这次统筹指挥。”

“潘洪业?”魏大泉叫了一声，“他不如邵延新有计谋！再说，原来传说他是‘新四纵’司令的最佳人选，后来上级任命的却是你，虽然他会听从上级命令，但心里难免会有点想法的。”

“没想法是不可能的，”陈加西说，“潘团长是个老团长，并且功劳很大，那天接到任命，他还对我说，上级不叫他当司令、政委，跟他连个话都不谈，看来上级对他这个火爆脾气是不放心的，今后他得改改。这次上级没叫他担任司令，首长肯定考虑到他的鲁莽，这次又是在少数民族地区打仗，情况要比别的地方更复杂。可能上级借这次战役磨磨他的暴脾气，不让他意气用事。再说，我了解潘团长，他这个人脾气直，不打仗时什么都敢说，一旦打起仗来，不计较个人私怨。他打仗没问题，就是他的这个不管不顾的脾性，我有点担心，这可是个少数民族地区。”

魏大泉说：“既然这样，司令为什么还要潘团长指挥宕昌这一仗呢?”

陈加西说：“潘团长看上去粗，其实他心很细。宕昌一战，打的是急仗，要一举攻下来，不能给敌人喘息的机会，这种时候还是要把担子压在急性子人身上，才稳妥些。至于其他，我得给他定下几条死规定才行。”

魏大泉点着头说：“那我现在就去通知各团长开会，听你下达作战命令。”

“这个会就不开了，我要单独给潘团长和邵团长谈分兵作战的事。”陈加西说，“大泉，你去组织纵队司令部的参谋，按我刚才说的，立即拟好两路兵力的行军路线，分发各团，明天一早，我们就按各自的路线开进。”

三

第二天一大早，四十二团团长潘洪业和四十五团团长邵延新组织各自人马，向宕昌开进。经过大半天急行军，天快黑时，将队伍拉到离宕昌城只有十几里地。将帐篷扎好后，潘洪业和邵延新立即召集各营长一起研讨攻打宕昌之计。这时，通信员来报：刚接到消息，离宕昌城十几里处的迭部城守备团团长来建东起义，派人前来请求接受他为攻打宕昌城的一员。

邵延新一听，气不打一处来：“潘团长，不要理会这个来建东，他原来是宕昌守备旅的一个团长，是我们以前发展的党员，在马守成占领宕昌后，来建东被查出身份，为保全性命，这个胆小鬼立马叛变，不但如此，他还将自己的女儿送给马守成的副司令马家英作了姨太太，现在马守成逃到境外去了，看着马家英也大势已去，我们打过来，他这次又要转变风向，反戈马家英，投靠我们，这种变幻不定的人真是可恶至极，对这种人我看我们还是谨慎一点的好。”

潘洪业镇定地思忖一阵，宽容地说：“来建东为形势所迫，当时甘南全落入马守成之手，来建东本来就在贼巢，当时降服于马守成，迫于无奈，现在能思悔反过，起义投明，说明他心里还是向着我们的，当前局势，我们应接纳他才对。”

邵延新愤然道：“对这种苟且偷生之徒，我们得有所防备，谁知他这次又安的什么心呢?。”

潘洪业说：“邵团长，再怎么说，来建东也是个明白人，现在马守成已经跑到国外不知死活，马家英虽然还在蹦跶，可也已经成了秋后的蚂蚱，他还能有什么异心？他能认清大局，站在我们这面，也少了个障碍，咱们就接纳了他吧。”

邵延新不再言语。

潘洪业派人前去告知来建东：红军欢迎他，不必他前来攻打宕昌，只守好迭部城，不让逃窜敌人入城，就算帮了大忙。

随后，潘洪业说自己的想法：“现在我军压境，敌人早已慌乱，我们何不乘此机会一举攻下宕昌城，端了敌穴，把马家英的后路断了。”

邵延新说：“我也是这样想，既然迭部城已由来建东控制，我们无须分散兵力，一并攻打宕昌，时机再好不过，但是，我还是有点担心，我军一直是急行军，现在士兵体力恐怕有所不支，怕打成疲劳战，可能会影响到攻城。”

大家都说：“邵团长不必多虑，现在士气正旺，一鼓作气，等攻打下宕昌城，再好好作一次休整。”

“好，”潘洪业见大家热情很高，征求过邵团长的意见后，高兴地说，“既然各位群情激昂，我就部署攻城计划。邵团长，你看这样行不行，你的四十五团从宕昌城北进击，我从城东进击。我们两面夹击，包围住宕昌城，同时用大炮轰击，叫敌人摸不着我们到底有多少兵力。”

邵延新说：“大家既然都这么精神，潘团长，你是指挥，就下达作战命令吧。”

潘洪业对各个营的攻守做了具体部署，最后，他与邵延新商量一番，才说道：“有一个问题，大家一定要记住，千万不能伤及无辜，尤其是宕昌的少数民族群众，马守成这些军阀在甘南迫害他们时间太长，我们是来解救他们的，一定要保证群众生命财产安全，不能误伤一个无辜！”

有个营长说：“这是打仗，枪子不长眼，万一……”

潘洪业斩钉截铁地说：“我在陈司令那里是立下了军令状，在我潘洪业这里，不讲万一！否则，军法处置！”

邵延新在心里暗暗佩服潘洪业这个粗鲁的人，关键时候心却很细，能大胆处事，并且时刻记着上级的有关指示，看来，司令让他指挥宕昌之战算是选对人了。

潘洪业下命令：“为防止伤到群众，我们今夜零时静夜攻打宕昌，给敌人来个防不胜防。到时以炮声为令，一举攻城！”

当夜零时整，宕昌城东方向，一声大炮巨声响过之后，两路人马如潮水一般向宕昌城涌去。

城内守敌——马家英的副司令苗占坤没想到“新四纵”一到宕昌，不作休整就攻城，但他一点儿也不慌乱，因为宕昌城坚兵强，他已得到“新四纵”的司令亲自带大批兵力去岷县打马家英的情报，所以他一点都不惧怕他们来攻城，在城外的一片喊叫声中，他还召集部属说：“敌人连日来长途行军，一定人困马乏，现在又兵分两路，来攻宕昌的不是他们的主力，实在不足为惧，只要我们固守城池，再组织骑兵出城反扑，不让敌人靠近城墙，他们就别想攻下我们！”

苗占坤一面命炮兵将大炮架好，向城外各方对准射击，一面派出四股千骑人马，冲出城来，想阻止攻城人马接近城墙。

四十二团刚接近城跟前，城内敌军的大炮就打响了。

一阵炮火过后，敌人的城门洞开，从城内涌出千骑人马，大声呐喊着，一路冲杀过来。

霎时间短兵相接，双方混战起来。

四十二团的士兵一直疲于行军，到了宕昌没有休整，与敌人一接上阵，又是近距离拼杀，体力不支，被打得直往后退。

敌人渐渐占了上风，打得越发起劲，将四十二团逼退到城东的河边。

这条河不是大河流，但水也不浅，当时只考虑到攻城，没有考虑退路，这时，敌人来势凶猛，四十二团被打得直往后退，河上木桥太小，一时难于过往数千兵马，四十二团士兵来不及后撤就往河水中跳，想泅渡退到河对岸。一时间，河里人喊马叫，乱成一团。

敌人追打到河边，集中火力向河内、桥上射击。河里、桥上一片惨叫声，四十二团伤亡人员大增，受伤士兵快盖满河面，血把河水都染红了，在夜晚炮火的照耀下，河水红得耀眼。

四十二团大败退到河岸这边，一查人数，死伤过了大半。

三个营长瞪着血红的双眼，给潘洪业复命。

潘洪业早已气得骂开了娘，从警卫员手里抓过一条长枪，“咔嗒”一声上了刺刀，飞身跃上马背，冲到河边。沿河两岸到处是燃烧的炮火，如同白昼，见对岸敌人还在放枪，潘洪业骂骂咧咧挺枪单骑就要向河对岸冲去。

一营长扑上前抓住马缰绳说：“团长，千万不能过去，我们的战士行军太疲乏，体力不支，敌人养精蓄锐，在体力上已经占了优势，再加上凭借这条河，又占据有利地形，对我们实在不利呵！再这样硬攻下去，我们会吃大亏的。”

潘洪业心里疼痛，后悔没有给他的部下休整的时间便贸然进兵，让这么多无辜的生命白白牺牲。他望着一河的尸体和血红的河水，在炮火的光影里，他的心像被扎进无数纲刺，那尖锐的刺痛让他的心抽搐成一团，而身上的每一根血管却在这抽搐中鼓胀起来。

潘洪业忍不住大吼一声，泪水在吼声中奔涌出来，模糊了他的视线，他非常后悔：眼看大功将成，却牺牲了这么多士兵，是自己的失策呵！先不说自己今后如何面对这些亡人的亲属，如果这场战斗失利，他将如何向陈司令交代？如果宕昌这一仗打败，甘肃的局面将会多么难堪，马鸿逵这个老狐狸更会兴风作浪，不顾协议，把甘肃往独立的前沿推进……

潘洪业骑在马背上，勒马站在河边，任敌人的枪子从耳边擦过，任一串串酸涩而痛惜的泪在脸上肆意纵横。

正在这时，城西北方向传来几声巨响，火光冲天而起，传来一片震天的吼叫声。

“邵团长那面攻进城了！”有人大喊起来。

潘洪业精神为之一振，抬手抹了把泪，大吼一声：“警卫员，给我拿碗来！”

警卫员不解地拿出随身携带的大碗，望着潘洪业。

“给我从河里舀一碗血水来！”

“潘团长?”

“去舀!”

警卫员从河里舀来满满一碗泛着血沫的河水，双手捧给潘洪业。

潘洪业接过，凑到嘴边，一饮而尽。

“弟兄们，跟着我，打过河去!”

潘洪业将大碗往地上一摔，大喊一声，跃马冲进河里。

身后的三个营长指挥士兵，跟了上去。

河对岸的敌人已被城西北的炮声、吼声震慌，不知道城里出了什么事，一下子不知该怎么办。

潘洪业跃马从河中涉水过来，一上堤岸，挥舞带刺刀的长枪，连打带刺地冲向敌人堆里。紧跟着过河的营连长们，指挥各自的士兵，杀进敌阵。

敌人一下乱了阵脚，敌挡几下，终敌不住这帮不要命的“新四纵”将士，一哄而散，向城内退缩回去。

被自责和痛苦浸染着的潘洪业见敌人要逃进城内，知道一旦让敌人窝进城里，关上城门，就给他们重新蓄养精力的时机，此时已经占了上风的潘洪业怎会让敌人这么轻易躲进城里，他挥着手中的枪，喊道：“同志们，跟我冲进去，绝对不能上敌人关上城门，冲啊!”喊完，一马当先，率先向城里冲去。

敌人想着只要退回城里，关上城门，以防为主，便可占上风，在他们的人还没有完全进入城门内，乱哄哄地就要把城门关上，这下惹怒了还没有退进城门里的敌人，他们嘴里乱骂着，抬起枪打那些关城门的人。关城门的敌人当场被打死几个，后面的不敢再关门。就在城门欲关不关的紧要关头，潘洪业和一帮骑兵冲了过来，他们集中火力，将关城门的敌人打退下去，后面的人马趁机涌进城内，在一片喊杀声中，猛烈的火力打得敌人抱着枪一哄而散，各自奔命去了。

敌军大败。

守在城内的敌人，见退回城里的自己人吃了大亏，从各个城头上冲下来，一拥而上，前来阻击。一时间，城内烟土弥漫，只听得人声枪声马嘶声混杂在一起，直震得大地似乎都禁不住颤抖起来。

潘洪业攻进宕昌城的同时，四十五团团长邵延新部也从城西北角用大炮轰开的缺口处冲进城内，和前来阻击的敌人主力接上火。一开始，敌人火力威猛，又占据着有利地形，四十五团处于劣势，被打得退回到城外，他们凭借城墙做掩体，集中火力向城内敌人射击，以便压住敌人火力，再次冲入城内，夺取城墙制高点。正在这时，从城东方向传来城破的乱吼声，枪炮声越来越近，四面都是救急的喊叫声，敌人腹背受敌，一下乱了方寸，火力明显弱了。邵延新抓住时机，调来几挺轻机枪开路，指挥大队人马又一次冲进城内。

城内被炮火照得亮如白昼。

潘洪业部与邵延新部两面夹击，在宕昌城内形成两面扇形火力，将敌人打得落花流水，大家一时杀得兴起，眼睛都红了，先前的困乏和沮丧早在这场搏杀中不见了踪影。

潘洪业见我方占绝对上风，他命一营长率领一营绕过面前的战场，向城西北角杀去，接应邵延新团长，又命二营上城墙，击溃守城敌军，先把敌人的旗子扯下来，换上我方红旗。他自己则带着三营，一路杀着，寻找敌人的老窝。

四

就在潘洪业、邵延新两个团长率兵向宕昌进击的当日，陈加西率领纵队司令部和十七团千余人西行，一路上没受到任何阻拦，于第二天中午赶到岷县。为了不给敌人防备的机会，陈加西一到岷县，安排纵队司令部人员扎营，命令十七团架上大炮，对准岷县城墙一阵轰击，给城内的起义独立团报信。

炮声一响，岷县独立团团长曲和才的部下趁势做了内应，他们与马家英的人马混战起来，一时间，岷县城内枪炮声响成一片。

不到两个小时，岷县城破，马家英趁乱逃窜出城，落荒而逃。起义的独立团团长曲和才早已被害，城里只剩下了曲和才部属幸存的数百人，在一个姓汪的营长带领下，出城将“新四纵”司令陈加西及部属迎进城。

陈加西入城后，立即派十七团的一个营去追击逃跑的马家英，命另外两个营迅速散开，搜捕残留敌人，一面接纳起义的独立团，一面安抚群众，清除敌人设置的军事构筑，修补被敌人破坏的民房。

后来，陈加西从曲和才旧部那里得知，其实马家英这次到岷县镇压曲和才，只带了一个团兵力，为虚张声势，在来岷县的路上，把人马距离拉开，又在每匹马的尾巴上绑了一把扫帚，打动马来回奔跑，扬起很大尘土，不知情的人从远处看，就像是大队人马经过的样子。

弄清楚马家英狡猾的伎俩，陈加西才缓缓出了一口气，心想自己这次的作战决心算是下对了，不然，中了马家英的奸计，宕昌那面的战役可就得吃大亏。

第二天早上一起床，陈加西急匆匆吃过早饭，带着参谋长魏大泉到各处检查群众恢复安定情况。他们来到城西原来敌人的司令部，这里已没了敌军司令部的气势，只剩下一片破败颓废的民房，显得清冷而孤寂。陈加西扫视着面前这片残墙断壁，想着这次打得出乎他意料的一仗，还有马家英给他玩的那些诡计，心中不免有些感慨，正想给参谋长魏大泉说说自己的感慨，这时，突然，一片吵闹声从破败的房子里传出来。

“走，去看看。”陈加西和魏大泉一帮人走进敌人的司令部。

他们循声来到后院，陈加西看到让他勃然大怒的一幕：一帮破衣烂衫的男人正在粗鲁地轮奸一个女人。

“住手!”

陈加西怒不可遏地大喝一声。

几个男人回头一看，停住奸淫。被奸的妇女裸着身子从地上跳起来，背过身去，压抑着却是极度悲伤地哭泣。

一道白光在陈加西他们面前闪动，陈加西背转过身，怒道：“你们光天化日之下竟敢奸淫妇女，不要命了?”

那几个男人冷笑着。

一个男人说：“你算哪根葱？敢来管老子?”

“说什么？你们这些王八蛋无法无天了。”魏大泉怒吼一声，从腰间拔出枪来朝天放也一枪，叫人上去收拾那几个男人。

陈加西伸手制止住，随手脱下自己上衣，递给警卫员：“去，给她穿上。”

警卫员上去把衣服给被奸的妇女披上。一道白光被陈加西的衣服包住了。

陈加西的眼睛才不觉得那么难受，他转过身，厉声道：“你们是什么人？光天化日之下，太放肆了。”

一个满脸胡子的男人，瞅瞅一身风尘的陈加西，知道这个一脸怒气的人是这群人的头，他的目光缩了缩，随即又满不在乎地将光着的身子往旁边挪了挪，一点都不胆怯地说：“我们是曲和才团长的人，怎么样，你害怕了吧？”

魏大泉一听，骂道：“怪不得禽畜不如呢，原来是军阀。”

“什么？你敢骂我们是军阀？我们跟曲和才团长起义，反了马家英，你他娘的竟敢骂我们是军阀。”一脸胡子的男人暴跳起来。

陈加西用手势制止住魏大泉，厉声道：“曲和才团长起义反正，就是因为马守成扰民害人，才弃暗投明的，这是正义之举，却叫你们坏了他的名声，你们这帮不知好歹的东西，干下这等无法无天的事，还有脸提曲团长！”

“你是啥东西，跟我们穿的皮不一样，有啥了不起。老子好歹也都是参加起义的，你竟敢骂老子们，看老子不废了你。”

说着，几个人扑过来要向陈加西动手。

警卫员早已按捺不住，拔出枪冲到陈加西的前面，对着几个人吼道：“你们谁敢动一下我们陈司令？我的枪可不长眼睛。”

“陈司令？我们早就看出来你们是‘新四纵’的，可你说他是‘新四纵’司令，想唬谁呀？”几个人一愣，挥动着的手臂在半空中停下来，指着陈加西疑惑地问道。

陈加西说：“我就是陈加西！”

几个人互相看看，又望着陈加西，紧跟着哈哈大笑起来。

“陈加西？”那个满脸胡子的男人狞笑道，“绝对不可能，我们得到情报，陈加西是‘新四纵’司令，怎么会是你这样子？别他妈的拿陈加西来吓唬我们。就算他真的来了，又能把我们怎么样？”

“是吗？”陈加西冷笑一声，对警卫员说，“把这几个不知廉耻的东西给我拿下！”

跟随在警卫员后面的几个士兵一拥而上，将几个男人围住。

这时，那个蜷缩着被奸的女人回头看了一眼陈加西。

陈加西注意到女人的这个举动，发现女人有一张白皙而美丽的脸庞，一双失神的大眼里全是悲哀和屈辱的泪水。看外表，这个女人不像是本地人。

那个大胡子见动真格的，这才害怕了，扑通一声往地上一跪，对陈加西说："你果真是陈加西司令？"

陈加西看着这个家伙，说："我是不是陈加西有什么关系？你们既然已经起义，那就是义军，该为百姓着想，可你们不但不一心向善，却在这里为非作歹，残害百姓，就算我不是陈加西，也一样会处理你们的。"

大胡子一听，软了下来："我们该死，有眼不识陈司令，望陈司令饶命！但陈司令，我们——有话要说。"

"哦，你们还有什么要说的？"

"陈司令，我们不是有意要干坏事，而是这个女人确实该奸，该杀！"

"难道她是大奸大恶之人？就算是，也该交由政府来处理，哪里由得你们这样为非作歹？"

"陈司令，你不知道，这个女人是马家英的姨太太！"

"啊！"陈加西吃了一惊，心想：怪不得这个女人长相不一般呢。

"马家英的姨太太就由你们任意摧残？我们是军人，不是土匪，我绝不容许你们胡作非为，给我拿下！"

"陈司令，我们没错呵，这个女人是叛逆来建东的贱女，她父亲丧尽天良，将她送给马家英做姨太太，父亲不是个好东西，女儿又怎么会是好人！"

"住口，你们还不知悔改。来建东原来是我们的地下工作人员，他女儿就算做了马家英的姨太太，那也是个受害者，对于一个手无缚鸡之力的女人，你们都不放过，还要为自己犯的罪行强辩，看来你们妄为曲团长的起义军，留下你们这样的人，今后还不知要给老百姓带来多少祸害呢。"陈加西怒斥着，对警卫员命令道，"警卫员，给我将这几个败类押走，明日正法！"

来建东的女儿听到陈加西说到她父亲时，她的心抽动了一下，这时转过身来，含泪望了陈加西一眼，"扑通"一声跪在地上，哭泣道："陈司令，贱女来妮娜给陈司令叩头！感谢您的大恩大德。"

"快起来！"陈加西要上去扶她，却又止住脚步，来妮娜只是用陈加西的衣服裹了半个身子，还有大半个身子裸露着。他这样上去扶她有些不便，就转回身。

跪在地上的来妮娜已是叩地有声。

这时，一名士兵将一套不知从哪儿寻来的衣服递给来妮娜，让她穿上。

来妮娜穿好衣服，对着转过身去的陈加西等人又是叩头，接着失声痛哭起来。

陈加西一直在行军作战打仗，很少和女人接触，就别说和女人说过话了，现在见来妮娜哭得伤心欲绝的模样，他便手足无措起来，也不知该怎么劝慰她才好。她的遭际叫他找不到合适的词语安慰，想了半天，只好搓着手说："姑娘，你快别哭了，我知道你受了很多委屈，你放心，我们一定要把这几个败类正法，给姑娘雪耻。"

"陈司令，你的大恩大德，来妮娜来世再报，只是现在我还有一事求陈司令答应!"

"什么事，你说吧。"

"陈司令，当年我父亲来建东被马家英识破身份，为求大全，不得已才委身于敌人，我又被马家英强行霸占作他的姨太太，这都是出于无奈，迫不得已呀。我父亲原先也是个铮铮铁汉，被马家英俘虏时，马家英用尽酷刑，也没能使父亲屈服，可是我们一家几口都在马家英手上呢，马家英声称，如果我父亲再不降服，就将我们全家一个一个杀死在他面前。父亲为保全我们全家，只好降服，可是父亲并没有做出对不起人的事，他对马家英说，虽然他是地下党，可甘南偏远，他早已与组织失去实质性联系。父亲违心屈服于马家英，身在敌营，每日里却是长吁短叹，郁郁寡欢，一心只盼着正义的队伍打过来。一直苦等六年，真是日也盼夜也盼哪。现在陈司令来了，打跑马家英，我们欣喜万分。我们家命运不济，父亲偷生，却忍辱负重多年，从未做过伤天害理之事。刚才陈司令也说了，我父亲原是地下工作人员，就请看在我父亲以前还是个地下人员份上，求陈司令对我父亲网开一面!"

说着，哭声撕裂起来，就像是一块崭新的布匹，硬生生地让人扯开，碎成无数片，让人心痛而怜惜。

陈加西无语，他被面前这个女人的哭声扰得心里慌乱，一时不知如何答复她，便思索着应该怎么应对。

"陈司令，"来妮娜见陈加西犹豫，以为他不会放过她父亲，便一个劲地叩头道，"陈司令，求求你，如果陈司令觉得我父亲背叛组织，不能放过我父亲的话，那就请陈司令开恩，让我去替父亲受死。我父亲他——命苦哇!”

陈加西扶起来妮娜：“你快起来说话。我知道你父亲在当时的情况下，被迫无奈，但我现在无法答应你的请求，因为还不知道你父亲的态度，如果他现在还在替马家英卖命的话，我也无能为力。但如果他真如你所说，我会视情向上级说明你父亲当年的窘境，为他开脱的。”

来妮娜一喜：“陈司令，我说的都是实情，因为我父亲一直心不在敌营，马家英对我父亲也怀有戒心，但当时为笼络人心，他表面上对我父亲好像很信任，实际上他娶我也是为牵制我父亲。这次我被马家英胁迫来岷县，也是他担心我父亲会起义，用我来做人质的。不然，我怎会只身一人来岷县？马家英听到陈司令打了过来，慌忙逃跑，我是趁乱偷跑出他的魔掌，藏入百姓的地窖里，才保下这一条贱命的。”

陈加西一听，便说：“你起来吧，待宕昌那面传来消息，证明你父亲有起义之心，我绝对不会坐视不理，伤及无辜的。”

“谢谢陈司令！陈司令真是我们一家的再生父母，请接受贱女叩拜。”

遂又跪下叩了三个响头。

“你赶快起来吧，找个地方待着等消息。在此期间，你不会再受他人迫害，我们的人马已进驻岷县，我们绝不允许有人胡作非为，扰乱群众的。”

五

陈加西要枪毙强奸来妮娜的那几个男人，受到了曲和才余部的阻拦。

“陈司令，曲团长率领我们起义，给大军攻打岷县，立下汗马功劳，曲团长因此被马家英害死，他们这几个人全是曲团长的亲信，伺机为死去的团长报仇。他们没抓到马家英，无法亲自杀死仇敌，只好拿马家英的姨太太出气，行为虽然过分，可其心情你要理解。还望陈司令高抬贵手，饶过他们几人的性命。”出城迎接陈加西的汪营长说情。

陈加西正色道：“汪营长，既然你们已经起义，就和我们成一家人，我们部队纪律严明，你是知道的，我决不容许自己的部属恣意妄为，扰民害民，可是他们却在光天化日之下，在我的眼皮底下做出这种禽兽不如的事来，而且还不思悔改，这种人，若不处置以正军纪，你叫我如何向岷县的百姓交代？我们来时是向上级立下决不搅扰老百姓军令状的，而你却要我轻饶他们的这种行为，绝对不行！”

“陈司令，他们奸淫的是叛逆来建东之女，是马家英的姨太太，对待这种人咱们还跟她讲什么仁义，所以我觉得他们也就不算犯纪律。”

“胡说！”陈加西大怒，“你是军人，难道不知道军纪这两字怎么写？马家英有罪不假，可这个女人只是马家英的姨太太，不是马家英本人，咱们不讲株连。况且作为军人，无论奸淫的是何人，都触犯了军纪。触犯军纪就要军法处置。”

汪营长扑通一声跪下，泪流满面道：“陈司令，你治军严明，我汪某人佩服，可那几个人，的确是曲和才团长生前的亲信，求陈司令念在曲团长起义亡命的份上，饶了他们吧。”

“汪营长，你起来，我们共产党不兴下跪，快起来，起来说话。”陈加西把汪营长扶起来说，“汪营长，我正因为念及曲和才团长，才要严处他们，他们身为曲团长亲信，不为团长争光，却辱没团长名声，这种败类，不处置行吗？”

“陈司令……”

“别再说了，我们一向执法严正，绝不轻饶这几个败类。想必曲和才团长在九泉之下，也会理解我的，因为——他也是带兵之人！”

汪营长低下头抹着泪水，不再吭气了。

次日，陈加西亲自监督，将犯强奸罪的五名犯人押赴到岷县城外河边，枪毙了。

过后，陈加西召集曲和才旧部，告诉他们如果还有什么不明白问题，可以向他当面质问。

汪营长代表众人说，共产党部队纪律严明，他们心服口服，没什么问题要问。

陈加西说：“我们的部队是人民群众的子弟兵，就是为解救人民群众来的，跟马家英等人不一样，如果各位受不了我们严肃军纪的约束，可以提出来，我不勉强大家，还会发给回家的路费。”

汪营长等人对视一眼，一阵窃窃私语之后，汪营长说：“陈司令，我们多年在外征战，到处都是战荒，哪里还有家可回？我们商量好了，与其在外流浪漂泊，不如跟着陈司令为老百姓做些实实在在的事。恳请陈司令应允。”

“好，既然你们愿意加入我们的队伍，我们十分欢迎，但我希望各位一定要抛弃以前的军阀作风，严守我们的军纪，尤其不要随便轻扰百姓！”

“我们一定做到！”

六

天色微明时，宕昌城已经被四十二团和四十五团占据。

一帮残敌在副司令苗占坤的带领下，趁混乱逃出宕昌，一路逃到迭部城，寻求躲身之地。

已宣布起义的迭部城守备团团长来建东关上城门，拒绝残敌入城。苗占坤见来建东起义不认他了，便在城下大骂起来建东。来建东本来受这么多年气，残敌们这样一骂，就更觉得窝火，懒得回骂，一声令下，叫手下开火与城下打起来。

苗占坤仗着还有一千多人，一边大骂来建东，一边指挥手下与来建东打。迭部城小，再加上平时马家英对来建东不信任，在兵力和武器配置上一直不足，所以尽管苗占坤是落荒而逃，精力有限，但一旦真打起来，来建东虽占有利地形，并不一定能占上风。苗占坤清楚来建东的实力，所以丝毫不惧怕来建东。来建东当然也明白这一点，所以他一边令手下人与苗占坤拖延，一边差人从城中逃出，去宕昌城向“新四纵”求救，说是一股逃窜的残敌围困迭部城，请求增援。

潘洪业接到来建东派人送来的求救信，要亲自率四十二团前去增援。邵延新望着被血染红了的潘洪业说：“潘团长，宕昌城刚攻下来，还没扫清敌人的巢穴，有很多事情要做，你是这次战役的总指挥，这面还需要你统一指挥，就让我去救迭部城吧。”

潘洪业想想也好，就说：“也好，邵团长，你一定要想办法救出来建东，他已举旗起义，我们就应该把他作为同盟对待。上级也一再要求我们做好安抚降俘工作，再说了，来建东原来就是咱们的人。”

“潘团长你放心吧，我会处理好的。”

邵延新率领四十五团两个营兵力，轻装来到迭部城跟前，没放几枪，苗占坤见来了援兵，腹背受击，自知讨不上便宜，枪炮声一响，便如同惊弓之鸟，四处逃窜。

邵延新一看这情形，气不打一处来，心想这算什么顽敌，枪声一响，就吓得逃散了，可那个来建东却说是一股顽敌，这个来建东胆小太小，看来也真是个当叛徒的料啊。他便命一营长带人去追击残敌，自己带二营来到城下，气呼呼地对城头上出一身大汗的来建东喊道："来建东，你的性命就这么重要吗？几个残敌吓得你到处求救，太失你团长身份了吧？"

来建东站在城头，他不认得邵延新，双手打着拱道："这位首长，我来建东不是把自己性命看得太重，实在是我迭部城小，兵力弱，枪炮差，而苗占坤深知这城里的情况，所以才不惧怕。我也是担心敌人占据迭部城，给咱们部队又多设一道重障，不得已才求救的。"

邵延新冷笑道："来建东，你说得好听，当年为保全自己，投降了敌人，还不知耻地将自己女儿送给马家英作了姨太太。现在又说是为我们的部队，亏你想得出说得出做得出呀。"

来建东一听，颤声道："这位首长，我有苦衷呵，一家来到边城，想出一份力，又身陷敌手，我实在是迫于无奈，才一错再错的。其实我的心从来就没有背叛过，我一直在等着咱们的人打过来，我一心想回咱们的队伍，做个堂堂正正的共产党人呢。"

"呸！就你这种人也配说做个真正的共产党人？"邵延新更生气，"你如果想堂堂正正，就不会认贼作婿，成为敌人的走狗。"

"首长，我的心一直是向着咱们呵！"

"别再咱们咱们地叫了，谁和你是一路人？你看你的表现，还像个共产党人吗？受不住敌人的威逼利诱，背叛组织不说，为讨好马家英，连自己的女儿都可以送入虎口；又胆小如鼠，连几个流寇都害怕，不敢作战，却一心只想求救。你这样的人，若还说是共产党人，真是辱没我们共产党人的名声。你简直是——"邵延新越说越激动，越说越来气。

听着邵延新的话，来建东的脸痛苦地扭曲着，最后竟在城头上失声痛哭起来："首长……那不是几个流寇，那是马家英的副司令苗占坤，有上千多有呢，我的人少，武器大都是马家英淘汰的，打不过呀……"

"好了，好了，"邵延新打断来建东的痛哭，"别做戏了，来建东，你这种墙头草，没人信你，你哭几声，能感动谁呀!”

“首长，我……”

来建东说了一半，突然停住。是呀，作为曾经的一名共产党员，他的行为别说让邵延新这样正直的共产党人信任，就连他自己，又何尝不痛恨自己的胆小和懦弱呢？无论他怎么解释，人们看到的永远只会是事实，是他背叛组织的事实。他来建东苦，委屈，可这一切难道不是他自己造成的？如果他内心深处没有个人和家庭的因素在里面，他会屈服于马家英？他会如此忍气吞声地苟延残喘到现在？他现在就是一个令人不齿的人，他有什么资格向人解释，求得别人的同情和谅解？就算博得了谅解，那又如何？他能坦然地面对那让他压抑的过去？

来建东在心里长叹一声，他抬头望望天空，这个秋天清晨的天空上布满灰云，清冷的、萧飒的、凄凉而沉默的灰云。东方的地平线上，有一抹淡淡的红云，像一个落寞的女子，孤寂地悬挂在那里，给这个萧飒的早晨更平添几分阴沉。那个能够将人间冷暖掌握着的太阳，死死地躲在云后，窥视着人间的一切悲欢，让这个早晨变得和煦一些。这个秋天的清晨就非常寒冷。

十一月的宕昌，还不能算作初冬。这里的冬天来得迟，春天来得更迟，只有秋天，还有夏天，稍微长一点。

来建东站在城头上，看着乌云从他眼前经过，冷冷地，寒寒地。他感到全身像浸淫了秋天的这份冷寒，他的心更像一块冰透的石头。

他举家来到边城，打入敌人内部，军阀独立、内讧，马守成败逃宕昌，占据甘南重地，来建东也跟着经历局势大的动荡，他丧了发妻，为牵制他，马家英又将他唯一的女儿霸去，他落到了如此凄凉的境地，他无处诉说自己的心酸和苦痛，难道他的命就真的注定是这样的么？

想着与自己相依为命的女儿。来建东仰天望着，酸涩的泪水线一样往下掉。然而，天依旧阴沉着，天不会回答他的。

他没有问天，只轻声自言自语道：“女儿，你如今又在哪里呢？父亲恐怕不会再见到你了，你要是还在这人世上，就随父亲一起走吧，这不是我们这种人待的地方，虽然你是无辜的，可苍天不容咱们啊！孩子，是我让你受尽了歧视和委屈，你原谅你的父亲当初走错了一步啊。父亲我——就先走了!”

说毕，一头从城墙上栽了下去。在这个秋日的清晨，来建东结束了他忍辱负重、悲剧的一生。

城下的邵延新没想到来建东会在这种时候这么意气用事，他只是想骂骂来建东出出气，没想到这个背叛组织的人却显得这么有血性。来建东用这种方式结束自己的一生，让邵延新在瞬间无法接受。他走过去看了看来建东摔得血肉模糊的尸体，心里很难受，后悔自己不该借机羞辱来建东。他叫人挖个坑，把来建东匆匆埋葬，做上记号，想着等战役打完，再向纵队首长承认自己的错误，也请求上级给来建东正个名分。

可邵延新没了这个机会。他埋葬来建东后，想起来建东说的来围攻迭部城的是马家英的副司令苗占坤，他想如果跑的真是个副司令，他可就严重失职了。便带人去追击。

就在他们离开迭部城后不久，敌副司令苗占坤又带着他的残兵返回迭部城下。来建东跳城自尽后，群龙无首，邵延新留下的人无法安抚来建东的部下，此时迭部城里一片混乱，苗占坤在混乱中趁机攻开城门，轻而易举地进入迭部城，占领了城里重要据点。待邵延新和他的一营会合后，追回迭部城下，敌人已经布好重兵把守。邵延新一见，差点气懵过去，心中恨自己追敌心切，却对大局考虑不周。这一恨，心绪更加忙乱，急火攻心，想要将迭部城重新夺回。于是，他不顾敌人的炮火，带人往城里冲，想来个速战速决。可邵延新只顾往前冲，没想到敌人已经调整好兵力，占据有利地形，猛烈的火力从城头扫下来，一营人马死伤过半，团长邵延新不幸中弹，以身殉职。

宕昌城里的四十二团团长潘洪业见邵延新带的人马一去不归，急脾气上来了，派侦察兵前去打听消息。侦察兵还没出城，四十五团的通信员已飞马回来报告情况。潘洪业一听迭部城出了问题，亲自带两个营兵力，迅速赶到迭部，架上火炮一轰，迭部城被轰开缺口。敌军一同见潘洪业兵强炮利，士气振作，军心大乱。用了不到半个小时，迭部城被攻下来。

七

接到潘洪业从宕昌发来的战报，知道宕昌城已攻下，四十五团团长邵延新牺牲的消息，陈加西悲喜交加。他手里捏着战报，考虑了半天，才决定整理队伍，准备向宕昌开进。

纵队司令部和十七团收拾东西，准备起程，到处都是一片忙碌景象。陈加西一个人却站在一幢旧屋前，心里涌起一丝惆怅，心想他应该如何面对来建东的女儿来妮娜。

潘洪业从宕昌报来的战况中，提到前地下工作者来建东，他虽然起义，但对于他以前的行为深感懊悔，自认为无颜再面对组织，已在迭部城跳城自毙，其情形令人惨不忍目睹又深感同情。

陈加西深知军阀的伎俩一贯是不战而逃，所以宕昌的收复多少还在他预料之中。可来建东跳城自毙，他怎么也没想到这种结局。

他答应来建东的女儿来妮娜，如果来建东起义，他将为来建东向上级说明情况。

可来建东起义之后，却自杀了，这是他没法想到的问题。

他如何给来妮娜说这事呢？

他又该如何处置来妮娜呢？

这个身遭不幸、命运多舛的女人。

想了半天，陈加西才命警卫员去找这个不幸的女人。

警卫员从一所民宅里找到来妮娜。她穿着一身朴素的农装，像一个成熟的村妇，但她又不同于村妇。她有一张白皙而美丽的面孔，更有一种不同于村妇的气质。

她不像村妇那么胆怯。她楚楚可怜又落落大方。

她一见陈加西，就直接问道：“陈司令，是不是我父亲已起义了？”

“是！”

这是一种骤然降临的光明，恰如阴天里的一个响雷，划破了一直阴沉着的天空，要下一场暴雨，然后，雨过天晴，给人一个灿烂的晴天。来妮娜的心狂跳起来，感到外界逼近、膨胀、孕育着某种惊人的意蕴、某种压抑不住的狂喜，它冲破浓厚的表层，喷涌而出，带着无穷的慰藉，来填补她心灵上的创痛。她忧郁的双眼里一下子释放出令人惊异的光彩。她说：“陈司令，我没骗你吧，我父亲受尽屈辱，就是等待这一天的到来。”

“你没骗我！”

来妮娜兴奋了，她像一个刚涉世事的少女，说道：“陈司令，你打算怎样对我父亲呢?"

陈加西脸上的肉跳了一下，他看着来妮娜热切的目光，欲从他脸上寻找到确切的答案，然后又避开那双眼睛，声音喑哑地说："你父亲，他——已经自杀了!"

"啊！自杀？为什么？这到底为什么?"

来妮娜瞪大一双大眼，脸上刚泛起的兴奋顿时凝住。就在刚才的一瞬间，她看到了光明，看到了今后的希望，可这光明和希望只像一把火镰和火石碰撞的火花，坚硬地一闪就消失了，那种温暖，那种光亮她还没感觉到，就又陷入黑暗和冰冷之中，并且是永远没有了尽头的黑暗和冰冷。父亲为什么要这样？她不明白，她心想，父亲一定有其他原因才这么做的，不然他不会这样，他一直盼着这一天的到来，现在，这一天终于到来了，他却自杀了。她接受不了这个事实。她用一双失神的眼睛在陈加西脸上捕捉着，得到的还是肯定的答案，她这才颤声说道："陈司令，你为何要在我看到希望的时候，又要让这种结果来扑灭它呢?"

半是悲痛，半是怨艾。

"对不起，我……我也没想到会发生这样的事。但，已经这样了。"陈加西很艰涩地说了这么一句。

来妮娜身子开始晃动，嘴里不断发出"啊，啊"的喘气声。

半晌，她才喃喃道："我父亲终于解脱了，可还有我呢?"

遂放出悲声，哭晕了过去。

陈加西叫警卫员把来妮娜扶起来。

待来妮娜缓过神来，陈加西看着她痴呆的表情，安慰道："来妮娜，你要节哀，今后的路还长。"

来妮娜抬起头，用失神的目光望着陈加西，悲哀地说："就剩下我一人了。"

"你还年轻。"陈加西说。

她看了陈加西一眼："陈司令，你是好人。"

陈加西苦笑一下："你是无辜的。"

来妮娜脸上的肌肉颤动了一下，心里也动了一下，她闭上眼像沉入水中的物体，忽悠上来，忽悠又下去，她靠在警卫员身上，精疲力竭却又得到了支撑，憩息，等待，尔后又竭力忍住自己的悲伤，睁开眼来，但眼皮沉甸甸的，像压着一种东西，她知道那就是悲痛。大地在她脚下颤动，秋天的阳光还照着，她奋力挣扎着睁开双眼，她看到存在着的阳光，并且是温暖的阳光，她突然觉得一切还有希望。只要有阳光就会有希望。她对陈加西说："陈司令，我还有一事相求，不知道行不行。"

陈加西凝望着来妮娜脸上的疲惫之情，说："你说吧，只要合理，我会答应你的。"

"陈司令，你能让我留在你的部队上吗？我给你们烧火、做饭、洗衣，这样也可以替我父亲完成他重归队伍的心愿，也报答陈司令的再生之恩。"

陈加西一怔，想了想，很谨慎地说："我们的队伍中没妇女，而且，我们这支队伍也是临时组成的，打完这一仗，还不知今后怎么编制呢。来妮娜，你还是先回宕昌收拾你父亲的寒骨吧，我安排人把你送过去。"

阳光掉了下来，什么也没有了，连天空也没有了，眼前一片黑暗。除过黑暗，再就是寒冷。

来妮娜耷拉着眼睑，神色黯然地说："谢谢陈司令，我这个贫贱的女人哪里还敢再劳烦陈司令。"

这话听起来很冷。

已经是冬天了。

虽然才进入初冬，寒气却很重。

八

十几年了，来妮娜一直处在苦苦的煎熬之中。自从马守成侵占宕昌之后，她和她的家人开始了另外一种生活：被欺压下的非正常人生活。也是从马家英霸占她的那一刻开始，来妮娜就看到了她的今后：一个女人的生命内容。可她还是等到挣脱这种生活的这一天，现在，共产党的队伍到了，将宕昌攻打下来，眼看着自己和父亲翻身的日子到了，她一直想着父亲终于可以走出那种让他压抑和痛苦的过去，他们受尽凌辱的日子也该结束了。可现在，他们父女等来的却是这样一个结局，父亲先她走了，在能看到曙光时，父亲在黎明前的黑暗中走了，留下她一人，她还有什么盼头呢？

她一直觉得很奇怪，父亲为什么要在这个关头跳城自尽？这个问题最先盘旋在她的头脑里，挥之不去。父亲是没颜面再见共产党呢？还是那些军阀威逼他跳了城墙？她从陈加西那里没得到答案，得到的，只是父亲跳城自尽的事实。

这个事实足以叫她陷入无望之中，她也没必要弄清父亲自杀的真实意图，就是弄清楚了，又能怎么样呢？这么多年来，父亲背负着沉重心理包袱，没有过一天踏实日子，他一直生活在痛苦和自责中，如今他死了，心灵终于解脱了那种压抑和折磨，这才是最重要的。她又有什么必要追究父亲自杀的原因呢？什么都没用了！现在只剩下她一个人，赋予她生命的亲人都离开了这个世界，她今后怎么办，还要尽其天年，走完这条坎坷的生命之路吗？

她问自己，得不到回答，并且对自己的能耐没有一点信心。她内心深处充满了可怕的恐惧，自从她被马家英霸占后，她已经跌进黑暗的深渊，已经毁灭了，可那时，她还有个父亲为她支撑着，她也为了父亲才忍受着，他们父女可以说是苟活着。可现在，她还有什么？一个女人的一生中要完成的她应该也算完成了吧？

次日，陈加西得到消息：来妮娜在民宅悬梁自尽，生前没留下一句遗言。

陈加西大惊，她为什么要这样做？受这么长时间的侮辱，现在终于可以重新生活了，她却自尽了。

“难道是我拒绝她留在军中，她感到绝望，再没有生路，就……”陈加西自责道，“那么，是我害了她?！如果我让她留在部队，也许她还会感受到一点儿温暖，她的心就不会泡在无望里，她也不会感到生命的冷漠和多余，这个可怜的女人……”

陈加西在自责中，叫人把来妮娜埋葬在岷县城东的小河边，给这个生前受够苦难和生活折磨的女人找个美丽的栖身之地，叫她能有个安静的归宿。

这位年轻的司令，在大大小小的战斗中经历不少生生死死场面，第一次经历了一个与自己毫无关系的人，却与自己脱不了干系的死亡，为此，陈加西好一阵子都沉浸在自责和内疚之中。直到他安排好岷县驻防，率部来到宕昌与四十二团、四十五团会师，在宕昌隆重召开宕昌战役大捷的庆功会，对原四十五团长邵延新等六百七十四名烈士召开追悼会，给他们追记战功和烈士。

做完这些后续工作，陈加西叫政治部调查原迭部守备团长来建东起义的前前后后，鉴于来建东能在关键时候弃暗投明，以前的叛变确实由于当时的环境造成的事实，给来建东一个正式的革命同志身份，把他的遗体找到，移进迭部革命烈士陵园，与四十五团长邵延新埋葬在一个区域里，陈加西这才略微安了些心。同时，对前四十五团团长邵延新在接受来建东起义时，出现的不妥当工作方式，给战役带来的严重后果，“新四纵”临时党委给邵延新同志追加党内记大过处分。

宕昌战役取得攻坚性的胜利，陕甘支队新组建的“新四纵”打出了威风，他们三个团的兵力，一举捣毁了马鸿逵多少年都没捣毁掉的马守成老窝，不但把甘肃的“骨头”换成了共产党的，而且给陕甘支队立足甘肃打下了坚实基础。同时，也给狼子野心的马鸿逵一个下马威，叫他一时难以达到自己的目的。

鉴于宕昌之战在红军长征中的影响，陕甘支队将临时新编成的“新四纵”正式纳入陕甘支队与红十五军合编后的中国工农红军第一方面军序列，改编为××师，吏属各团都编了统一序号。正式任命陈加西为××师师长，原四十二团团长潘洪业任政委，原参谋长魏大泉任副师长兼参谋长。这支临时队伍成为第一方面军的中坚力量，后来，在西征中解放环县、宁条梁、定边、盐池、固原、豫旺等地，立下了显赫的功勋。

走在冬天的阳光里

一

天快黑的时候，天上开始飘雪了。雪不大，零零碎碎地落到地上，停留不了多长时间就化成水了。地气还比较热，不到能存住雪的节气。

这场雪下得有点早了。

丁干事回到家的时候，天已经黑透了。他推开家门一进到屋里，已先回到家的妻子肖红就说了句："这日子没法过了。"

丁干事被妻子的话弄了个莫名其妙，停下正在脱的外衣，两手机械地放下，两眼望着妻子，等着她的下句话，到底是怎么回事。可妻子却不再说了，只顾往沙发上一靠，闭目养起神了。

丁干事被罩了一头雾水，心想这日子过得好好的，咋能说没法过了呢？他弄不明白是什么意思，妻子又是这副冷冰冰的样子，使他陡生一股怒火，这还夫妻呢，莫名其妙。他本来想发火的，可看妻子的这副样子，他一火，必会引起不快，火气到了嘴边又咽了回去。愣了半天，才说："日子再没法过，也不能空着肚皮吧。"说完，外衣也不脱了，就忙乎着做饭。反正就一间房子，做饭睡觉就这点天地。

往常一提起做饭，两人总是一起动手，配合默契地择菜淘米的。但今天妻子竟然没一点反应，仍冷着脸坐在沙发上，丁干事把米洗好后，看妻子没有过来做饭的意思，心里就很不舒服，心想你凭啥给我个冷脸看呢？就停下手中的活，没好气地说：“你犯什么病了？莫名其妙。”

妻子听丁干事这么说，竟从沙发上弹起来，冲到丁干事面前，用手指着自己说：“我是犯病了，怎么着？你倒装出无辜的样子。”

丁干事就愣了，看着气恼的妻子说：“这话怎么说？我啥时候又惹你了？”

妻子说：“还真装糊涂呢，你自己干的事还忘了咋的？”

丁干事说：“我真忘了自己干了什么事，你给提个醒。”他实在想不起自己干了啥事，惹妻子生这么大的气，他说话的口吻就变了点儿，他不想把事情弄僵。

“我问你，”妻子毫不含糊地说，“存折上的四千块钱到哪去了，你一声不吭，居然装作没事似的，来问我是什么事。我告诉你，我是你妻子，不是个摆设。”

“原来是为这事，”丁干事明白事由之后，心里的那点儿火气就不见了，脸上的色彩也正了点儿，他歉意十足的对妻子说：“实在对不起，那天我给你打电话没找着你，我就自作主张把钱取出来暂时借给李智勇了。这两天杂事多，也忘了再告诉你。你知道的，我和李智勇是同年入伍的老乡，关系不错，我没法推托他的。”

妻子没好气地说：“你说得好听，这钱可是攒着买电视机的，你自作主张借出去，这钱不是你一个人的，也有我的份。”

丁干事装出一副笑脸来，柔和地说：“话怎么这样说呢？这不是忘了嘛，今后再不自作主张了。李智勇急着用钱，说是他老婆急着进一批羊绒衫，说今年是紧俏货，很快会脱手的，他说最多借用一个月，到时连本带息还给我们，和存银行一样的。”

妻子瞪了丁干事一眼，说我不管带不带利息，只要把自己的钱能要回来就行了，我还等着关贸总协定谈成了，买个便宜“画王”看呢。

丁干事说：“你放心吧，李智勇你是知道的，他是老实人，不会哄人的，到时候他定会将钱还回来的。”

肖红就不再言语了，刚开始的那份怨气消了不少，走过来洗手要忙乎着做饭，却说这水真凉。丁干事见妻子气消了，心里清楚她的娃娃脾气，本来要说说她的，想想又算了，临了，只说了句，都到冬天了，水怎能不凉。

第一场雪下过之后，天气逐渐转冷了，开始几天太阳还红着，虽不暖和，但人觉着就不太冷。后来太阳就白了，风也开始刮起来了，风不大，足以卷起各个角落里的尘埃聚汇到天空，遮住了白白的太阳。浮尘落不下来，看见的太阳似一个烤熟的烧饼挂在天上，在风中晃晃悠悠地飘动着，直到一场大风刮过之后，天空干净了，太阳能看真切了，却更白了。

冬天就实实在在地降临了。

天气真冷了，丁干事就翻箱倒柜地到处找棉衣，他最受不了的就是冷了。现在天气再冷，零下二十多度，年轻人都不穿棉衣了。肖红每年冬天都要埋怨丁干事，可他照穿不误，大冬天穿个毛衣看上去确实很干练，但人得受洋罪，他才不那么傻呢。他是从农村出来当兵的，他认为冬天还是穿棉袄实在，不然怎么能叫冬天呢，有一首前些年流行的歌里不就唱着“下雪别忘穿棉袄”，算是提醒爱精干的人呢，等骨头受风寒了，就没法精干了。

丁干事正在找棉衣的时候，肖红下班回来了，一看他满屋子翻着，她就没好气地说：“翻什么翻？没本事住套房子，屁大点地方还翻成这样，你到底想怎样？”

丁干事手停下翻弄，奇怪地看了看妻子，不知道她又咋了，说话这么冲？他仍平静地说：“我找棉衣，天冷了。”

“全世界就你一个人受凉，没见过你这样的人。”

丁干事一听，觉不大对劲，本想问的，可想了想还是不问的好，妻子的脾气他是清楚的，你越问她越不说，何必呢。他就继续找他的棉袄。

妻子见丁干事一副不理会她的样子，冲过去抓住丁干事的手：“你还嫌乱得不够？要翻到什么程度才满意啊？”

丁干事忍住气说，这不还没找到吗。

妻子搬过一个凳子站上去，从衣柜顶上抓过一个纸箱子，“啪”地往地上一扔：“就你个破棉袄，还能当宝贝存着咋的？”

丁干事终于忍不下去了，看了看扔在地上的纸箱子都摔破了，棉衣已被甩在了地上，一股火直冲了上来，指着妻子就骂：“你简直就是个泼妇，我又咋惹你了？你这样不近人情蛮、不讲理。”

结婚两年，肖红没受过丈夫的骂，又是这样的口气，她一张口，没说出话，眼泪倒涌了出来，随即才“哇”的一声哭出了声。哭了一阵才稳住了发颤的哭音，却边哭边说：“连你也开始骂我了。”只是翻来覆去的这么一句，受了多大委屈似的。丁干事听着心就软了，想赔句不是，可又说不出口，一时竟不知干什么好，就点上一支烟吸了起来。

肖红见丈夫没事似地抽起烟来，更是气往上涌，却不哭了，指着丁干事就骂：“你看你多有能耐，多有本事呀，骂我是泼妇了。”

“呸！”肖红换了口气，“你以为你是什么东西？混到现在，连套房子也住不上，连电视机都买不起，我跟了你才真倒了霉呢，你倒骂起我来了。”

丁干事一时又性起，说：“你现在才知道跟上我后悔了，何必当初呢？我知道你们家从骨子里看不上我，我是没能耐，没有钱。你如果觉得太亏了，可以提出来离，有什么大不了的。”

丁干事这么说了，才突然后悔了，话怎么能这样说呢，现在虽然许多人把离婚挂在嘴边，像放屁一样随便，但他却不能这样说。说句实在话，肖红跟上自己图什么呢？要什么没什么，结婚两年了，他每次和妻子发生点争吵，也没到今天这个份上，自己啥时候也变成这样子了？丁干事悔恨自己的冒失说法。

肖红一听丈夫都把话说到这份上了，不相信似的瞪大眼睛望了丈夫好一阵子，才发狠似的大声吼道：“离就离！吓唬谁呀。”吼完，顺手抓过一件衣服往地上一摔，上去踩了几脚还觉不解恨，从地上抓起来就撕。

丁干事扔掉吸了半截的烟，冲过去从后面抱住妻子的腰，嘴里连说对不起。肖红不理丁干事的这一套，挣扎着想挣脱他的双臂，他却越抱得紧了。俩人撕扯着，把本来就很小的空间弄得就更乱。丁干事后悔莫及，努力找着各种道歉的话语，肖红死活听不进去，直到她折腾得全身没劲儿了，软倒在丈夫怀里，才又“哇”的一声哭了，哭得有气无力。丁干事这才把妻子扶到床边坐下，她已是全身没劲儿了。

肖红哭着一头扎进丈夫怀里，委屈地说她被单位优化组合掉了，今后没有出路了，她心里憋闷得难受。

丁干事一听，心里就更内疚，紧紧地把妻子抱在怀里，嘴上心上都在骂自己。

肖红在群艺馆工作，现在好像不需要群众艺术之类的东西，存在不存在都无所谓，原来还办了个群众艺术方面的杂志，后来杂志实在办不下去了，就不断地往出推人。社会上时兴开公司，群艺馆就开办了一个公司，都到没办法的地步了，可还要起个和文化艺术有关的名字，叫“艺海有限公司”，还想入“污泥”而不染呢。

肖红说她只好进“艺海”公司了，没有别的出路可走，只有进公司才能保留公职而没有了固定工资，公司给多少工资就是另一回事了。

丁干事就说，可以想想别的办法，现在干什么事还挣不上一份工钱呢，随便开个小商店每月下来都比固定工资多哩。

“话是这么说，咱哪有资金？另外，”肖红说，“我可能还干不了呢，你以为个体就那么好干？栽进去的人多了，钱不是你说的那么容易挣。”

一提到钱，丁干事就没话说了，想起给李智勇借去的四千块钱，也有一个多月时间了，还没有来还，现在的人真不自觉。

二

第二天上班后，丁干事就给李智勇打电话，可李智勇就是不提还钱的事，一个劲儿地只说快到年底了，冬季训练和纪律整顿忙得晕头转向，还要迎接上面的年终考核呢。

丁干事知道李智勇在基层连队当个指导员，工作担子不轻，可他借钱时说好一个月期限的，他不往钱的事情上扯，丁干事在电话上不好提。两人毕竟是老乡，在新兵连滚过大通铺的。

丁干事不想多说闲话，心里想着钱的事，就问李智勇老婆的生意最近怎么样，也就是说前段时间进的那批羊绒衫销量如何。

李智勇说，羊绒衫销量还可以，今年算是瞅准了，可以赚些钱的。他就是不提还钱的事。

末了，李智勇还说，干脆让你老婆辞职算了，如今还是自谋职业活得畅快。

丁干事有了气，又没办法发泄，就应付了两句，挂了电话。

办公室的人见丁干事打完电话阴着个脸，就都看了看他，没有说话。刚调到保卫科不到一年时间的安干事却发现了什么似的，说丁干事这么早就穿棉衣，冬至还没过呢。

丁干事看了看唯一的这位女性，说这有啥奇怪的，我觉得冷了就穿，反正军委又没下文件非得过了冬至才能穿棉衣。

安干事就忍不住给逗笑了，她笑的时候，桌子椅子都在抖动，其他几个人却不满地直看丁干事好像是他让桌椅抖动的。

丁干事没有理会，心里烦呢。

中午下班，大家都不回家，在机关食堂打饭吃了后，都各找地方去打扑克了，丁干事接了三个叫他去打扑克的电话，他都推说有事，坐在办公室里闷头抽烟。

安干事吃饭细嚼慢咽落到了后面，到办公室见丁干事一个人坐着抽烟，就没话找话地说这说那。丁干事心里烦不想说话，就应付着，安干事偏说起来没完。最后她竟说，奇怪这么精干的一个人却穿个棉袄，像什么似的。

丁干事就说，要那么精干干啥？人要活得自在。

安干事说话是这么说，但具体做起来，不一定就容易，谁都想给别人一个好的印象，谁像你呀，这么精干的人，今天猛一看总觉别扭。

丁干事望了安干事一眼，心说这人活得真够累的，连穿个棉袄也有人觉得别扭的。

下班回到家，还没想好怎么给妻子说李智勇没还钱的事，妻子倒问他了。丁干事不好说李智勇电话里不提还钱的事，只说最近太忙，没有和李智勇联系上。妻子不高兴也没说别的，只说你反正得把钱要回来。

丁干事再打电话给李智勇，却找不到人了。问了几次人家都说不在，他就坐公共汽车到市郊去了李智勇所在的连队，也没找到人，连队其他干部说李智勇要提升为副教导员了，在连队就没好好待过。

钱要不上连人也找不到，丁干事没法给妻子交代，他无可奈何地对妻子说，你还是进“艺海”公司吧，咱们也干不了个体。

肖红说我只有这条退路，得保留这个公职，也是有备无患，谁知道以后还咋样子发展呢？

丁干事心里明白，像妻子这样的单位今后想重振雄风，显然是不可能的了，但他没说出来，怕妻子有想法，妻子最近心情坏透了。

肖红进了“艺海”公司，只做站柜台的售货员。“艺海”公司，其实只下设了几个小门市部，卖些文化体育用品和水暖零碎器材，也没有大的经营项目，因为没有资金周转。公司员工的工资没有群艺馆职工的高，但挤到这里来的都是些没有办法的人。其实群艺馆不办这个公司，把几个门面房租出去，挣的租金比现在公司地收入要多，可为了安置这些不断被优化组合下来的人员，公司就一直办着。

肖红进公司后反而比以前忙了，起码每天得准时到位，不然柜台上就缺一个人，不管有没有人买东西，卖东西的人始终得站在那里等着。起初，对于上班懒散惯了的肖红来说，别提有多别扭，但为了保持公职能生存下去，她硬是适应了这种工作，慢慢地也就习惯了。肖红对丈夫说，人要生存真不容易呵。丁干事把眼一瞪：你才知道呀？扯开话题，摆开一副忆苦思甜的架势，肖红赶紧制止住了，她说你歇着吧，我知道你又要忆苦了，听着挺累人的。

丁干事无奈，只好把要说的话咽回肚子里，可他又心里憋得慌，没办法倾诉，就把唯一能响的录音机开到最高音量，听“妹妹你坐船头”。妻子却走过来摁了录音机键：“吵什么吵？你嫌闷，我还觉得委屈得慌。明天你就把钱给我要回来，我要看电视！”

丁干事有火也发不出来，妻子一提到要钱的事，他就干脆装哑巴。但他心想，是该把钱要回来了。

问李智勇要钱的事却难坏了丁干事。打了无数次电话过去，好不容易找到李智勇，鼓足勇气刚提到钱的事，没想到李智勇却说他正要找丁干事说这事呢，他老婆的生意亏得一塌糊涂。李智勇老婆进的那批羊绒衫只图价钱便宜却让人做了手脚，羊绒衫是假的，前面卖掉的有不少都退了货，现在只有削价处理，已低于进价了，还很难卖出去，偶尔卖出去一两件也是哄外地来打工的，他们图价钱便宜。

“你放心，等销掉一些货凑够钱，我先还借你的钱，靠工资过日子的人攒几千块钱不容易，况且你还是买电视机的钱。”李智勇在电话里说。

丁干事还能说什么？话都说到这个份上了，他只好在电话上假客套地说：“不急不急，你先顾着怎么处理哪些假货吧。”

回到家妻子问起要钱的事，丁干事一说，妻子就火了，骂了丁干事一阵，他忍着没吭气，妻子就骂李智勇借钱不还。骂归骂，也不起作用，李智勇也听不到，倒骂得她自己像被别人骂了似的，愤恨又委屈。

丁干事上班时，心情一点儿都不好，反正上班时间也没多少正事可干，抓过一张报纸有一行没一行地看着，只是狠劲地抽着烟。坐在一边的安干事就站起来打开窗户放屋子里的烟，还说宁愿冷一点，也不愿让烟熏成肺炎。

丁干事一听，心里很不舒服，盯着安干事好一阵子，没说出一句话来。

安干事却看着丁干事的样子笑了，她说丁干事这会儿连话也说不出来了。

丁干事就又看了看安干事，正要开口说几句话，他却发现安干事的面容仔细看起来已经有点老了，眼角有了很明显的鱼尾纹，目光也缺乏了亮度。因为离得近，丁干事看到她的眼眶及眼珠缺少水分似的，有些又干又涩的成分，显得极不自然。丁干事心说，这个女人已经完了，女人的青春全在眼睛上呢。发现这一点，丁干事在心里直替安干事惋惜，要说的话就没说出口。

安干事见丁干事还是不语，就说："我故意说着玩呢，你还真玩起了深沉?"

丁干事苦笑了一下："哪还有劲儿玩深沉，深沉也不是咱这种人玩的。"

"玩就玩呗，整天吊个脸好像别人都欠着你的钱似的。"

"就是别人欠着我的钱，我才活得里外不是人。"丁干事就把李智勇借钱和家里妻子催着他要钱的事给安干事讲了一番。没想到他越讲越生气，根本没有别人说的把心里的痛苦说出来就会好受点的那种感觉。

倒是一直没结婚成家的安干事，越听越高兴了，看着丁干事气愤的样子，她乐得不知怎样笑着才能表达出她侥幸的快意，她一点也不顾丁干事满脸的沮丧，尽情地发挥着她的快乐智能很夸张地做出一些幸灾乐祸的举动。

这就是给别人述说心中苦闷的结果。

丁干事就越发生气，心想别人倒霉了怎么就有人那么高兴呢?真是越来越说不清，人与人之间就缺乏同情心。

"有啥可笑的，值得这样?"丁干事忍不住，没好气地说。

"笑你那副样子，真好笑的。怪不得别人说婚姻是苦酒，越喝越苦呢。"

"别人说的只是别人说，有本事你自己也说出个'真理'来。"丁干事真正动气了。

安干事的脸就触电似的变了，一下子由喜悦变成了苍白色。这话针对别人，倒无所谓，可对安干事来说，她最生气的就是别人问她有关婚姻方面的事了，哪怕是有点牵连的话。从十四岁开始，安干事就从父母离异的漫长过程中领略到了婚姻的痛苦，长大后当了兵直到该结婚的年龄了，一想到一个男人要和她共同生活，她就有种恐惧感，所以她没有谈上一个男朋友，她总怕自己像母亲一样，成为婚姻的牺牲品。她只认准一条真理：婚姻的受害者最终总是女人。

安干事已到二十九岁了，至今孤身一人住在单身宿舍里。寂寞孤独的日夜里，她也曾产生过想有个家的念头，可一想到当年父亲为了离婚，对母亲身心摧残的事实，每次的念头就动摇了。

现在丁干事的一句话，虽然挨不上边，却使安干事一下就联想到了别人说她嫁不出去的话来。自己没有属于婚姻的“真理”，就等于说自己是嫁不出去的老姑娘一样，没有一条“真理”可言。她怎么受得了？

安干事盯着丁干事的眼睛里还是蓄满了泪水。尽管她极力地克制着自己。

丁干事一见安干事的这副表情，心一下就慌了。就随便说了这么一句话，她就成了这副样子，丁干事一时真不知怎么做才好，嘴张了张，不知说什么好。

安干事却扭身走了，到下班，她都没回办公室来。

这一天，丁干事心里可不是滋味，他坐立都不安，虽然他心想着自己不是故意的，却真正刺伤了安干事，他看她那样子走了，他心里咋能舒服呢。关于安干事的独身主义，他听别人说过一些，具体情况他不是太清楚，冷不丁调来一位女干事，有些底细是摸不清楚的。况且丁干事又不是爱摸别人底细的人，尽管他干的是保卫工作。

丁干事本想第二天上班后，给安干事道个歉的，诚心诚意说些对不起的话。没想到第二天没到上班时间，保卫科张科长坐车直接来接丁干事了。张科长说后勤仓库哨兵交接哨时开玩笑枪走火伤人了，这些都是保卫科的事了，得赶紧去调查清楚写个材料出来。丁干事从床上爬起来，脸也没洗，就跟上科长走了。

枪走火的事调查了两天，也不是多么大的枪走火事故，两哨兵纯粹开玩笑，只打断了一个战士的一根手指头，没有大的问题。丁干事和科长将事故前前后后调查清楚后，就回来赶写材料。回到办公室，丁干事心里一直想着给安干事道歉的事，却没见安干事上班，一问别人，说她请病假了，好几天都没来了。丁干事心里就“咯噔”了一下，心想这事闹的，真不好收场了，他本想去单身宿舍看一下安干事，却要赶材料，也想着这时候去，话更不好说，就没去。

这天安干事来上班了，她见了丁干事，一副很漠然的样子。丁干事几次想开口，想问一下安干事的病情，期冀能以此引出话题道个歉，可每次都叫安干事漫不经心地扭头避开了，不知她是无意还是有意的。丁干事没有办法，就想着以后有机会再说吧。

三

这天下班回来，丁干事进门见妻子还没回来，他就赶紧动手弄晚饭。妻子每次回来都喊肚子饿坏了，现在不像以前，站柜台才觉肚子饿得快了。

刚把菜洗好，妻子就回来了，她一进门就甩掉大衣，然后把自己往床上一甩，就不吭气了。丁干事很想问一下妻子，今天一回到家怎么不喊饿了，看她那样子该不会病了吧？他赶紧上去问了声“病了”，伸手去摸妻子的额头。

妻子一把打开了丁干事的手：“你才有病呢。”

好心没得到好报。丁干事就愣愣地看着妻子，自她站柜台后，脾气越来越不对劲了，动不动就跟他生闷气，发一顿闷火。他也不想再多言语，说不定话多了反而惹她生气，他还怕妻子是为李智勇至今不还钱的事，如果是为这事，一提起来自己就不好说了，这一阵子，他都怕了触动钱这类的话题了。他就返身继续去做饭。

丁干事抓起菜刀刚切了几下菜，没想到妻子却“呼”地从床上弹起来，冲过来就从后面搂住了他的腰。

妻子无比温柔地把脸贴在丁干事的后背上，半晌，才说：“咱们要个孩子吧！”

丁干事像听到天外之音似的，一下转不过弯来，硬是愣了好一阵才回过神来。他有点慌乱地丢下手中的菜刀，回过身将妻子揽到怀里，下巴抵在妻子的额头上，陶醉了似的蹭了起来。

他多么想有一个孩子呵，过了这个年他就是三十岁的人了，三十而立，他怎么立得住？连个后代都没有。本来结婚就够晚的了，可妻子怎么着也不愿要孩子，她说早有孩子是拖累，如果一辈子不要孩子才好呢，女人有了孩子就等于有了绳索，把她捆住了，从此再别想挣脱开。结婚两年来，丁干事起初给妻子做了不少工作，都没能使妻子改变想法，后来就不提了，提也没用，只有把这个渴望埋在自己心里。妻子在夫妻房事上要求很严，关把得很紧，不时还用尺子量自己的腰围，唯恐有“不法分子”漏网损坏了自己的体型，有时敏感得真叫人受不了。丁干事怎么着也没想到妻子今天就突然想通了，真不知今天是个什么日子呢。

肖红一把推开已沉浸在幸福中的丈夫：“蹭什么蹭？我的额头都让你的胡子扎成渔网了。”

丁干事“哦”了一声，赶紧移开下巴，用手去摸妻子的额头，连声说着对不起。

夫妻俩柔情蜜意了一阵，丁干事才说去做饭，叫妻子歇着等饭吃就行。他却不先问妻子，为什么就想通了要个孩子。

妻子却偏偏要说，一开口，她先问他：“你说，我怎么想通了要个孩子？”

丁干事说：“有个孩子才像个完整的家。”

“不是！”

“有了孩子日子才过得有意义？”

“不是！”

“有孩子老了有人伺候？”

“更不是！”

“……”丁干事就没法回答了。

肖红看着丈夫，卖关子似地才说：“今天，我看到有一对中年夫妇离婚都闹到大街上来了，那个男的都有了情妇还有理了，在大街上打自己的老婆，他老婆好可怜。”

这跟要孩子有什么关系呢？

“那个女人被男人打着却不还手，只有哭的份，哭有什么用？”肖红说，“这时候，跑来一个学生模样的男孩，男孩冲过去抓住了男人的手，一头撞向男人，那个男人被撞倒在地上，爬起来没吭气就走了。后来，我们才知道这个男孩是那对夫妇的儿子。男孩其实很瘦，看起来很弱，但他为了保护自己的母亲却那么勇敢。”

就为这个?!

丁干事听到这里，竟说不出话来。

肖红却观察着丈夫脸上的变化。丁干事被妻子看得心慌了，脸上的表情怎么着也自然不起来，他稳了稳神，心说，我慌啥呀，好像自己干了什么亏心事似的。

肖红盯着丈夫的脸，突然放声笑了，笑声响亮而干脆地发射出去，被狭小的房屋四壁撞回来，在小空间里游来荡去，听得丁干事心里真不是滋味。

有什么好笑的？再值得好笑的事也不是这样笑的。

“我是笑你的表情，刚才变得那么快，好像你信心不足似的。”

“我信心不足？”丁干事精神为之一振，他刚才想的是妻子一时性起，要孩子是看到别人离婚时孩子保护了母亲，是妻子把问题想偏了，听妻子这么一说，就来劲了，“我都盼了好几年了，做梦都想要个孩子。不过为了后代，我得这阵子不抽烟了。”他结婚后看多了优生优育方面的书，书上说男人抽烟会影响后代的健康。

没想到妻子却说：“你是说你还得培养个好心情是不是？等你培养好了，说不定我就改变主意了。能有一个想要孩子的心情还不容易呢，我现在就想着我们儿子已经出生了多好，过几年就长大了。”

“科学的说法……”

“什么科学不科学？”妻子打断了丈夫的话，“今天书上说夫妻连续行两次房事就可以生双胞胎，明天书上又说连续着会生怪胎，这也是现在的科学？抽烟有什么，我们单位一根烟不抽的男人生的都是丫头，抽烟的大部分都生的儿子。”

妻子这么说，看来是真想要个儿子的。丁干事也不好说什么，反正妻子想通了，只要她愿要孩子了，她怎么说都由她说去。丁干事心里很兴奋，晚上夫妻俩的事都很尽兴。事后妻子还悄悄地对丈夫说：“就你那猛劲，肯定是儿子。”

丁干事看了看黑暗里妻子还在发亮的眼睛，没有吭气。过了会儿，才点上一根烟，慢慢地抽着。

四

天气最冷的时候，几场大雪厚厚得盖在了乌鲁木齐这座边城上，白色的雪只能耀眼几天，几天之后，雪的表层被取暖烧锅炉的烟尘污染成黑色。乌鲁木齐的雪天这时候就像用脏的抹布，很碍眼。大街上和过往汽车的主要公路上，雪被踩来碾去的，在零下二十多度的低温里，都结成了冰，乌鲁木齐的冬天就像个溜冰场似的，滑溜而坚硬。

一到这种时候，丁干事每天上班前总要叮咛妻子过马路不要抢道，要眼观六路耳听八方有点临场作战的思想。每年冬天摔成重伤甚至亡人的事接连不断，幸好这几年乌鲁木齐的车多，堵车的时候多，不然车祸就更多了。妻子对丈夫的叮咛早烦了：你还有完没完，我又不是三岁小孩，整天听你嘀嘀咕咕个不停，烦都烦死了。

没办法，这个世上的人只有自己对自己才放心。丁干事心想：你烦了我也要说。

“你现在可是两个人了，身负重任呵。”丁干事冲妻子嘿嘿一笑，强调道。

妻子脸一红，用白眼剜了一下丈夫，也不再说什么，各走各的去上班。

自从妻子怀孕后，丁干事勤快多了，每天下班后赶紧去买菜，回到家变着花样改善伙食，为了后代，上班没事干时，他在脑子里想着的是当天的饭菜怎么变样。

丁干事陪妻子第一次到医院做了孕期初步检查，一切正常的那几天，妻子所在的“艺海”公司有了大的变动。群艺馆的领导思来想去方才觉得办这个文化味很浓的公司没多大意义，凭地理条件和办公司的几间门面房自己经营其实很亏本，就这点办公司的本事还想在经济大潮中赶潮呢。思来想去，领导最后决定：公司出租。启事一贴出去，马上就有一帮有钱的款儿来看地方，谈价格。最后被一个叫牛得林的款儿承包了，租金是原公司所得的一倍。牛总经理一上任，除了公司名字没改，别的都要改，原来的文化用品门市部全都撤掉了，对所有的房屋进行装修后，就变成了一个不太大的酒店和一个非常豪华的舞厅。

“艺海”公司除酒店舞厅外，还设了别的机构，比如倒钢材、贩水泥，什么都搞。光那气派就叫群艺馆领导惊诧不已，方才明白这才叫办公司呢。

公司性质一变，就面临原来人员的安置问题。原公司大半的人员都不符合牛总经理新公司的招聘条件，就得自谋职业，也不可能再回群艺馆上班，群艺馆的领导早躲得不见影子了。

肖红这么一说，丁干事心就凉了，穷人怎么活得这么难？这也不行那也不行，不到半年时间变化竟这么大，真够折磨人的。很明显，肖红不在招聘之列，除了是女的，长相端庄外，别的条件都不够，不但年龄超了，而且还结婚了，新公司要的是二十二三岁的姑娘呢。

想了半天，也想不出个新招来，丁干事就对妻子说干脆不干了，什么地方也不干了，等生下孩子把孩子养到三岁送幼儿园了再想办法吧。妻子却不愿意，非要找群艺馆领导理论一下，找了几次根本找不到领导，好不容易堵住领导，缠得没法，领导开恩答应给没有岗位的人员每人每月只发百分之四十的工资作生活费，百分之四十工资还不到一百块钱，根本不够生活费。肖红气得回家大骂，也解决不了问题，脾气却变得越来越坏。

丁干事担心妻子心里气躁影响胎儿，就千劝万劝把妻子送回娘家住几天，或许让她回到自己熟悉的环境里会心平气和些。平时，丁干事不愿叫妻子回娘家，刚结婚时为回娘家的事，俩人没少吵架，原因是丈母娘一直看不起他。从认识肖红第一次进丈母娘家门那刻起，丁干事就看出他在丈母娘的眼睛里没有一点儿地位。肖红的父亲过世早，她母亲就对子女的婚姻大事特别苛求。丈母娘第一次见过丁干事后就对女儿坚定地说：“不行。”没钱的事不说，只嫌他是个当兵的，铁打的营盘流水的兵，当兵的靠不住，今后转业了还得重新就业，就是没有保障，到那时候怎么办呢？别看现在找个穿军官服的惹人眼目到处风光呢，以后会哭哭啼啼为生存闹心的。丈母娘有她的权威看法，但她却实在没有办法阻止年轻人自由结合，就在她百般阻拦，想法拆散他们的时候，女儿却红着脸对娘说：“妈，我们已经有过了，我已经是他的人了！”做娘的气得半死，女儿却说现在的年轻人都这样，不然这个世界上好多人就结不了婚。

丈母娘很无奈地同意了这门亲事，结婚时，她怎么也想不通，对定的日子改了又定，定了又改，她这样那样的理由和条件搞得丁干事为结婚的事伤透了心。部队上弄套房子不容易，分房子按职务分，你职务不够绝对不给你分房子，就是租也是你自己的事。丁干事结婚那阵子才是个副连职，根本沾不上房子的边，丈母娘又刁难他，他憋着一口气，在下属单位求人找了一间单身宿舍做新房，和一帮同样遭遇的干部住在下面是车库的二层楼里，终于结了婚，有了一个属于自己的窝。

时间过得真快，结婚都两年了，房子还没解决，尽管到处都在盖楼，一座比一座高，但没有哪一间房属于丁干事这样职务的人。这些丁干事都可以忍耐过去，最让他忍耐不了的是丈母娘对他冰冷的态度。这次送妻子回娘家，他没多待一分钟就走了，丈母娘家还不和外面的冰天雪地一样。他回到单位，重新过起了单身生活。

丁干事一过上单身生活，就懒得一个人做饭，连晚饭也是在机关食堂吃了才回家。这时候他才觉得单身生活的轻松和无穷无尽的空虚，不一样的，特别是那些长期过单身汉生活的人，很无聊地消磨业余时间的样子，除过睡觉和看电视外再没有新的内容了，他就想他和他们不一样，他是个有了家的单身汉。别的不说，大冬天的，他就没有他们睡午觉和晚上看电视能看到早晨三点钟的习惯。

可以说，保卫科的女干事安丽的单身生活过得空虚而无聊，自上次丁干事说话无意伤害了安干事之后，安干事是不理会丁干事的。这回丁干事过上单身生活，他们接触的机会就多了，可丁干事发现安干事不像以前那样和他主动说话了，开玩笑就更不可能了。有时大家在一起闲聊时，丁干事总想找个话题引到上次的事上顺理成章地给安干事道个歉，缓和一下关系。可安干事总是不理丁干事的茬，有时还给他难堪。一次在办公室别人和安干事开玩笑时，丁干事讨好地顺嘴夸了几句安干事，说了些她的不知能不能叫作长处的长处来。没想到安干事却撇了撇嘴，说有些人真无聊，认为女人是脚下被践踏的草，却非要将草拔高成树，哪是心哪是肺都分不清楚呢，却偏要装出一副有同情心的模样，其实他对女人是最大的侮辱。安干事一副无视别人的样子，用漫不经心的口气说。

办公室的人一听，都用另一种目光看了看丁干事。丁干事当场就落了个大红脸，嘴里支吾着却不知自己该说些什么。他心想安丽这个女人报复心这么强，事都过去这么长时间了，她竟给他来了这么一手，真叫他下不了台。当时张科长也在场，听安丽一通话和丁干事的这副表情，就对丁干事有了看法，等别人不在时，张科长竟对丁干事说："小丁，你可是个快做父亲的人了，人家安干事还是个姑娘呢。"

张科长言下之意，丁干事再明白不过，他当时气得一屁股坐到椅子上，说不出话来，愣愣地望着张科长。张科长还以为丁干事想解释一下的，还制止了他："不用解释，只要你能醒悟就行了。"

丁本事在心里骂道：我他妈的醒悟个啥？

五

这天早上，丁干事起床晚了，反正妻子也不在家没人催他，他就在被窝里多赖了一阵，大冬天的，谁不贪恋热被窝呢。起床后一看睡过了头，就赶紧洗脸刷牙，洗毕，才想着该刮一下胡子了。他原来是两天刮一次胡子，这次有三天了吧，不刮实在不像样子了，乱蓬蓬的络腮胡子荒草一般，出去总觉对不住这身制服。丁干事刮胡子用的是装刀片的刀架子，他的皮肤怪得很，用电动刮胡刀刮了后，下巴和脖子上不一会就起满了红疙瘩，奇痒难耐，只有用刀架子刮胡子了。这样就麻烦些，每次刮胡子他总想男人为什么要长胡子呢，真是麻烦事情，要是像女人一样不长胡子多好，妻子曾反驳他，刮个胡子都嫌麻烦了，女人每月还要来月经呢，要是放到男人身上，还不想活了？丁干事就无话可说了。

时间仓促，慌乱中丁干事竟刮破了下巴，血怎么也止不住，他一手用卫生纸按在下巴伤处，一手端着脸盆去卫生间倒脏水。卫生间并不卫生，大变冷后水也供不上了，卫生间一股恶臭，丁干事进到卫生间本来将脏水倒进下水道走人就行了，可他一闻到臭味就改变了主意，将一盆脏水泼到了男女共用的公共便池里。便池门大开着，又是哪个素质低的人"方便"后没有从家里弄来水冲便池。丁干事对这种人非常气恼。

倒完脏水回来，收拾刮胡子刀架时才发现坏了，今天太慌忙忘了将沾有胡子香皂沫的夹刀片的夹子捞出来，随脏水倒进便池了，真他妈的倒霉。戴上帽子临出门时，他拐进卫生间到便池那看了看，便池里被他冲干净了，根本见不到夹刀片的夹子。丁干事叹了一口气，倒不是什么大不了的东西，可一时用起来就不太方便了。

中午休息时，丁干事上街想买一副刀架子，可转了几个商场竟找不到卖的，问了一个大商场的售货员，小姐把染得可怕的红嘴一撇：“谁用那个？搁这还不糟蹋了柜台。”气得丁干事望着小姐，竟无话可说。不想再找了，可想想这胡子还得刮的，就只好去小点的商店去看看，最后好不容易在一个个体柜台上找到了刀架子，一问价钱，五十八块，真够吓人的。他只问了句这东西咋这么贵，个体小伙子操着生硬的普通话说：“这还贵了？还有上千块钱的电动剃须刀呢。”

这还让不让人活了？

“你还不知道吧，”个体小伙子打量了一下丁干事身上的制服，继续说，“现在一个避孕套都要两块五呢，你当然不知道了，你们用公家发的。我们贵也得买，你想想，我们怎么活？”

丁干事赶紧掏钱买了一个刀架子就走人，一个月工资的十分之一买了个刀架子，怨谁去？大家都说部队上工资高呢。

出了商场往回走的路上，丁干事在溜冰场似的大街上碰到了一个拖着煤气罐的老头子，老人头戴个羊皮帽子颤悠悠地在冰上移动着，如果不是手里拖着的小轮车子撑着，他肯定摔倒好几次了。丁干事心思全用在脚下，闷着头猛一下看到老人的情景，心里凉了一下：谁家这么缺德，让这么个老人去换煤气，冰天雪地的，不出事才怪呢。这么想着，他只顾走自己的路，走过老人后，他回头看了看。这一看，丁干事看到了另一种景象：老人周围的行人全都用眼睛盯着他。丁干事一愣：都看我干啥？从那些目光里他看到了责怪和仇恨什么的。其中有一个年轻姑娘挽着一个小伙子的胳膊还说了句：“还以为碰上了活雷锋呢，没想到这个当兵的，也是假冒伪劣产品。”小伙子不以为然地哼了一下。

丁干事才明白那些行人怪自己没做好事，眼睛瞪得像仇人似的。

丁干事就走上前去，要帮老人拖煤气罐。没想到老人却推开了他的手，拒绝他帮忙。丁干事坚持要帮，老人很无奈地才把车交给了丁干事。其实老人拖着煤气罐走路还稳当些，一旦没了倚靠，随时都会摔倒在冰上的。丁干事就一手拖着煤气罐，一手扶着老人走。

来到老人住的地方，是一栋七层住宅楼，老人就住在七楼。丁干事把煤气罐扛到七楼时连气都喘不匀了，他心想自己一个年轻人爬这么高的楼都受不了，一个摇摇晃晃的老人不知用什么招呢？他正想问一下老人家里还有什么人时，老人竟冷冰冰地掏出两张十块的钞票往丁干事手里塞。

“您这是什么意思？”丁干事惊惊诧地问。

“你还不是为了个钱！”老人的回答沉闷而阴森，像是从地底下钻出来的一般叫人听了不寒而栗。

丁干事像被人当着众人的面打了一个耳光一般，又羞又恼，他的脸立刻涨得通红，他的心似被人刺伤了一般隐隐作痛。

“你把我当成什么人了？”丁干事强压住恼怒，对这种岁数的老人，他不好动火。

老人愣了愣，目光比刚才弱了许多，一脸的悲伤让人一看，就会产生同情心。

后来，老人把丁干事让进屋后，就很生硬地流泪了。老人告诉丁干事他并不是把这个世上的人都看成小人，他孤苦的晚年生活和悲凄的人生境遇使他对人都抱有成见，因为他尝够了人情冰凉的滋味。

老人叫范有新，有一个女儿，可根本不管他，他一直是一个人度着日月。老人的泪水浑浊而又凝重，泪水在他的脸上往下爬着，那种艰难地流淌速度叫丁干事的心使劲儿地往一起缩着，他对老人的境况生出深深的同情。

谁不是父母养的？

整个下午，丁干事在办公室里只是一个劲地抽烟，什么事也不想干，脑子里全是范有新老人榆树皮一样的脸上流淌的泪水和他递过来的二十块钱。十七岁就出来当兵，十二年过去了，他为父母的艰辛而他却没尽一点孝道一直心怀愧疚，范有新老人的境况给他的灵魂是一次强烈地冲撞，他甚至还想到自己将来也会有这么一天，晚年生活真该这么凄凉？

他对活人的意义细细地咀嚼着，一股强烈地愤怒从心底腾起，叫他一时难以平静，甚至折磨得使他难以入眠。当夜，他在一种无形地煎熬中提笔写下了心里的气愤。他原来闲时喜欢写一些新闻宣传稿件的，成家后就慢慢搁下了，一种责任感促使他将范有新老人的晚年遭遇写成了一篇义愤填膺的稿子，第二天没有犹豫就投到了晚报社。

六

肖红从娘家回来后，不想就这样在家闲待着，就去单位和公司总想找份事做，不然闲待在家不憋出病来才怪呢。

丁干事就说别跑了，先在家待着等生了孩子再说吧，生活那么累干啥。

肖红说，孩子不是这几天就能生下的事，在家待着，谁给钱呢？

钱多钱少还不都是那么回事，钱在啥时候都挣不够的。丁干事说。

肖红说，挣不够总比没有好，就靠你那五百多块钱，在乌鲁木齐，等生了孩子，这日子咋过？一包奶粉都三十多块呢。

妻子一提到钱，虽没提借给李智勇钱的事，丁干事已经气闷得很，一切都围绕个钱字，钱真能折磨人。

肖红到单位跑了几次，缠得没法了，群艺馆领导就给“艺海”公司说了许多好话，牛总经理总算勉强答应留肖红在公司干一段时间看看表现再说。肖红到公司上班也就是接一下电话，给来谈生意的人沏茶什么的，累倒不累，就是得时刻用微笑来做一切，肖红有些不习惯。不管怎么说，有份事做，总比闲待在家好，那样给人养着心里总不舒服。

丁干事对妻子的执意无可奈何，他的态度是，妻子愿意就让她干去吧，如果觉得整天微笑着有些累，就回来算了，妻子的腹里孕育着他们的希望呢，相比之下，后代比钱重要得多。

丁干事写的那篇关于范有新老人有女儿却没人赡养的稿子在晚报上发表了，并且加了编者按，添了许多子女瞻养老人的义务和公德方面的文字。

稿子发出来，丁干事舒了口气，似卸了些心上的重压似的。

可是，丁干事怎么也没有想到，稿子发出后的第三天，就有一个少妇模样打扮入时的女人找上门来了。

“你就是丁什么键?”少妇一脸的鄙夷。

丁干事对少妇这种问话方式想置之不理，可是，张科长把她带进来的，他还摸不清这个女人到底是什么来头，就只好点了点头：“我是丁键。”

“一脸的正气，一看就是个能当将军的好苗子。”

“请你别随便挖苦人。”

“你还知道我在挖苦你?”

“我又不认识你!”

“怎么会不认识呢?”少妇把手上的报纸往丁干事面前的桌子上一拍:“我就是那个范老头的女儿姜娜!”

“……”

“我来找你，是想告诉你，你马上会收到法院的传票，我告你侵害了我的名誉。”

“不过，”少妇接着说，“这也不全怪你，因为你不了解实际情况。”

丁干事愣怔着，这突如其来的事一下子叫他摸不着头脑。这到底是什么跟什么呀?

“你不要有想法，”姜娜说，“凭你的一腔热血，上个法庭算什么?”

丁干事一时真不知该说什么好，自己就写了那么一篇小稿子，竟惹出这等麻烦，人家上门兴师问罪不说，还要上法庭打官司。丁干事干保卫工作，他知道侵害他人名誉的严重性，不过，他想在稿子中他又没提到范有新老人女儿的名字，怎么能算是侵害了她的名誉呢?

姜娜看着丁干事那副样子，竟忍不住笑了：“其实也没什么，你不用担心，我这人是很通情达理的。你的出发点是对的，可我也得考虑到我作为别人女儿的难处。”

张科长就接过来说：“既然你通情达理，何必要把这事弄到法庭上呢?我们小丁也是为了你爸的生活境况才这么做的。”

“法庭是要上的，你们不了解内情，我现在也不想多说。到时候我会说的。”

姜娜说完，就告辞走了。

丁干事呆呆地坐着，点上一支烟，狠劲地抽着。一支烟还没抽完，突然想起什么事似的，抓起电话就拨号，他是给李智勇打电话，要借他的钱。他突然之间憋上了劲要自己的钱，这次绝不想再顾什么脸面了，他可以借钱不还，还顾什么脸面呢?再说是要自己的钱。

电话打通了，却没有找到李智勇，他就气呼呼地给别人留话，叫李智勇快把借他的钱还给他。

放下电话，丁干事生起了自己的气，这是触什么霉运了?竟叫这样那样的事纠缠着，连自己都说不清道不明了。

没想到一直不和丁干事搭理的安干事，竟一改往日的生分，给他打气：“上法庭就上法庭，有什么可怕的，好像她不赡养父亲倒还有理了，法律可是公正的。”

丁干事抬起头，望着安干事，心里一热，满心地感动，感动了好一阵，才说：“真是感谢你了，安干事。”往下，他再没说，他也不知该说什么才好。

回到家跟妻子一说这事，妻子便埋怨他多事，这样那样说了一大堆。丁干事越发听得心烦，就吼了一声：“你还有完没完了？”

妻子一听，也火了：“你有本事到别处使去，我可不是你的出气筒。”心想我还看别人脸色呢。

两人生上了闷气，三天时间谁也不理谁。这几天，丁干事的心情糟透了，什么话也不想说，什么事也不想做。

这天，姜娜打电话约丁干事出去说有些事在上法院之前想说明一下。

丁干事想，说明就说明，有啥大不了的，就去了。

这天是冬天难得的好天气，阳光出奇的好，竟能让人感觉出一丝暖意来。

丁干事到约定地点，见到姜娜，直直地问：“有什么事，快说吧。”

姜那说，没别的事，叫你出来，一块吃个饭吧。

丁干事一愣。

“你放心，我请客。”姜娜送给丁干事一个温和的笑，“我们又不是仇人。”

确实不是仇人，可也不能无缘无故地就请他吃饭呀。丁干事真不明白这个女人。

姜娜建议到一个清净点的饭店里去吃饭，丁干事就去了。姜娜点了几个很有质量的菜，征求丁干事意见后，给丁干事要了杯咖啡，自己却要了啤酒，并且加了冰。大冬天的，还嫌不够冰冷。

“你不喝酒也好，”姜娜说，“我看你的气色不很好，是不是心理压力很大？”

说的什么话？不管怎么说，要上法庭了能没压力吗？谁像你，把上法庭还当作荣耀一样呢。丁干事心想。

“其实也难为你了，你是一片好心，可我觉得我冤得很，”姜娜说，“他其实早就不是我的父亲了，我现在都跟我妈姓了。到如今，我看他老了可怜，每月还给他生活费的。本来不该我赡养他了，可他还那样说，我是什么人呀?”

姜娜说到这里，竟流泪了。

姜娜的父亲早年抛弃了她们母女，为的是追寻另一个女人，她父亲对她没尽一点责任，还嫌她是拖累硬不要她，他们之间早就没有父女关系了。

丁干事听姜娜这样一说，对面前的女人有了新地认识，从心底深处，对范有新老人也有了新的看法。但他怎么着也没法从心灵上抹去那位老人脸上浑浊的泪水和拖着煤气罐在冰上颤悠悠的身影。那毕竟是七十多岁的老人了。

人都怎么了？丁干事实在弄不明白。

吃过饭，丁干事要付钱，姜娜死活不让他付。她说她的经济状况还不错，她不缺钱花。

姜娜说钱再多，对她来说都没有用，她活得很沉闷，她丈夫很有钱，但男人一有钱就变味了，就不是他自己了。

“说这些，你别笑话我，我不是对别人都这样说的。也请你原谅我对你的那种态度，我现在想着，像你这样的人为什么会是我的被告呢？我第一次见到你，就觉这世间的事真是不公平。我不明白你怎么就成了和我打这场官司的人，和我打官司的人应该是另一种人，该是另一种怎样的人，我也说不清楚，但不应该是你。我却要打这场官司。我打官司不为出名也不为钱，我只想这种积虑已久的事该办一下了，刚好你给开了缺口。”

丁干事不语。

姜娜继续说：“你碰上了，就自认倒霉吧。不过，打一下官司对你也有好处，不然，在这个世上，你越活越不知道什么是对的，什么是错的。你也不要有压力，我会处理好的。”

七

快过元旦的时候，丁干事按法院传票上的时间来到了法院。

在法院门口，碰上早到一步的姜娜，她站在冰雪里，专门等着丁干事。姜娜对丁干事说："这场官司你是输定的。但你放心，我不会要你一分钱的赔偿。我说过的，我不为钱，也不为名，我是为了出口气，出一口憋在我胸间的多年出不了的气。你就权且陪我玩一场游戏吧。"

这场游戏也够人玩的。

上法庭的时候，丁干事心里特别不是滋味，因为他是站在被告席上。

经过一番法律程序，律师的辩论。最后，法庭判定：被告人赔偿原告三千块钱名誉损失费。

丁干事在判定书上签了字。

在法院规定时间内，丁干事拿上姜娜给他的三千块钱，去履行法律手续后，钱原封不动又回到了姜娜手里。姜娜说这看起来是很无聊的事，却使她终于了却了多年的一桩心病。

官司打过之后，姜娜正式邀请丁干事夫妇及保卫科所有人去"假日大酒店"吃饭。

肖红不肯去，她绝对不吃这种饭，这是什么跟什么呀？另外，她也确实很忙，公司牛总经理对她已经很赏识了，她在几家客商那里都听到了对她的赞誉。牛总经理夸她是个公关的好材料呢，已经提她做了公关部的经理。

保卫科的同人也不愿去吃这顿饭。无奈，丁干事一个人去了，把姜娜感动得差点流了泪。

丁干事想，其实姜娜心里很苦，别看她很有钱。

元旦过后不久，李智勇终于把借丁干事的四千块钱还回来了。李智勇没有亲自来，而是打发一个排长送来的。李智勇已当上了副教导员，那个送钱来的排长说，李副教导员的家属这个冬天可发了。丁干事问，不是说赔了吗？那个排长疑惑地看着丁干事好一阵子才说："那我就不知道了，可能赔了又发了。"

丁干事心想只要把钱要回来就行，管他赔了还是发了呢，现在的人说不清。他把四千块钱交到妻子手里时，把这事说了一下。妻子对这四千块钱似乎不太看重了，只说了句"做生意的人见人说人话，见鬼说鬼话"。俨然一个生意场里的人了。

丁干事说，那人就是鬼了。

妻子一笑，说，是人家把你当成鬼来哄哩。

丁干事说，反正钱要回来了，是不是鬼都无所谓。

干脆，咱把电视机买回来吧，免得这钱又叫鬼哄了。丁干事又说。

妻子说，不急，要买就买个好的，现在的电器，一天一个样呢。

临近过年时，肖红却拉回来了一台29寸的“东芝”牌电视机，还是带画中画的。丁干事吓了一跳，这机子得上万块钱呢，怎么买得起呢？

肖红说，你就看你的吧，管他多少钱呢。

丁干事弄不清妻子怎么一下子这么有本事，弄这么贵重的电视机回来，她不会有私房钱的呀。他问多了，妻子只说：“你别忘了我现在可是公司的公关部经理呢，哪能跟原来比？”

丁干事才突然意识到，妻子最近有些变了，比以前忙了，有时回来得也很晚，说是和客商谈生意，忙应酬。谁让她当了公关部经理呢，丁干事没往心里去，只叮咛妻子，她肚里可有“货”呢，别累坏了。

一过完春节，乌鲁木齐的天气就变暖了，地上的冰一时化不了，依然坚固地黏在地上，像板着的面孔似的，叫人生不出暖洋洋的感觉来。毕竟，乌鲁木齐的冬天还很漫长呢，起码还得两个月的冰天雪地。

只是，丁干事偶尔一天中午在街上走了一遭，回来后产生了一种很奇怪的想法。可他把奇怪的想法用语言表达不出来，憋了很久才突然想出一句，是“走在冬天的阳光里”。要有个准确点的说法，“走在冬天的阳光里”，是后来的一天，姜娜突然打电话约他出去，她送给他一件今年冬天最流行的羊绒衫后，他这句话的感觉就突然间产生了。

姜娜说：“你穿上这个羊绒衫，要比你穿棉衣轻松得多。我总觉你是一副沉重的样子。”

丁干事不好接受姜娜的这种礼物，但他又回绝不了姜娜的这份情。

“那我付你钱好了。”丁干事手托着羊绒衫说。

姜娜的脸色变了一下，随即说：“你这样说，和我的那个父亲范老头的话有点像。”

丁干事曾给姜娜说过范有新老人的那个举动。

“这不一样。”丁干事说。

“你可以拿钱去商场买，”姜娜说，“但我这可不是商场。”

丁干事就没法回绝她，拿着羊绒衫呆呆地站着。

姜娜看着丁干事的样子，就说：“你应该知道，不是只有穿棉衣，才能过冬天。”

丁干事抬头看了看天，天还是冬天的天。乌鲁木齐的冬天，天空总是不清爽，灰蒙蒙的，和地上一样肮脏。

丁干事就在这个冬天过了一半的时候，过早地脱下了棉衣，穿上了他自己舍不得买，总认为没棉衣暖和的羊绒衫。

羊绒衫在市面上售价，比丁干事一个月的工资还高。丁干事穿在身上，感觉不出轻松来。倒是妻子看到丁干事突然之间的变化，愣了一愣，想说什么又没说。她觉得丈夫脱了棉衣要比穿着棉衣精神些，但这种精神叫她有一种说不出的感觉。她就觉得丈夫变了，起码，他没有告诉她羊绒衫的来历，他以前可不是这样子的。

八

得知肖红住进医院的消息，是在一个没有阳光，又在飘雪的日子里。

丁干事满头大汗地赶到医院时，妻子已经从手术室里出来，很平静地躺在了病床上。

肖红流产了。

这是一个没法回避的现实。

病房里站着几个男女，看样子是肖红他们公司的同事。其中有一个收拾得很精干的男子，三十多岁的样子，手里掂个大哥大。看样子，他就是“艺海”公司的总经理牛得林了，丁干事从妻子过去的描绘中猜测的。

丁干事一来，房子里的其他人就都退了出去。

丁干事走过去，轻轻地抓住妻子的手，一时却说不出话来。

妻子像没感觉到他来了似的，眼睛紧闭着，却有两颗泪悄然地从妻子的眼眶里涌了出来。

丁干事心里一酸，硬是控制住了自己，轻声对妻子说：“孩子我们还会再有的，你不要太伤心了。”丁干事这样说时，感觉自己脸上有了凉意，伸手一摸，是泪水。

肖红出院后，很少说话，只是有一天，她说心里慌得很，要回娘家去住。丁干事就同意了。

肖红临走时，把屋子里仅有的物件收拾整理了一遍，对狭小的空间没以前那样叹息。丁干事催着送她走时，她才带着一些换洗衣服，恋恋不舍地走了。

肖红回娘家后的第三天，丁干事的丈母娘竟破天荒地来单位找丁干事。丈母娘专门送来一封信，说是肖红让亲手交给丁干事的。

丁干事很奇怪，忙打开一看，先是一封离婚协议书出现在他眼前。丁干事的心就猛地停止了跳动，全身的血“呼”地涌到了头上。他一时弄不清这到底是怎么回事。

丈母娘看了看他，竟平静地说，还有一封信的。

丁干事的手竟笨拙得抽不出那信，好不容易抽出来，打开一看，眼泪就无法控制地涌了出来。

丁键：

我们离婚吧！我对不住你！尽管我不是自愿背叛你，可今生今世，我已无法面对你了。进了生意场，我就变成鬼了，但不完全是金钱。女人有时很难说清人往鬼路上走的时候，是不知不觉的。我知道我不能和你在一起生活了，就是你能原谅我的过错，我也原谅不了自己。这次孩子流产，我才真正醒悟，我已经陷得太深了，陷入人鬼不分的圈子里了。我不是你的妻子了，我会玷污你，我下了决心要离开你的，你根本不用可怜我，我不值！我去西安我姨家住一段时间，等我回来后就办手续，签字吧，我请求你！

肖红

丁干事抹了一把泪，突然把手上的几片纸往桌子上一甩，对丈母娘怒吼道：“为什么现在才来找我？”

一向在丁干事心目中很强悍的丈母娘，这会儿却虚弱不堪地说：“她不让！”

丁干事像散了架似的，全身没有了支撑的力气，他用双手抱住木木的脑袋，使自己不至于这样倒下去，成一摊泥。

这是一个叫人捉摸不透的时代！

九

天，真正暖和了，冬天正在悄悄地遁去，乌鲁木齐的春天已经不远了，大街上的冰开始融化了。

这天，丁干事上街买洗衣粉时，在街边上的一个衣摊前碰到了安干事。

安干事正在挑选小孩子的衣服，她手上已经抓了好几件。

安干事也发现了丁干事，她脸上的表情一下子变得很复杂。

丁干事走过去，望了望安干事手上的童装，想起自己流产又离婚的妻子鼻子一酸，控制不住，两眼竟涌出了泪水。

安干事见此情景，把童装往衣摊上一甩，赌气地说："我又不是故意要刺伤你。"

丁干事顿了顿，才说："你买你的。"

安干事把头一扬："我就不能买了？我就不是女人？你就信我嫁不出去？"

安干事的眼泪磅礴而出，似大吵了一架，受了多大委屈一般。

丁干事心想，我又没说你啥，看你闹得？

已围上来一大圈看热闹的人，莫名其妙地望着这两个穿军装的男女。

后　事

天成他妈咽气的时候，再有两天就立夏了。立夏就是真正的夏天了，在此之前再滚烫的日子，也只能算作暮春。

暮春的日头挂在高空，天上异常的洁净，只有望不见影子的灼流填充了天与地的空间，像一张没边没沿的稠网，裹着浓绿的田野和破败的村庄。村庄溺在热流里，似水中孤岛，寂寞得坟岗一般。生者的气息似乎已经远离村庄，在遥远的地方消失，等待夏天的来临。

是一声沉闷的吼叫撕破了灼热的稠网，叫声在气流里冲来撞去。出门一打听，才知是天成他妈去了，难怪天成像狼一样嚎呢。村里顿时慌了，杂乱的脚步踩得热浪翻滚，没有了一点秩序。

天成哭过，瞪着红枣似的双眼，望着聚了满院子的村人，过了许久，才对他爹宝太说："不准报丧，不准打墓，不准订棺。"

宝太愣着，慢慢蹲到墙根下，只顾一个劲地抽烟，没搭儿子的茬。天成望着他爹，泪糊满了两眼。他抹了把眼窝，转身出门走了。

前来操心丧事的村人问了宝太半天，问不出一二，互相用眼神询问，终没答案，也就散了。村庄又恢复了往日的沉寂，却没了先前的气息，终是死了人，不一样了。

天成到了乡里，没见到乡长、书记。乡里正在开夏收准备会。天成被挡在会场外面，心里火燎一般，站着蹲着都是一身汗，在乡政府门前走来走去，走出满口的干渴，也找不到水喝，心里越发焦躁，一想到死去的妈，泪又涌了出来。无奈，天成蹲在墙根抱着头痛哭起来，哭声压抑得像从石缝中挤出的泉水一样，沉闷而又艰难。

好不容易熬到散会，日头已经偏向西山，热量却不减，天成像从水中捞出来一般，一站起身，汗水和着泪水噼叭往地上甩。一见到乡长，天成像见到救命恩人一般，没张开口，泪先止不住，一串悲伤的抽泣把乡长弄得莫明其妙。

好不容易劝住天成，乡长听了他没头没尾的述说，脸就阴了："你是说你妈是叫村长踢死的?"

天成说："他张双安不踢我妈，我妈能死?"

乡长说："得是?"

天成说："就是!"

天成说得咬牙切齿。

乡长说："他村长啥时候踢的你妈?"

天成说："一个多月前。"

乡长说："他村长踢在你妈啥地方了?"

天成说："他张双安想踢我妈屁股，我妈刚好转身了，就踢在我妈腰上。"

乡长气呼呼地说："村长为啥要踢你妈?"

天成怒火满胸地说："我家的牛吃了地里的麦苗，那是德山叔家的地，不是他张双安家里的，他张双安用棍子捅了我家牛的沟子（方言，屁股），我家的牛是怀了牛娃的，牛娃就没了。我妈去找张双安，他就踢了我妈。"

天成说着泪水又挂了一脸。

乡长听着，看起来很生气，说："他张双安村长是当到头了，没了章法哩，混蛋东西!"

天成说："他张双安有钱有权，还有啥章法?"

乡长说："这跟钱和权没有关联。"

天成说："有，就是有！没有才怪哩!"

乡长不语，默了半晌，才问天成："你找乡里，想咋样?"

天成说："要他张双安偿命!"

"偿命?"

“我妈不能白死！”天成把牙咬得格嘣嘣响。

乡长想了想，说：“事有事在。”

天成说：“我找你乡长，就是问你这事咋弄呀？”

乡长说：“我想问你，你妈是啥时候没了的？”

天成哽咽着说：“今天早晨。”

乡长惊道：“今天早晨？”

“你是说你妈被张双安踢了腰，一个多月后的今天才没了的？”乡长又说。

“就是。”

乡长说：“这样的话，我们得调查一下，这事还复杂着呢。”

天成说：“不复杂。他张双安不踢我妈咋会死哩？”

乡长就说：“这娃，你先回去。”

“我不！”天成说，“我看你乡长咋处理他张双安。”

乡长说：“这得有个过程，得把事情弄清楚，才能处理。”

天成说：“我妈人都没了，还要过程？他张双安非偿命不可！”

乡长说：“你看你这娃说的，啥事都得弄清才能下结论，不弄清咋处理呀？”

天成见乡长说着话没了前面的怒气，心有点凉了，火却大了：“反正我不会就这样回去的！”

乡长劝说道：“看这娃，你先回去忙丧事，事有事在，是他张双安的事，他就逃不脱。”

天成不回。等到天黑，乡长又叫几个人来劝，天成死活不走，有人就劝说，家里老人没了，不急丧事，却待在外面，做儿子的忍心？

天成光是哭，后经不住众人劝，又质问了一番乡长，得不到明确答复，无奈，只好哭着回了。

天成回到村里，走到家门口停住不进了，他怕看到他妈，看到那个把他养大每天伺候他吃，操心他穿，忙了家里忙地里的妈。尽管在天成的意识里，还没有把他妈的死同今后的日子联系起来，但他一想到妈的死就很可怕，一下子就像失去什么似的，比如他妈唤他的声音，再也不会有了。就是他妈被村长踢伤后在炕上躺了一个多月，他也没想过他会失去妈。这样一想，天成心里疼得厉害，同时他也狠了心，一定要替妈出这口气！

夜已经深了，不是太热，村庄静得出奇，像一片没有人烟的荒野。天成一身的汗和泪，淹得他透不过气来，他脱掉身上仅有的一件白衬衣，用衬衣擦了擦脸上的汗和泪，那热是从心里冒出来的，酸酸地蒸着他，他却骂了句狗日的月亮。连月亮也有热量了。天成心里难受，一时很难舒畅，抬头望着半个发热的月亮，哽咽着又哭了起来。哭了一阵，才进了家门，天成见爹还蹲在原来的墙根，也没抽烟，两眼呆呆地望着进门的天成。天成没对他爹说话。几个门子里（比较亲近的同姓）的叔伯婶娘守在他家里，一见天成回来了，忙围上来，却不知该说什么好。天成没理会他们，竟自进了里屋，看到炕上的妈已叫人用被单盖了，他没敢揭开被单看他妈，他全身发冷一般抖着。和妈相处了二十六年，今天他却不敢看妈的脸了，他心里害怕，怕看到永远闭上眼的妈。

天成面对着炕上的妈，直直地跪了下去，一时难以抑住，失声痛哭起来，直哭得夜晚的村庄栖栖惶惶的。天成的哭声很干燥，叫人听上去是那种猫抓铁皮的直挠人心的哭声，天成被婶娘们两边架了，拖到屋外。天成像塌了的一袋粮食，放哪瘫到哪，瘫倒在一把椅子上发呆。

天还没亮，村长张双安被一阵急促的拍门声惊醒。昨晚睡得迟了，似刚睡下没多长时间就被弄醒了，他很恼火，见老婆没动静，气狠狠地踹了两脚："还不去看看！"老婆极不情愿地爬起来，在持续的拍门声中穿了很长时间的衣服，才下地出屋。随即打开院子的灯，白光一下将院子照得比天亮了还要清楚，村长老婆的脚步声下得楼来，响得惊人。过了半天，才听到院子大铁门被打开的脆响，却没听到问人的声音，村长竖着耳朵听不到来人是谁，想续上的睡意顿时消了，赶忙爬起，刚披上衣服，听到杂乱的脚步声已上楼，震得整个楼都在晃动。村长穿上鞋子正要出房门，老婆已进来，身后跟着一个身影。

村长眯起细眼一嘹，没事似的说了句："来了。"

天成没搭理，只是望着村长。

村长没把目光移开，也望定了天成，半晌才说："知你会来的。"

天成无语。

村长说："坐吧。"

天成没坐，愣站在村长对面。村长把目光移开，对老婆说：“给天成拿烟。”随即打了个呵欠，伸伸懒腰，一副懒散的样子。

村长老婆给天成递烟，天成不接也不理，见村长呵欠连天的样子，天成火从心起，但还是克制了，压了一阵，才对村长说：“到外面说吧。”房子里又闷又热，天成被房子里的热气憋得胸闷。

村长无所谓地跟着天成到了阳台。空气清新得叫人舒畅不少。

天成说：“我妈死了。”

村长说：“我知道了。”声音很小，却在寂静的黎明前很清晰。

天成说：“知我来做啥吧？”

村长说：“我心里也不好受，明说了吧，你家日子艰难，昨晚我想了半夜，你妈的寿棺我出了，上好的松木……”

“放你娘的臭屁！”天成没容村长说完，怒吼道，“你还轻松了？”

村长说：“你还要咋？”

天成说：“一命偿一命。”天成说得咬牙切齿。

村长说：“我是踢了你妈一脚，可没致命。”

天成说：“可我妈死了！”天成的音量很大，震得窗上玻璃微微作响。这时，村庄里有了咳嗽声，有人起来了，村庄彻底醒了。

“我说过了，”村长也咳嗽了一声，但不自然，“你妈的死与我没关联。”

“日你个祖宗。”天成怒道，“我日死你的祖宗。”

村长被天成骂得火起，却始终没发火，尽量平和地说：“你日去吧。但你妈的死，与我真的没关联。”

“你再说没关联？”天成瞪圆了眼，向村长逼近了一步。

村长说：“你这娃要讲理呢，大清早来我家骂我，我没恼。我知你记恨我哩，可你要讲理。”

天成说：“我不讲理？还不知哪个狗日的不讲理，把人命都弄下了，还说没关联。”

村长说：“就是与我没关联！跟谁说也是这个理，你天成还想咋着？”

天成说：“我不想咋着，我要你抵命！”

“你说抵命就抵命？”村长的口气一点也不软。

天成吼道：“我今天就要你抵命！”说着就扑向村长来。村长一闪，天成扑了个空。

村长老婆冲过来去扯天成，天成一甩胳膊挣脱开，又向村长扑来。村长边闪边喊："天成你别乱来！我不想把事闹大。"

天成喘着粗气说："我更不想把事弄大，可你狗日的不说人话。"天成吼着已抓住村长的胳膊，村长和老婆与天成扯到一起。

楼下有声音传来，是村长家楼后面住的玉石爷。

"是天成吧?"玉石爷喊道，"你这个愣娃做啥呢?"

天成喘着气说："玉石爷你就别管了。"又去撕扯村长。

玉石爷绕过院墙，气喘吁吁地爬到村长家楼上，硬往开拽天成。

"天成你没出息的，撇下你娘不管，逞啥能呢?"玉石爷说。

天成说："他狗日的张双安说，我妈的死与他没关联，我要了他的命给我妈偿命!"

玉石爷气道："看把你天成能的，会给你妈申冤了。你给我回去吧，崽娃子，越长越没用了!"

天成被玉石爷骂了，可又没法还口。玉石爷在村里是最讲道理，也最有威望的老长辈，天成再气、再恼，也没敢回骂玉石爷一句。

这时，已有几个村人闻声赶来，硬把天成和村长两口子拉开。天成气得浑身发抖，被几个村人架住，挣脱不开，破口大骂着村长，被拉出了村长家。

天亮了，太阳还没露脸，却能感到热浪滚滚，热流已将村庄一夜的凉意和宁静舔去，到处都是毛毛糙糙黏稠的汗腻味。

天成回到家里，死气沉沉，他爹还蹲在墙根，一夜没合眼，呆呆地望着天成。天成望了爹一眼，本不想理的，可这一眼却使他的心猛的一抽，眼泪不由人地涌了出来。爹一天一夜间竟苍老了许多，那样蹲着像一个没有生机的糟老头子，头发乱得像一团毛草，还染上霜一样，胡子拉碴地占满了下巴，完全不像一个五十四岁的人，倒像七老八十的棺材瓤儿。

天成的爹宝太是个懦弱的人，一向没主见，这些都是小时太依靠天成他爷所致，成家立业后，很自然地依靠上了老婆，凡事都由天成他妈做主，落了个"假婆娘"的外号，是个主不了事的男人，常常是村人们当作笑料的角儿。连天成都认为爹活得窝囊，平时也气他，顶撞他。这时看到爹的模样，天成怪伤心的，走上前去唤了声“爹”。

宝太望着儿子，没有吭气。天成去扶他爹起来，竟拉不起，他爹像散了骨架的一摊肉。几个村人过来帮忙，将宝太扶起，他已站立不稳，扶到凳上坐了，有个婶子给端来一碗热水，他推开不喝，两手颤抖地摸着烟点上，嘴抖动得抽不了。天成看着心如刀绞，止不住又痛哭一番，哭着竟软在地上昏了过去，叔伯们将天成就地放倒，给身下垫了塑料布，让他睡了，又来和宝太商量丧事。坟该打了，丧该报了，棺材该订了。虽然叔伯们有了合计，可主家没有发话，坟地没有选定，报丧得由孝子去报，天成是独子，别人顶替不了，棺材是定做还是买现成的更没有个准信。问过宝太无数次，他说不出个一二三。这回问得急了，宝太看看这个又看看那个，半天才吐出一句话来：“等天成定吧。”气得几个叔伯兄弟真想把宝太痛打一顿才解恨，可也只能说一句：“宝太你这人活得，真能把人气死。”

宝太不恼不怒，只是一脸“我又做不了主”的回答。待天成醒来，已到晌午，门子里的人谁也没想着回家吃饭，都为这摊事犯头疼。

给天成灌了些热水，看他清醒了，又问天成主意。天成还是“三个不准”，气得几人真想不管不顾了。

到了后晌，玉石爷来了，他早上来过，见天成睡着，问了些事又走回了。玉石爷一来，先问天成这样算是做啥？天成说：“就这样埋了人，算什么？不明不白的。”

玉石爷恼了：“你这个娃，咋这德行？你妈没了，就你一个孝子，你这样子，算啥孝子？”

“我妈不能白死！”天成坚持说。

玉石爷说：“这会儿不说这些，丧事第一。也不等你这个崽娃发话了。”玉石爷当即唤过天成的几个叔伯婶娘，具体安排，叫去请风水先生看坟地的，叫去准备天成他妈的老衣的，叫去扯孝布的，唯一的棺材一事没法安排，就问天成咋办。

天成说：“这些事应该叫他张双安办。”

气得玉石爷又骂：“都啥时候了，还说这话？你个崽娃，你妈白养活你了。”

“我妈是他张双安踢死的。”天成又来了。

玉石爷说："事有事在，顾不了啦，你滚蛋吧，别碍了大家手脚。"

玉石爷把天成推开，唤几个小伙子来："去把我的寿材抬来，先给宝太家的用吧。"

天成上去说："爷，你……"

玉石爷的把推开："滚一边去！你要有心，就给你妈报丧去吧。"

天成自知一下子拿不出多少钱来，一点积蓄，恐怕给妈做老衣和扯孝布都有点儿紧张，才知趣地向亲近的叔伯去借钱置买。

待孝布扯来，婶娘们先给天成赶制了孝衣、孝帽，给他穿戴了，劝他去报丧。天成在日落的时候才去报丧了。

到此，天成他妈的丧事才有了起始。天成到亲近的舅家去报丧，孝子不能进别人家门，站在门外面喊了半天，才喊出舅舅来，却遭到了舅舅的怒斥。天成低下头听着舅舅斥责完，又去了一次乡政府，找乡长问处理张双安的事。乡长、书记都去县里开会了，只有一个副乡长值班，副乡长说他拿不了事，把天成打发了。无奈，天成只好回家料理他妈的后事。

一过立夏，就是夏天了。

天热得人透不过气来，地里的麦子大部分已经扬花，天热地旱，麦子正是需要水分的时候，却没有一点雨水。始原村是靠天吃饭的塬上，没有灌溉的水源，村人只有眼巴巴地望着灼烫的天空，期望老天赐些雨水。可天空如洗过一般，不见一丝云彩的痕迹。

于是，已经被干渴的土地榨去水分的老年妇女们，又开始了祈雨的行动。她们不辞辛苦，挨家挨户收些粮油，几人背着抬着，向百里以外的老君山开进，去那里的深山老庙祈雨。

往年，遇到干旱，天成他妈也是求雨队伍中的一员，并且是一员干将，天成他妈才五十出头，算年轻的，脚力和干劲比老太太们大，是每次求雨队伍里必不可少的一员。

可是，天成他妈过早地离开人世，使得祈雨队伍弱了许多，祈雨的老太太们比往年更加悲伤，谁也不愿提天成他妈的名字，因为天成他妈的结局其实离她们要近些，谁也不想把内心的悲伤流露出来，今年的祈雨队伍显得孤寂而可怜。天成见祈雨的老太太们又要按她们的想法去祈求苍天了，这支队伍里再也不会有他妈了，陡增了他的悲伤。想起以往他妈要祈雨，天成阻止不了他妈无为的行动，就说风凉话气他妈，现在想来，真是后悔。就在祈雨队伍出发的那天，他在他妈的遗体前跪了一夜，望着永远也不会再坐起来去远行祈雨的妈，哭得死去活来。

村长张双安在立夏的第二天，买了一副上好的松木棺材，用汽车拉到了天成家。却被天成轰了出来，拒绝要他的棺材。

村长很难堪，找玉石爷说话，想劝天成收下棺材。玉石爷一脸不高兴，村长还要说，玉石爷恼了："你是叫我把借出去的寿材再抬回来?"

寿材借出再抬回来，这是最大的忌讳。弄得村长脸红脖子粗，最后托人说合，将他买的这副棺材算天成家还给玉石爷的，玉石爷坚决不要。

"我借给天成他娘的，至于天成以后怎么还，是他天成的事。我拿你的算啥事?"玉石爷说。

村长说："天成的家境，你是知道的。"

玉石爷说："这我不管，到时我用时，哪怕天成给我还一卷草席，我也没二话。"

天成冲过来说："张双安，你别假惺惺了，我看这棺材你还是拉回去，留给你自己用吧，反正你用得着的。"

村长望着天成，强忍住怒火没有发作，叫人把棺材拉回自家。村长回家后对老婆说："天成是硬朗人哩，不像他爹宝太的崽。"

村长老婆说："你还夸他呢，他不会和你这么算了的。"

"我知道，天成不像他爹宝太。"村长这样说时，一副忧心忡忡的样子。他没当村长前，就找准了一条路子，给一个矿山贩运支撑矿井的矿柱，成本不大，买些山里的硬杂木，加工成矿柱，挣成倍的钱，一夜暴富，顺理成章地又当上了村长。

气候不等人。还不到"头七"，天成他妈的遗体有了很大的味了。

七天为一个祭祀，在此之前，天成不同意将他妈的遗体入殓，一直放在临时搭起的灵台上，腐味扩散得很大，和着闷热的气流，简直成了灾难。

天成有他的想法，他想叫乡里出面，给他一个答复，他才安埋老娘，不然，埋了人就没有证据了。天成又去找乡政府，乡长刚开会回来，听天成一说，惊讶天成还没埋葬他妈，很不高兴，说事情是事情，埋人是埋人，怎能拖着不埋人？

天成固执地要乡长派人去看了遗体，他才能埋。乡长被缠得没法，答应派人去看。天成才回了。

看好的祭日要到了，可是乡长派的人还没来，天成不让草率埋人。眼看遗体已放不住了，急得叔伯亲戚火燎眉毛一般，天成却硬拖着，气得大家都想和他吵架，他却和谁也不想吵。

就连几天来没说过几个字的宝太也给天成说："要不，先把你妈埋了吧？"

天成说："不行！"

"遭罪呢，"宝太说，"你妈在遭罪呢。"他没法说服儿子，去求玉石爷给天成说说。

玉石爷说："天成这娃是咋了，这么犟？"

天成只认一个死理："等乡里来人验了，再埋吧。"

玉石爷气道："乡里要是一年不来，你还等一年？"

天成说："我妈死得冤呵！"他的泪涌了出来。

玉石爷说："再冤也得埋人呀。"

天成说："我妈是他张双安踢死的。"

玉石爷说："死了就得埋。"

天成说："我妈死得太亏了。"

玉石爷说："不埋就更亏了。"

天成说："我妈今年才五十四岁。"

玉石爷说："这种天气怎敢拖呀。"

天成说："我要乡里处理他张双安哩。"

玉石爷说："这是以后的事。"

天成说："我要他张双安偿命。"

玉石爷说："娃呀，你犟啥呀，就是他张双安偿命了，你妈还能活过来？"

天成说："可他张双安还活着。"

玉石爷说："你这个崽娃呀，你如果是你妈生养的，去看看你妈都成什么样子了？你妈就是到了那面，没了好躯体……你心安吗？崽娃子，你妈养下你这个没良心的！走！去看看你妈。你去看一眼就行了。”

玉石爷硬拉着天成来到灵台前，把他推到前面，一把掀去盖布。

天成的眼花了，他真不敢信这就是他妈的脸，眼珠已经不见，留下两个黑洞望着他，他全身一颤。接下来，天成还看到一种特别耀眼的白色东西从他妈的鼻子里钻出来，他惊得张大嘴巴，随即，看到他妈的嘴巴那里，也有一团白色的东西在蠕动、爬行……

一股酸酸的东西从天成的嘴里喷涌而出，他控制不住，甩开玉石爷的手，丢下玉石爷，转身冲出了灵堂，在外面撕心裂肺地干呕起来。

丧事正常进行。祭奠的日子都是看好了的，不再改动。大家分头行动，买菜割肉，请厨子，借碗筷。只是到了要不要请吹鼓手的问题上，叔伯们做不了主，请示玉石爷。玉石爷思量了一阵，才说：“按说不是寿终，宝太家的大限未到，不是喜事，不该请的。”

宝太听了，过来说：“他爷呀，请了吧。天成他妈亏哩。”

玉石爷说：“这与家里不好，响的不是时候。”

宝太说：“还顾啥？请吧！”做不了主的人，一旦做回主，是说死了的，没有商量的余地。

玉石爷环顾了一下天成家的三间土房，说：“那就请吧。别亏了宝太家的，叫她到了那边，不至于太寒酸，上路也不能太孤单。”玉石爷唤个年轻后生，安排他立马去请吹鼓手。

这时，天成竟然凑过来说：“爷呀，请梨树沟张家的吧。”

梨树沟张家的吹鼓手名气大，方圆几个村没有人不知道的。

玉石爷说：“我心里有数。你早该这样，你妈就你一个崽。”

天成想做解释，玉石爷摆摆手，说：“你别说了，赶紧忙去吧！”

先将天成他妈入殓。几个叔伯连同婶娘们都找了酒来，往脸上、手上、身上洒了。酒味刺鼻，能冲淡腐味。终究尸体搁时间太长，又不是停尸的季节，尸体都没法动了，几人屏住呼吸，多垫了些布，硬将尸体折腾进棺材里放好，几人已是汗水滚流，喘气如牛，晚饭都没能搁在肚里，吐得一塌糊涂。尸体入棺，单等祭奠后盖棺，然后上路了。

祭奠这天，天成都晕了头，从天微明开始，他就守在棺前，与前来祭奠的亲戚友人同声悲啼。天成他妈就天成一个孩娃，还没娶妻生子，缺了贤孙，只有天成一人陪哭。起始，天成倍感悲伤，妈死了，连个陪哭的贤孙都没有，她死得多委屈！后来，天成陪哭次数一多，也顾不上想了。一场陪哭下来，刚被婶娘劝起（其实是形式），泪还没擦掉，又听到户外村街上已有哭声一路走来。哭声跟唱一般，念念有词，都是晚辈，人没到哭声要先起。哭声就是命令，梨树沟张家的响器班有专人负责吹迎宾客的曲，觅哭声到外面去接，唢呐夹着哭声一直接到灵堂，灵堂里的唢呐接了，一起奏出高潮。天成与宾客跪了，放声大哭。哭过，宾客马上换一副面孔，与熟人打招呼，寒暄几句小家常，然后由人领去吃早席。这些大多是女宾客，男宾客大多溜了，不愿进灵堂，在院门外面赶紧系条孝布，也没人追查是否已过了哭关。天成哭过一场，接着又是下一场，绝对离不开。也没人劝他去吃早饭，连吹鼓手都换了一轮休息，他却是没人换的，也不可能换的，就一次接着一次地哭，很是机械。后来连哭声都短了，天成很觉对不起他妈，可他实在哭不长了。他是尽了全力的，一个上午，来回折腾了二十多回，天又闷热，他早累得跪下就全身发抖，汗水又把他全身淹透了，黏黏的使他连喘气都不是那么匀了。灵堂里腐味很浓，尽管不停地洒酒，但压不住，也驱不散，吹鼓手交换得很勤，天成看不惯了，又不好说人家，他自己来回折腾，已闻不到什么腐味，只觉头晕沉沉的，快挺不住了。到了晚上，轮上本村的人来祭奠时，天成都盼快点结束，好歇口气了。他一整天了只吃过一次饭，又困又饿，早受不了了。天成期盼祭奠尽快结束时，隐约看到村长的老婆也来祭奠了他妈，烧了纸，哭过走了，天成也没了力气赶走村长老婆，况且这个时候也不能那么做。

祭奠终于结束，到盖棺时，应该是关键的时刻，因为这一盖，就再见不上亲人面了。可天成实在是太劳顿了，没有在这一刻把孝子的绝对亲情表达完整。倒是天成他爹宝太，在看老婆最后一面时，竟失声痛哭起来，哭得在场的人心都酸酸的。望着宝太一下变得苍老的脸，还有那悲痛欲绝的哭相，大家都掉了泪。过后都说，这个家因为女主人的离去，塌了。

盖过棺后，商定明天出殡的事。诸事都已议定，唯有撩土的事没法确定。撩土是待埋好人后，众人散了，在中午时分，由主家的儿媳妇去坟堆上，抓些土用衣服兜了，一路撒着回家，这是给死人的鬼魂引路，让死人再“回”一次家，这叫“还魂”。还魂的具体时间由看风水定祭奠的先生掐算出来的，一般都在埋了人后的七日之内的某一时刻，如果条件不具备，往后硬拖也行。这一时是不能在主家的家里和周围有活人的，否则会撞上鬼。据说还魂这天，在主家的窗台上撒上草木灰，鬼魂是从窗口出入的。过后可以看到这家已死的人下世转为何物，草木灰上会留下脚印。

天成的妈是没有人撩土的，天成没有媳妇。未过门的媳妇也可以担此重任，但天成连未过门的媳妇也没有。天成家贫，没有提成亲事。撩土的事一时定不下来。

议了半夜，玉石爷最后说："撩土的事就往后拖吧，待埋完人后，去问风水先生，他掐定了再说。"

只好这样。没有撩土的人，天成他妈就出不了鬼，天成再伤心也没有办法，他又顶替不了撩土的人。

浓浓的夜幕是被一声尖利而悠长的唢呐声划破后徐徐拉开的。天色微明，开始出殡了。一切都是准备妥了的，出殡都选在太阳升起之前完成，不能让棺材见到阳光，死人得走阴路，否则死人会到那边受罪的。

前面是梨树沟张家响器班的吹鼓手开路，唢呐朝天吹得清晨乱颤，后面是四人抬的棺材，踩着一地的唢呐声吱吱叫着慢步走着，棺材后则是一大片白色的送灵者，天成拖着缠有白纸的柳木孝棍紧随棺后。一路哭声，唢呐声不断将哭声压下去，又升上来，终是梨树沟张家的响器班，哭声是抗不过的。

一曲《百鸟朝凤》吹罢，又吹流行歌曲，像《走四方》《黄土高坡》吹得甚是激越，赶来围观的人中，已有年轻人随着唢呐音调唱着"我家住在黄土高坡，四季风从坡上刮过"。

一曲《黄土高坡》尚未吹完，已出村到了第一个十字路口，唢呐戛然而止，整个始原村顿时都静了，渐渐明亮的天色仿佛也停了一下，凝在众人脸上，送灵队伍停住了。

天成拖着柳木孝棍走到棺前，已有人递过土陶孝盆。天成将孝棍夹在腋下，接过孝盆，举过头顶，满眼含泪，双手用力，将孝盆摔在地上。孝盆的破碎声提示人们，天成他妈走过十字路口，从此到另一个世界去了。

唢呐声骤起，送灵队伍又动了，一片白色刚过处，围观的人群"轰"地拥了过去，抢拾摔碎的孝盆陶片，拿回家后放在醋瓮后面，说是可以做出香醋的。有拾到碎陶片的孩娃，高举着呼爹唤娘，一番报喜。那没拾到的，在地上跺着脚，满脸失落。

太阳露脸之前，天成他妈入土为安了。在向阳的坡地里，一片坟堆边，一座高出其他坟堆许多的新坟落成。新坟土是虚的，时间长了，土塌下去，就和别的坟堆一样坚实了。

埋了天成他妈，始原村像完成了一件大事，许多人长舒了一口气，思量了前前后后，很快忙各自的事了。天成却舒不出一口气来，憋闷得难受，也因劳累过度，回家后顾不上收拾局面，爬上炕躺下，流着泪迷糊着了。

出殡的第二天，天上飘了些云来，云不是太黑，一路往南缓慢走去，看来是有雨了。有“云往南，水成潭”之说。果然，晌午前后天阴下来，滚烫的太阳终于歇了，有阵风刮过，并不凉爽，却比没有风强。

到了午后，天上落了些雨点，将地上润湿，土腥味很浓，气温降下一些，土腥味不太浓时，雨正式下开了。淅淅沥沥了一天一夜，地里湿透了，土路上也有了水潭，孩娃们戴个草帽，穿着宽大的显然不是他本人的雨鞋，去踩水潭。大人也不管，却在一起议开了，有说这场雨是天成他妈祈来的，她活着时就常去祈雨的，她入土了，也没忘这事，一下就来了。

这可是场及时雨！是今年夏天的第一场雨。

雨过天晴，天成去坟场看他妈。站在他妈坟前，望着已小了许多的坟堆上他亲手插上去的柳木孝棍上缠的白纸被雨冲刷烂了，心里很酸，撕心裂肺地哭了一场，觉着有些事要办。哭过，天成直接去了乡里。

乡长刚好在。天成找到乡长，问乡长咋样处理村长张双安。

乡长正为这一场雨高兴，先问了天成安埋他妈的情况，乡长给天成倒茶递烟。天成不喝也不抽，只问咋处理村长张双安。

乡长说，他已叫人调查了这件事，村长张双安的处理意见还没有定下。

天成急了，问为啥不定。

“张村长确实踢了你妈一脚，但那一脚没致命啊。”

“我妈死了。”

“不是踢死的。”

“就是！张双安不踢我妈，我妈怎会死呢？”

乡长没有回答，起身去唤来民政王助理，叫王助理将调查情况讲给天成听。

王助理拿了许多纸片，边指给天成边说："你妈被村长踢后，躺下病了，你拉到乡卫生院看病了，对吧？"

"对。"

"这里是卫生院的病历，记着你妈的病情，写着你妈心律不齐，有先天性心脏病。就是说你妈原来就有心脏病。"

"这个我不信，医生说我妈身体不好，心脏病是气出来的。"

乡长接过来说："先天性就有，心脏病是很严重的。这么说，你妈就不是张双安踢死的。"

天成生气地说："他不踢我妈，我妈能死？"

"当时踢了，你妈没死，是一个多月后死的，不能算踢死的。"

"这样说，我妈是气死的？"

"我没这样说，我只说你妈不是张双安踢死的。人踢一脚，又不是致命处，能致死吗？"

天成咬牙切齿地说："你这样说，他张双安就没责任了，他害死了我妈，就不用偿命了？"

"你这娃，动不动就偿命偿命的！张双安有责任，但不至于偿命。"

天成就问："那你乡长咋处理他张双安？"

乡长就说："先叫张双安负担你妈当时的一些费用，他说了，他愿承担你妈看病的费用和安葬的所有费用，然后再定……"

天成跳了起来，吼道："我不要他张双安的臭钱，我只要他偿命。"

"你这娃犟得像牛，张双安不够偿命的责任。"

天成说："我知道，你们官官相护，我就要他张双安偿命。"说完，天成要走。

乡长追出来说："你这娃，可不能胡来，你妈尸骨未寒，你别闯乱子。"

天成头也不回地走了。

回到家里，冰锅冷灶，没有了妈的操持，这个家不像个家了，杂七杂八的衣物堆得到处都是，啥东西看着放的都不是地方，没有妈活着时收拾得顺眼。天成望着这个本来就寒酸的家，心里很难受，如果妈活着，再贫穷还有个家的样子，现在乱糟糟的。天成也不想收拾，心里空荡荡的，总想干点啥，又无从下手。他心里只想着他妈活着时的许多好处，转眼间，他妈就没了，一个好端端的人被埋在黄土下了。一想到妈的死，天成就恨张双安，恨得要死。可张双安却没事似的照样住在他的洋楼里，天成恨得真想炸了张双安的洋楼，或者一刀劈了张双安，才能解恨，才能报了他妈的仇。

天成他爹宝太彻底垮了，自埋了老婆后，躺下起不来了，问他也不多说话。天成不会做饭，只能做些糟得不能再糟的疙瘩汤，给爹端去，他爹也吃不下，有时硬喝点稀汤，又躺下睡了。天成担心他爹，拉上他爹去乡卫生院检查，医生也没查出什么病，只说他爹身体虚弱，要补营养。天成不会给他爹补营养，想买些啥做给爹吃，办丧事钱花得一干二净，就是有钱买，他也不会做。但他还是找亲戚借了些钱，买了些奶粉、罐头之类的东西给爹吃，他爹勉强能吃上点。天成硬把他爹从炕上扶下来，到院子走走，他爹气色稍微好了些，他心里才踏实了些。

天成能放心下爹了，心里又想起咋样整治张双安，不整治张双安，他咽不下这口气。但凭他的本事，想整治张双安，不是容易得手的。

天成先选择了晚上，他躲在张双安家附近，手里提着一根棍子，随时准备将张双安痛打一顿。可守了几夜，找不到下手的机会。天成缺乏耐心，心里急躁却又下不了手。天成也痛恨乡长，他只想着乡长是护着张双安，但他又找不到复仇的机会，就去找玉石爷。

玉石爷是很受村人尊重的老人，他处理过许多村人之间的纠纷，却对天成家的这件事没办法处理。

玉石爷听了天成述说乡长的话，思量许久也想不出个主意来，玉石爷想到天成上次找上村长家门的那件事上，担心他胡来，说："事到这个地步，可千万不能胡来呀!"

天成说："爷，我不会的。"天成说这话时，望着别处，目光却是凶凶的。

玉石爷看出来了，对天成说："你这崽娃，心里想事哩。"

"没有，爷。"

"你要胡来，理亏的可是你，不是人家张双安了。本来咱占着理的，事已出了，你不要再傻了。"

"不会的。"

“这样就好。你也不小了，得为死去的你妈和活着的你爹想想，看你爹现在这样子，家全靠你撑哩，你要叫你妈在黄土下放心你。”

天成泪涌了出来，心想妈死了，连个撩土的人也没有，到现在连“还魂”都没过，还不知她老人家多难过呢。这样想着，天成心酸得厉害。

玉石爷见天成又哭了一通，可怜他苦日子还在后面呢，人又犟，如不把他妈的死弄出个结果来，这娃不会罢休的。可又想不出好办法，玉石爷思量来思量去，这事真不好办。沉思了半晌，玉石爷才说：“要不，找人代写个状子，咱告他张双安到县里，乡上不管，县里会管吧？人命关天哩。”

天成一听，来劲了：“我这就去找人写。写好了，我去县里送状子。”

玉石爷说：“你送啥？到时寄去行了，县城百十里地哩，你去了，一时递不进去，家里咋办？你爹还病着呢。”

“我不放心寄，我想当面去找县长，把事说清。”

“写清就行了，寄啥县长呀，县长又不管这事，得寄给县法院才对。”

天成同意寄了，却不同意寄法院，要找就找比乡长大的官，才解决问题。

天成立马去邻村找了一个能写的教师，将他妈的死因及张双安的罪状写了五页纸，看了几遍觉得够清楚了，才用挂号信的形式寄走。天成还是寄给了县长，他想人命关天的事，应该由县长处理才对。

寄走状子后，天成开始盼回音，每天都在煎熬中度过。除过家里的事，他就去村小学等回信，整个村里的信件，都是邮递员送到村小学的。天成不知道，邮递员每个星期才来一次始原村，他的盼望，只有每天落空了。

天成在等待中，几乎近于疯狂。几天时间，天成感到了岁月的凄凉，生活的艰难。他把希望寄给了县长，等待的是非常难熬的日月。在这种等待中，天成对希望失去了再等待下去的信心，他似乎在煎熬中看到了自己的稚嫩。“世事艰险呵！”他在心里说，“但我还去相信县长会给我主持公道呢。”

天成一脸苦相，自嘲地面对滚烫的苍天发出了冷笑。

天成还是坚持走自己解决问题这条路。“我现在只有靠自己了，要想讨个公道，谁也靠不住。”天成对自己说。

他又开始了另一种等待。

这种机会对他来说，也是艰难的。他知道正面交锋，是没有成功可能的，只有选择从背后下手，才有机会报仇。

天成还是有些好运气的。

这天，他直到天黑还没看到张双安回家，他是看着他午后骑着摩托车出门的。这是一个千载难逢的好机会，天成绝对不能放过。他赶紧采取行动，提着棍子在夜色掩护下摸出了村。

这是唯一一条通往村里的大路，天成顺着大路走出离村约六七里地，也没见到一个人影，根本没碰上张双安，也没有听到摩托车的响声。

为了做得神不知鬼不觉，天成又走了两里多地，在路边的麦地里躺下。这里离始原村远，离别的村子近，到时如果得手了，也不可能一下子怀疑到他。他想自己还是有脑子的，就是心里乱得很，怎么也静不下来。他躺在已经扬花的麦田里，被海一样的麦子淹没了，隐蔽得绝对严密，他无暇顾及别的，比如麦穗花的芳香，以及没有月亮的夜空上闪动的星群，他只思量着即将要发生的一切，自己要采取的进攻方式。麦田里闷热难耐，蚊虫开始行动了，由于心里紧张，他全身是汗。蚊虫袭击得很猛烈，他忍了，心想着要给妈报仇，尽他最大的孝心了，激动得顾不了别的。

天成在麦田里躺了有三个多小时，夜已经深了，还没一点动静，他的心凉了半截，做了各种猜测，担心张双安今晚不回来，但他又不愿放弃这个机会，鼓励自己耐心地等下去。

四周静得出奇，天成却一点都不害怕，连怕的念头都没有，一时他竟对自己生出佩服来，关键时候，自己还是行的。

那种声音对天成来说，是一次展示自己的力量的希望。当摩托车的响声从远处传来时，天成听着像是远在天边，他被那种声音激起了莫名的兴奋，全身心都为此而颤动起来。他屏住呼吸竖着耳朵听起来，除了越来越响的摩托车声，还有自己心跳的声音。心跳声甚至压过了那个声音。

摩托车声越来越大，天成抬头看见一丝微弱的光亮，似从地底下窜出一般地飘来，他注视着那丝光亮，心情紧张到了极点，手里抓棍棒的地方，滑得都吃不上力了，但他使劲抓着，用上全身的力。

骑摩托的人绝对是张双安，别人没有闲钱去骑那玩意，村里自行车都很少，上原下原的，骑自行车不方便。

一瞬间，天成从地上跃起，猛冲过去，双臂使出浑身的劲，抡圆了向雪亮的灯光处扫去。天成只听到了一声脆响，他的双臂被那声脆响震得麻木，棍棒飞了出去。

天成顾不上细看结果，天太黑也辨不清，他拔腿跑了。

不择方向地跑了一气，天成才喘不匀气地停下辨了一下方向。好不容易才辨清自己的所在位置，待气喘匀后，望着漆黑的田野，他心却缩紧了。他慢步向坡上走去，本想到阳坡坟场里去，他想把报仇的事告诉他妈的，可他越走头皮越往紧里缩，心跳得厉害。虽然是去见他最亲近的妈，他却没有了一丝勇气，腿是软的。

第二天，张双安依然出现在村里，只是他走路时，腿不利索了。村长瘸着腿对碰上的村人说，昨晚酒喝多了，骑摩托回来时，骑到了阴沟里，摔的。村长一点儿都不沮丧，说话时似乎比以前更爽朗了些。有些村人在心里说，咋不摔重些，不死也残了多好，谁让他有那么多钱呢。

天成得知张双安只受了点伤，没有致命，痛恨自己失手了。其实，昨晚他一直睡不着，心里后怕张双安真死了，查出是他干的，那可就糟了。他熬了一夜第二天听说张双安还好好地活着，他像泄了气似的，打不起精神。天成憋在屋里什么也不想干，连饭也懒得做，没想到他爹却有了点儿精神，唤天成给他去买烟。天成见爹有了好转，赶紧去买烟。走出院子，却觉得不太自然，莫名其妙地生出一分怕见任何人的心思来，拣了没人的空巷，避开人到村上的杂货店里给爹买了包劣质烟，赶紧溜回了家。

天成心想，我怎么了？倒怕见人了。他待在屋里几天不出去，闷了和爹说说话。他爹能起来抽烟，下地走动了，天成多少天来竟第一次有了点儿踏实感。

这天早上醒来，天成被爹唤去，说是有话要说。他爹是难得的主动。天成心想爹快恢复正常了。

爹对儿子说，他昨晚梦到你妈了。

“你妈苦呵，”宝太对儿子说，“昨晚她还对我说等牛下了崽，卖了给你订媳妇哩。”

宝太流下了泪。天成更是控制不住自己的哭了。宝太继续说：“你妈多可怜，这个家没她真不行哩，她昨夜还给我做了酸汤面吃了，我吃了两大碗，觉得精神多了。”

天成哽咽着说：“我妈她在那面，还好吗？”

宝太说：“不知道，梦里没有说。”

宝太摸出烟盒，剩一支烟了，点上，吸着，吸到实在不能再吸，才将烟头拧灭：“我思量着，你妈到了那边，也是苦命人，她太老实了。三七都过了，她还没还魂呢，肯定受人排挤，转不了世呀。”

天成说：“是我没用。”

宝太说：“怪爹。现在不说了。咱还是想法把你的亲订了，啥人都成，只要能给你妈撩土引路就成，快叫你妈转世，咱也心安。你说哩？”

天成没吭气，心里难过，二十多天了，昏头了，竟把妈还没还魂的事给忘了。现在想起来，天成就头疼了，这可是个难题。

父子俩谁也不说话了，默坐着。好久，宝太去摸空烟盒，终是摸不出东西来，就把烟盒拆了，撮出一撮烟丝来，又将刚拧灭的烟头也拆了，聚在一起的烟丝不多，他撕了个纸条，却想卷支烟抽。烟丝在纸条上响着，那种声音划在天成心上，丝丝作疼。天成起身，说声我去买包烟去，抹了眼窝的泪，走了。

天成买了烟，心很重，压得他走路都低着头，往回一路走着，想的事多，却没有头绪，正闷着头，听到有人唤他。天成停住，回头一望，头就大了，血往上涌。

张双安瘸了上来，唤天成说话。天成欲走，他却追着，说：“天成，你该知道我腿是咋瘸的吧。”

天成不语。

张双安说：“我知道是你，明摆着的。”

天成还不语。

“我知道会有这一天的。以前，我是小看你了，天成。”

天成仍不语。

“算我命大。天成你得知道，如果我真死了，你跑得脱么？”

天成这才开口说：“我要你偿我妈的命。”

“天成，你还这样说，我承认我踢了你妈，你妈扑上来抓我脸呢，我气得踢了她，可她不是我踢死的。”

“就是！你是该死的！”

张双安冷笑道：“我死了，你娃才要偿命哩。”

“就你的狗命？”

张双安说：“你看么，我说的没错。”

“只要你死，偿命我天成认了。”

“我说你这娃就缺道理。”

“有没道理，轮不上你说。”

“我说你还傻哩，气盛会害了你自己的。”

“你是怕我要你的命吧？”

“不要命是假的，命比什么都重要。”

“我就看你的命不重要。”

“你还年轻。别胡来了。”

天成气恨恨地说：“你管不着，你还是顾你自己吧。”

天成搁下这句话，走了。他把地踩得很响，滚烫的阳光也在他脚下躲了。

县上来人的时候，已是盛夏了。

那天，阳光非常焦毒，把灼热的气流从天上泻下来，烫得地上直冒黄烟，呛得人喘气都很困难。

小麦已临近收割了，满原满坡的浓绿中泛出了淡淡的灿黄，一派丰收在望的景象。村人们已经开始做收割前的准备，平时闲散出去打临工的人也回来了，心慌慌地等待着一年中最大的收获时节。

县上的人乘坐的深蓝色“213”吉普车上到始原村时，已近中午。车身后拉起了一溜黄尘，在热流里迅速腾起，似一条迅猛正在膨胀的河流，把淡黄色的麦田切割成两半，不一会儿，尘土落了，麦田又合二为一，恢复了原来的样子，却惹来了村人的目光。

村人不明白，这是做啥呢？该不会是促三夏抢收吧，可还早呢，十天半月后的事了，这几年没见个来促三夏的领导了。小汽车在村头的大槐树下猛地刹住，一条趴在树下荫凉里的黑狗，被惊得跳起，拖着血红的舌头，一股黑烟似的跑了。把一处绝好的凉爽留给了小汽车。

有人从小汽车里下来，唤过一个大些的娃娃，问村长家在哪。

孩娃用手一指："南头的楼房，就是村长家。"

"你带我们去吧。"

"我不去!"孩娃说，"好找得很，全村就村长家一个楼。"

"谁家孩娃，看懒得，叫你带个路都不去。"

孩娃说："我不是懒，我不能去，我们的张老师在家哩，我见了她还得问好哩。"孩娃跑了。

村长的女儿是村小学的教师。

晌午饭后，张双安带着几个人来到了天成家。天成认出几个人中有一个是乡长。

张双安对天成父子说："县上来人，调查那事的。"

天成让县上的人进屋，叫爹倒水。县上的人说在院子里谈吧，搬几把凳子在院子树下坐了。村长没坐，天成没给他凳子，张双安在一边站着。

天成没想到县上还会来人。

县上的人说，是县长将诉状转给法院，法院调查那事来的。

天成生出了许多感动，将他妈的死因给县上的人讲了一遍，内容和诉状上的一样。

张双安在旁边辩了几句，与天成又斗上嘴了。天成见有县上的人在，硬气了许多。

县法院的人说："你们别吵了，吵没有用，要用证据说话，法律是认证据的，谁说了也不算。"

天成住了嘴。

乡长说他代表乡上先说一下。乡长取出了天成在乡上民政助理那儿见到的那些医院病历。县法院的人都认真看了，又问了天成，他妈是不是去医院治疗过。

天成如实说了，却一口咬定，如果不是村长踢他妈一脚，他妈就不会致死。

县法院的人说："这得取证，空说不行。"介绍另外一个人，说是法医。

"咋取证呢?"天成问。

法医说："只有开棺验尸了。"

天成和他爹都跳了起来。

这咋行？人埋了都一个多月了，再挖出来，天大的事哩。

院里很静，能听到太阳晒得头上的树叶吱吱地响。天成和他爹一身的汗水。

过了半晌，天成才问："没别的法子？"

法医说："没有。"

县法院的人说："只有这样，才能得到最有力的证据。"

天成说："人……可能都化了，咋取？"

法医说："骨头在就行，可以技术鉴定，是不是致伤的。"

宝太说："这不行吧，他妈刚安埋下，要挖开，心不安哩。"说着去望天成。天成哭了。

县法院的人又说："这是没办法的事。"

宝太说："挖坟不行吧，天成？"天成不语。空气沉闷，热得难熬。乡长起身，在院里走动。几个人都在院里走动着，思量这事。乡长看到张双安走路一拐一拐的，问他咋瘸了。

张双安说："前阵，骑车栽到阴沟里，摔的。"说时，他望了一眼天成。

天成听到了，不语。

县法院的人催促道，这案子有出入，只有挖坟开棺取证，才能确定谁是谁非。

宝太急了："坟不能挖呀，天成！"

天成见爹泪流了一脸，说："坟，不挖，行不行？"

县法院的人想了想说："那就得认定医院的病历。"

天成说："他张双安不就没责任了？"

县法院的人说："医院的病历很全面。"

天成放声大哭。

县法院的人劝天成："法律是公正的，只认证据。"

宝太说："坟是挖不得的。"

天成止了哭，闷着头不吭气。

县法院的人说："那就尊重医院的病历吧。"

天成还是不吭气。

过了一会儿，县法院的人才说：“那就请你们在诉状上签字。”说着递给宝太。

宝太捏着诉状，半天，才对天成说：“天成，你签吧。”

天成不接，等了好长时间，才说：“明天再签吧。”抱头蹲在了地上。

第二天，天成在诉状上签了字。

玉石爷来天成家，对天成说：“崽娃，这回才不傻了，没干对不住你妈的事。”

天成说：“挖坟绝对不行，但不能放过他张双安！”

玉石爷骂道：“崽娃，又傻呢。赶紧想办法把你妈的事做周全了，叫你妈安心吧。”

宝太说：“他爷，这事难办呀，咱这家境。”

玉石爷说：“难办也得办。前几天，我托人给咱天成说亲，有人给找了一个，是寡妇，不行的。”

宝太急问：“咋不行？”

玉石爷说：“寡妇太大了，我给人说急着哩，就找了个这，还拖着个娃，咱天成，不行的。”

宝太说：“大点，没啥。只要是女人。一个娃，咱养。”

玉石爷说：“再想法吧……”

天成却说：“我同意娶她。明个，我就去下塬村找风水先生，给我妈看还魂的时日。”

天成找风水先生掐算日子，“还魂”时日掐在割麦后，七月初七子时。

天成回来着手准备和寡妇定亲的事。家有丧事，年内不能娶妻，可以定亲，定了亲，就能撩土还魂了。

玉石爷不愿天成和寡妇定亲，一时又找不上别的，无奈，就托人再去说。这下，寡妇却不愿意了，说是一会儿要一会儿不要，她不是别人要的。

天成接到回音，正窝着火，村上的林全婶却上天成家来了。林全婶是始原村有名的媒婆，前几年天成妈托过她，她却没说成一个，使她失了不少面子。

林全婶进门就嚷嚷，说这回她的说媒鞋是穿定了。

媒说成了，媒婆会得到一双千层鞋，算是跑路用的。

天成父子心一下热了，赶紧泡茶，备坐，像来了贵人。

林全婶坐好，卖起关子：“你们福到了，是个好闺女哩。”

宝太竟听得僵了。天成问是哪一家。

林全婶说：“就是村长家的俊芳。”

天成全身一颤，大夏天的，他竟冷得抖了一下。

宝太连话都说不出来了，望望林全婶，又望望天成，半天，才自言自语地说：“这是啥话呀？”

林全婶说：“是村长亲口给我说的，村长说咱天成有闯劲，时下这样的孩娃难得呢。”

宝太说：“啥话呀？是你赞的吧？”

林全婶说：“是村长说的，是他嫁闺女，我赞咱天成也没用。”

宝太说：“咋会呢？人家咋能把闺女给咱呢？”宝太看着自己的家，自从天成他妈走后，这家就没有样子了。哪能摊上这等好事哩。

林全婶说：“你看你，咱就把咱看低呢，咱天成不比谁差。村长还说了，咱天成就是太犟了，心眼实哩，缺了教养，调教一下，是个好娃。”

宝太又去望着天成。天成一语不发，宝太再没话说了。

林全婶望着父子两个，站起来说：“他叔，别想那么多了，天成他妈走了，再回不来啦，先顾眼前吧，你父子思量吧，明儿个给我个话，我这走了。”

父子俩愣着，忘了送林全婶。两人原样坐着，谁也不说话。宝太试了几次，想和天成说点啥，见天成那副模样，没敢开口。

天成心里乱得一塌糊涂，这事来得太突然，他怎么着也像是听故事哩，但故事却与他有关。天成怎么着也没法与现实中的自己联系不到一起。他脑子里一直在思量，张双安葫芦里卖的啥药？越思量越理不出头绪来。

天黑了，天成也不觉得饿，也不想动，就无声地坐着。宝太见天黑了，望了望天成，唉声叹气地走出屋子。屋里很黑，天成也不开灯，也不想问爹去干啥，只静坐着，一个人好好思量思量。

不一会儿，宝太将玉石爷叫来了。玉石爷进门，一打开灯，强烈的白光刺得天成心抖了一下，见是玉石爷来了，他才起身，给玉石爷让坐。

玉石爷没坐，拍了拍天成的肩膀："你爹给我说了，好事哩！"

天成望着玉石爷，半天没话说，却给玉石爷去泡了茶。

玉石爷说："好事嘛。我听了高兴哩。你爹也想不通，我骂了他。你个崽娃该想通哩。"

天成这才开了口："爷，我思量这事，他张双安想做啥哩？"

玉石爷说："管他做啥，他愿嫁女，咱就娶。"

"我们有仇哩。"

"天成，你灵醒点吧，啥仇不仇的，你妈去得亏，是与张双安有关联，可不是直接的。你心里也有数。"

"他不踢我妈，我妈就不会死。"

"话是这么说，事实却与张双安责任不大，你知道的。"

"我娶他家俊芳，对不住我妈呀。"

"到这地步了，对不住也就对不住吧。"

"我妈就我一个儿子，我对不住妈，心里不好受呀。"

"我信你妈会谅解你的，父母都盼儿子活得好哩。"

"我妈要是活着……"

"没有十全十美的事。你妈有你这样的儿子，知足了。"

"可我妈死了。"

"人死活不了。"

"我妈要是活着……"

"你妈不去，人家也不会嫁给你闺女。"

"……"

"我思量，张双安心里愧哩，要弥补。听口气，也是看你这个娃可靠哩。"玉石爷说。

"他是怕我要他命，他才不会心愧的。"

"你这崽娃！"

"他怕了！他张双安怕了！"

"你崽娃傻哩！"

"他张双安也想得出。"

"天成，"宝太插话说，"你要为你妈想，就想通了。你妈的事还没办完呢。”

天成望着爹，爹又老了许多，爹今后得靠他了。天成觉着自己一下子沉重了许多，还有东西往自己身上压呢，他只有承受的份，没有躲避的可能。往哪躲呢？就这点天地，属于他天成的不大，只有往他身上搁，他只有喘着气顶着。夜热，浓稠的黑色硬把夏天的热量往屋子里挤压，也就屋里的空间还能搁些热量吧，别的地方都满了，盛不下了。玉石爷要走了，摸着天成的头说：“想通了吧？天成，其实也是为你妈好。”

天成不语。

“你妈养你个孝子，不亏。”天成还不语。玉石爷最后说，“别思量多了，就这样定了吧。麦也快黄了。坡地的麦这两天要开镰了，今个我听到‘算黄算割’（一种鸟。叫声像唱‘算黄算割’，）叫了，割麦搁不住，割完了定亲吧，离你妈还魂还有些时日，早早准备吧。我得走了，明儿个，叫你爹给人家回个话吧。”

第二天，宝太买了包点心，提着去给林全婶回了话。

眼看着麦就黄了。先是坡地，比塬上的黄得早，先开了镰。“算黄算割”鸟飞了上塬，叫得急了，声音都变了。说是有“算黄算割”叫得嘴会流血，也没见过，每家都割麦时，将带的水倒在碗里，放在地头上叫“算黄算割”鸟喝，也没见它喝过。

坡里的麦还没割完，塬上的忽地一下也黄了，一两天时间，地上铺了层金子一般，照得天失去了光亮，夜也不黑了。这种时日，村人没有分清哪是白天哪是黑夜，饭是孩娃送到地里吃的，累得实在睁不开眼了，提两捆麦立在麦茬地里，往那点荫凉里一歪，待晒醒了，荫凉已移走，也算解困了，对着滚烫的日头打个呵欠，提上镰又开始割了。一年里也就这几天要人命呢。

天成家地不多，今年麦好，稠得很，割起来费人费镰，天成家又少了他娘，割得很吃力。往年，天成他妈割上一晌，回家做饭，提来一家人吃了再接着割，今年没人做饭了，饿肚子时候多，天成让他爹回家做饭，他爹又让他回家做饭，常为做饭争执几句，末了，还是他爹回去做了饭，提来给天成吃。饭不可口，心里难受，每口饭都难下咽，天成觉得嗓子眼里有一种东西，先得把这东西咽下去，可一咽下去又泛了上来。天热人乏活累，容易躁，起始天成给他爹几句，他爹也不还口。看着爹青筋暴突的额头上不断渗出的汗珠，脸上全是愁苦，天成心里愧疚，后来就不说了，肚子饿了吃啥都一样。只是每到吃饭时，天成总想起往年他妈做的饭，心里更不好受，端着饭碗流泪，他爹见了，一个劲儿给儿子又加饭，不敢作声。

麦终于割完了，拉到各家的麦场里堆了，山似的，一家不挨一家，却望着那山是不是比自家的高。

麦堆起来，要放两天，让麦竿死透，碾起来利索，也碾得干净。这两天时间，人能松口气了，只收拾碾麦的场地，联系碾麦的事，先到有拖拉机的人家，去挂个号，定个日子，好让人家给排上，提前预订好，到时叫别叫人抢了先。

这天晚饭后，天成去预订碾麦的时间，到几家有拖拉机的人家里问了，人家都排满了，只有往后推。天成不想推，可又没法，回家给爹说了。宝太一听，说推不成的，碾完麦还有定亲的大事哩！宝太叫天成买包烟，拿上再去问问。天成到小卖部买了包好点的烟，去了有拖拉机的人家。人家不要他的烟，只打开抽了一支，却思量了好久，答应给他提前排了，说是天成家碾麦，今年得照顾一下，把别人家往后挤一下吧。天成心里很感激，知道人家是看在他妈去世的份上，不然，不会让的。天成心里不是个味，尽管碾麦的事定下了，却是他妈没了，人家照顾下的，他能想成了是他妈死了才换下的，一下又联想到自己的亲事，是他妈死了给他换来的，心里越不是个味，拿了手上人家不要的烟抽。天成原来不抽烟，现在一抽，很不好受，可他还是想抽，抽着烟一路走，也不想回家，反正是睡不着的。天成心里很乱，想去看一下他妈，去了阳坡坟场。天不算黑，月亮白得跟面饼似的，地里麦割了，麦茬还是金黄色，地里像秃头，没了看头。天成到了阳坡坟场，心里一点儿都不害怕。他越走越快，直到走到妈的坟头，他才停住，双膝颤抖，太阳穴直跳，突然想起那次袭击完张双安，却不敢来坟场，可能是怕张双安那么死了，心里空呢。天成想不通他竟也担心那夜张双安会死，人真怪。

在妈的坟前，天成直直地跪下，默看了半天妈的坟堆，用手摸了坟堆上的土，温热得暖手。天成像摸到了妈的体温，眼泪涌了出来。哭了一阵，想着给妈说阵子话，家里的事没啥说的，想要给妈说一下自己的亲事。将张双安嫁女儿的事给妈说了。

毕了，天成又对妈说：“你别怪我，妈，你就我一个儿，到现在没给你还魂，咱没办法，时下日子掐算好了，就缺你媳妇给你撩土了。我只有订这门子亲了。你不会怪儿吧?”

天成摸着坟堆，坟堆还是热的，他又给他妈说：“妈，不管你怪不怪，我订这门亲了，但我不会忘记张双安是仇人的。”夜深了，气温降了些。天成趴在他妈的坟堆上，似爬在妈的怀里一般，快迷糊过去了，感到背上凉了些，知夜深了，但他趴过的坟堆还是温热的，心想着他妈是不怪他的，一直暖着他哩，要是怪他，就不会还热着。

天成又流了一通泪，跪好，给妈磕了三个响头，才站起来，不舍地往回走了。

天成走在回家的路上，又抽上了烟，烟熏得他头都晕了。总有他妈用死给他换了门亲事的念头，咬着他的心，他一路就走得很沉重。

接近村庄，走过各家麦场时，天成到自家麦场上转了一圈，不会有人偷的，他只想转转。转过，却不想回家，他知道回到家里他也睡不着，心里乱，再累也睡不踏实。

天成转着转着到了一个麦堆前，他望着这山比他家的山要高、要大，天成一直望着这山。夜深了，麦香很浓，刺鼻子呢。天成鼻子痒痒的，想打喷嚏，又打不出来，摸了支烟点上抽着，要丢掉火柴棍时，火还没熄。天成望着手上的火越燃越小，在他眼里，火跳荡着，像一个临近灭绝的生命。天成的心随那火跳荡了一下，将快要熄灭的火柴棍随手扔进眼前的麦堆。那么一点点火，却惹得眼前的山像发了怒似的，哄地着火了。

天成望着眼前的火山，像似自己在烧着一般，干得没有一丝水分，还噼啪作响呢。

碾麦是农家最喜悦的时候，收成接近了尾声，要见诱人的结果了，不喜悦才怪呢。

天成按预订的时间，与爹将麦摊开，已是中午了，爹回家做饭，天成在麦场边候着人家的拖拉机来碾麦。

张双安就是这个时候来的。

天成知道张双安会来找他，很镇定。

“好呵，天成。你碾麦哩。”

“该碾了。”

“我家的麦不用碾了。”

“你又不愁吃。”

“今年的新麦是啥味，我尝不上了。”

天成不吭气。

“你天成应该知道吧。”见天成还是不语，张双安又说，“你烧了我家的麦堆，你忍心？你个崽娃，心里就不思量思量，这是一年的收成啊。”

天成这下开口了：“该思量的是你，我还死了妈哩。”

“都说清了，你还拿你妈的事扯我，你个崽娃，不得了。”

“你以为把俊芳说给我，就清了？”

张双安脸上有了颜色，说：“这是两回事，可你……”

“我咋了？我妈就我一个儿。我不为她，谁为她呀。”

“你个崽娃，犟啥哩。”

“我妈死了！我妈死了，给我换媳妇，我能不难受？”

“胡说啥呀，我嫁女给你，不是换的。”

“你是为了换你的命！”

“不是，我只看你为你妈那劲，会顾亲人，我才让俊芳嫁你，以后，她有得靠呢。”

“屁话？你这个当爹的，拿闺女换命，值呵。”

“你再胡说，看我不打你的嘴。”

张双安只是说，没有动手。天成望了他一眼，不说了。两人僵着，半晌，张双安打破僵局：“我没想到，你会烧了我的麦，我没想到。”

天成说：“现在想到了，让不让你闺女嫁我，都在你。”

张双安给呛得说不出话来，半天，开口了，话却变了：“今年新麦吃不上了，我问你要哩，看你个崽娃，给，还是不给？”说完，不等天成的反应，他扭身自顾走了。走了两步，又站住，回头给天成丢下了一句：他已被乡上免了村长职务。头也不回地走了。

天成愣怔着，一直望不到张双安的影子了，才醒过来似的，在心里骂道：“早该免你了，张双安，还能叫你当一辈子村长？”

碾完了麦子，天成想着该为他妈办还魂的事了，可他到现在还没定下亲事，张双安那边没有了反应，他又不好去问。他去找林全婶，想请她去给问问，可林全婶整个收麦过程全在闺女家给带孩子呢。

天成心里很焦急，实在想不出办法。最后，他想着自己直接去找俊芳。说不定张双安反悔了，不愿嫁女儿给他，故意不给他回话。还有可能俊芳压根儿就不同意嫁给他，是她爹为了他自己逼她呢。天成这样想着，心里很烦躁，又抽起了烟。

天成心想，这样等着，还是直接去问一下俊芳，看她是什么态度。反正他在内心深处没有想着能和俊芳成为真正的夫妻，与其这样疙疙瘩瘩，还不如把话挑明了，心里有个底。

天成到村上小学去找俊芳。小学正在上着课，他不知道俊芳在哪儿，便叫一个孩娃帮他去找，他自己在学校外面的一棵树下等着。

不一会儿，俊芳来了，见是天成，愣了一下，毕竟是做老师的，俊芳很快镇定下来，问："是你找我？"

"是我。"天成的语气很冷。

俊芳说："你找我做啥？我已经知道你娘还魂的日子了。"

这回，天成愣神了，过了会儿才说："我想来……问你心里是咋想的？"

俊芳硬硬地丢下一句："我还能咋想？做女人就这个命。虽然我爹把我嫁给你，并不是为了化解你对他的误会，他说你是个重情义的男人，靠得住，但我一点都不觉得。我宁愿把这理解成，我嫁你是我为了救我爹的命！"

天成听着，心里疼了一下，说："你爹也是这个想法吧？"

"我爹是我爹，我是我！我会听他的话嫁你，但我不会像我爹那样欣赏你。我只想着尽早结束这场纠纷，不想再这样一直闹下去，闹下去，对谁也没有好处。"

天成听出了俊芳的态度，他感觉所有的事情都落到了他身上，触及他内心的却是这样的结果。他应该清醒地对待这个结果了。

"那你准备怎么办？"天成这样问俊芳。

俊芳说："我不是说了，我嫁你，给你娘办还魂的事么？你还想怎样，还嫌闹得不够吗？"

这下，天成在俊芳面前低下了头，半晌，才抬起头说：“这样吧，俊芳，我们俩心里各有疙瘩，看来是难沟通的，我也不想沟通。不如，我们来定个协议好不好?”

“什么协议?”

“你为了你爹，我为了我妈，眼看着我妈还魂的日子快要到了，你就作我天成名义上的媳妇，给我妈办了还魂的事。了结这件事，然后我们各走各的路。”

俊芳惊道：“你会这么通情达理?”

天成点点头，说：“我其实不是你想的那么固执，只是我妈……”

泪水涌出天成的眼眶，他哭泣着仰头对着天上说道：“妈，你儿要对得起你呀!”他的声音显得有些破碎，在天上飘飘荡荡，最后，跌跌撞撞地落在盛夏的空气里。

师　傅

一

父亲对我说：“只要别叫我看见你个死样子，我的病不用吃药就能好。你选择，不是你死，就是我死！”我从师范学校毕业一年多了，说死说活就是找不到一份教书的工作，连农村的小学宁愿弄个没上过几天学的农民代课，也不要我这个正牌大专生。我无所事事，整天和一帮游手好闲的狐朋狗友在一起鬼混，有一天终于混出事来，我不小心把小胖的肚子给搞大了。小胖的父母上我们家来闹，其实也不算啥事，大不了过几年我娶小胖为妻。可小胖的父母不依不饶，非要我父亲给他们一个说法。我父亲能有什么说法？小胖的肚子又不是他搞大的。小胖的父母又不愿把女儿嫁给无所事事的我，我父亲也不可能大大方方地拿出钱来“赔偿”他们。患有哮喘病的父亲喘得像火车刚起步似的，叫我去死。我还不想死，自然父亲也不想死，不然他能说出这么绝情的话来，却不去自杀。但父亲把话说到这个份上，我要再不拿出点骨气来离开家，实在有辱我二十多年的英名。

我是个胸怀大志想干大事的人，不干就算，要干就得干出个名堂。从师范毕业回来，父亲处处看我不顺眼，说我是语言的巨人，行动的矮子。这次，说什么我也得有所表现，不能再待下去了。我揣上三五百块钱和大专文凭，就直奔北京而来，在我的心里，只有北京够大，能容纳下我。

像所有第一次到北京的人一样，一下火车我就直奔天安门广场，圆儿时

"我爱北京天安门"的梦想，那种神圣感烘托着我激动了好几天。我揣着希望，满心热情地在北京的这个街那个路上参观访问，几天后，我被北京的冷酷击趴下了，北京太大，大得无边，可这里更是人才济济，我怀里揣着的那张大专文凭还不如手纸管用。兜里的钱没见怎么用就稀薄成空气了，我满心焦虑，又拉不下脸回家，只好放下臭架子，硬着头皮跟一群民工到中关村的一个建筑工地去做小工。在那里挑泥桶搬砖头干了一个月，最后只拿到150块钱，大部分还补交了伙食费。更可恨的，冬天到了。冬天，我们那个工地停工，民工们只好回家等来年春天再开工。我不能回家，又没地方去，干脆留下来看工地。其实工地上也没啥好看的，材料都收起来拉回了库房，剩下全是水泥钢筋浇铸的楼房架子，谁想偷都偷不走，可这样的空架子也得有人看守着。

我是自告奋勇一个人留下看守工地的，一个人清闲。谁知那日子很难熬，比我想象的要糟糕。工头怕发生火灾不让生火做饭，我只好每天去菜市场买素包子吃，后来连素包子也不敢吃了，只能啃馒头，喝自来水，连口热开水都喝不上。就这还能凑合，最让我受不了的，是寒冷。工棚是用石棉瓦临时搭建的，四面透风，晚上气温低，有时还刮风，工棚里没有任何取暖设备，像冰窖似的，我把所有能裹的东西全部裹在身上，一动不动地爬在床上还能熬过去，要是起来上个厕所，再回到被窝里，没有大半天缓不过劲儿来，冻得牙齿直打架，根本睡不着觉，只能盼天明。为此，我从下午开始就坚持不喝水，夜里尽量不起来。天亮了，太阳一出来，再冷酷的世界也会温暖许多，比夜晚好过多了。当然，就算是太阳温暖得让人感动，也毕竟是冬天。北京的冬天风很大，是那种干冷的风，一刮起来没个完，白天晚上也不倒班，所以，白天我除过去买馒头或者上厕所，其余时间都钻在被筒里，像挺尸似的。

我的艰难处境，不知怎么地让对面楼上的一个大嫂给看到了。大嫂不光是有心人，还是个好心人，她在一个寒冷的黄昏，给我端来了一大碗热汤面。汤面盛在一个大汤盆里，大嫂一揭盖，顿时热气腾腾，香味迎面扑来，一下子将我包围起来。我的泪水也像汤面一样散着热气在冰凉的脸上淌着。大嫂眼泪巴巴地看着我说，还是个孩子呢，怎么受这份罪！

那是我吃过世界上最好的食物，在这个冰冷的冬天，它使我对冰冷的北京有了一点点温暖的感觉。

从那以后，大嫂每天都无偿地给我送顿热汤面，后来见我取暖的被子薄，又送来了一床旧棉被，让我的冬天变得暖和了许多。我不知道怎么感激那位大嫂，感谢的话说得多了，就像假的一样，我不再说了，傻傻地看着她，眼泪都在心里澎湃着。

我所在的工地不在中关村闹市区，而在一个略偏的小区里，旁边的胡同行人稀少又来去匆匆，偶尔有个过路的人瞟上我一眼，漠然得就像被看的是一堆泥沙或者枯死的野草，绝不会把目光过多地停留在这些没用的东西上。我每天爬在工棚的被筒里，可怜巴巴地望着外面的胡同口，胡同像冬天一样干涩枯燥，一星半点的热闹都没有。我一天的日子，只有每到黄昏的时候，看到大嫂身影的那一刻才最真实、最美丽。饥饿使我的心里像猫抓似的，为了省钱，我早已不去买馒头了，只惦记着大嫂的那碗热汤面，以此维持生命，每天迫切地盼着她给我送热汤面的身影。

这时，我的师傅出场了。说句实话，我师傅的出场一点儿都不风光，他当时的样子和乞丐没什么两样，头顶仅有的几根头发像落满雪的鸟窝，身上的呢子大衣沾满了泥污。他跌倒在我们工地门口，爬不起来了。我猫在被窝里，目光透过工棚的空隙热切地盯着门外，正盼望着热气腾腾的汤面，刚好看到师傅跌倒，等了一会儿见他没爬起来，我掀开被子跑过去，把他扶起来。他满身酒气，腿可能受了伤，连站立都很困难，他或许是冻坏了，在我怀里瑟瑟发抖。我问了他几句，他都不回答，就把他扶回工棚里放倒在床上，用被子捂了半天，他才缓过劲来。从被子里钻出来，没有多余的衣服可穿，又一天没吃饭身上没有热量，我冻得发抖。师傅看着我咬紧牙关的样子，第一句话对我说的是，小兄弟，你不是坏人，碰上我，算你走运。我心想，还不知道是谁走运呢。

大嫂给我送热汤面来了。这个真正的好人不知道我这里突然间多了一张嘴，也不知道我们是什么关系，她竟然像做错事似的，连说不好意思，不好意思，我不知道你这儿来人了，不然，我会多下一把面的。不好意思的应该是我，我低着头不敢看大嫂。大嫂搓着手不知该咋办，我手忙脚乱地把热汤面端给师傅先吃。师傅也不客气，真像我的什么人似的，接过碗就吃，只吃了一口，他就不高兴了，说：“这位大嫂，这汤太咸，也没有放味精，我是南方人，爱吃味精，你记住少放点盐，适当放点味精，知道吗？”大嫂看了我一眼，我很难为情。我看到大嫂的脸倒不好意思地红了。我不知如何是好，只当师傅说的是醉话。幸亏师傅没有把热汤当场吐出来，咸也罢，还是接着吃喝，算是给足我面子了。大嫂端着空碗走后，我对师傅说明情况，师傅不以为然，竟然对我说，那是她主动送上门，不是谁要求的，给她提点意见，让她有所改进，免得下次犯同样的错误。

“小兄弟，在这个世上，什么都可以凑合，唯独吃不能，哪怕喝一口汤，也得可口，不然，活着就没啥意思了。”师傅这样对我说。

我不以为然，都混成这样了，连顿饱饭都吃不上，还能挑这拣哪。我看着眼前的这人，还挺贵族，一副乞丐样，架子却不倒。

师傅一见我的样子，看透了我的想法，他说：“你别看我现在的样子不入眼，我昨天还是个财大气粗的老板，或者是大权在握的官员，求我的人多了去了，就你这样的，给我当踩板，我还看不上眼呢。”

我心说，小样，也不撒泡尿照照，比我还不如呢，好歹我还有个落脚的地儿。真是一点羞耻心都没有，北京咋都出这样不要脸的东西！当然，这话我只能是在心里说，我不是那种喜欢讽刺人的人，何况，他酒还没醒，我可以谅解，谁跟酒话较真呀。到北京近三个月了，别的我没发现，倒发现不少不喝酒也说醉话的人，比起那些人，眼前这个强多了，至少说的是真正的醉话。

师傅眼毒，他拍了拍我的肩膀说：“我知道你心里是咋想的，你不信也罢，会有你信的那一天。这样给你说吧，你小子碰上我，是你的福气。我这个人也不是对什么都无谓，良心还是有的，凭你帮了我一把，我愿意收你做我的徒弟。我会叫你咸鱼翻身，成为人上人的，你信不信?”

我强忍着笑，做出为难的样子看着他说：“你不会叫我跟你一起去大街上讨钱吧？虽然这样也能致富，可我还年轻，我……”

师傅嘴一撇：“你小子目光太短浅，看来我们没有缘分。你可能就是看工地的命。”

“那倒不一定。”我辩道，“说不定哪一天，我会……”

师傅坏坏地笑了：“会什么？会有富婆看上你，包养你？”他上下打量着我，四周瞅了瞅，又说，“就你这样子，窝的这地儿？做梦去吧你……哎，你小子可别对送面条的那个大嫂有想法，她一看就是老实巴交没钱的主，说不定还被老公抛弃了呢。”

“不准诬蔑她！你这个人真是的，不知道什么叫感激也就罢了，还一点都不懂得尊重人。”我很生气他这样说那位大嫂。

“尊重人?”师傅说，“看来你还真是个小公鸡，难得呀，这种类型的现在不好找呢，我今天收定你了。说句中听的话，就你这副还过得去的长相，经我调教调教，可能会成为高徒的。”

“谁说要做你的徒弟了?”

“你会的，”师傅指着四面漏风的工棚和那堆破棉被说，“除非你脑子进了水，不想换个活法，愿意守着这些破烂东西。”

“你，你说说，你到底是干什么的?”

“现在不能告诉你，除非你做我的徒弟。”

“你……”

我再英雄，还是气短啊。万一真像他所说，能有一个比工地更好的地方混生活呢，有奔头谁还愿意守在这破工棚里呀。我犹豫了。

师傅看出了我内心的变化，笑模笑样地说：“小子，一看你就不是个长期出苦力的主，肯定迫于无奈。高中毕业了吧?”

“大专毕业，地区师范中文系，正牌的。”

“哦，同行啊，有趣。我不怀疑你，现在不会有人去办假大专，没用。就算你有才，可你的这个“才”缺少最重要的那半边，你知道是什么吗?”

我摇了摇头。

“缺个‘贝’，宝贝的贝，傻瓜。没有贝，有多少‘才’也没有用。你想不想成为有宝贝的财呢?”

不想才是傻瓜呢，连鬼都不愿当个穷鬼，何况我，被老爹逼出来，一心想要混出个人模狗样来，要不怎么能咽下这口气！可照目前这种混法，只能越混越差。我对闯北京的前程很悲观。

“跟着我干，别光瞅我现在的穷酸样，我这背后的风景你可没见着呢。跟我走，去我家里，到时你就知道我不是吹牛皮。走吧，小子。”

我心动了，心想走就走，我一个大男人，难不成还能被他贩卖到哪个山沟沟里去给别人做丈夫？就我现在的处境，如果包工头再赖着不给我发工钱，口袋里仅剩的几十块，如果不是好心的大嫂，我就是每天只吃一个馒头，也坚持不下来这个冬天，而且我也总不能依赖人家大嫂每天给我送汤面吧。反正，我实在不愿意在工地呆了，倒不如重新寻求出路，另想办法呢。用师傅的话说，这叫作置之死地而后生。

“我……这，这工地咋办?”

“管它呢，包工头不是个东西，这么冷的天叫你住这种地方，还不准生火，他不仁，你也不义，谁爱管管去。”

我做不到决然离开，还是跑到路边的电话亭给老板打了个电话，说我要离开。老板在那头一个劲地说这样离开不会算工钱给我，我急了，一直眼巴巴瞅着那几个钱呢，还没来得及跟老板争辩，师傅就毫不犹豫地按掉了电话，拉上我就走。连我的家当都不让拿，他说我那些东西连捡破烂的都不会要。

师傅的酒早就醒了，我却像喝醉了酒似的，抖抖索索跟着他在寒风中过了昆玉河，来到世纪城他买的一套三居室里。从只有钢筋水泥柱子和寒风的工棚进入装修得富丽堂皇的居室，我有种从地狱进入天堂的不真实感，一股暖气迎面扑来，像是对我温暖的拥抱，我心里一热，泪水呼地涌出眼窝。到北京后，这是我第二次流泪，除了第一次在热腾腾的汤面和热心的大嫂面前，在我人生里最艰难的这三个多月里，我都咬着牙强忍着没有掉一滴泪，即使有泪，也是强忍在心中。

后来，师傅告诉我，他的家对任何人是保密的，那天要不是他喝多了酒，脑子不清醒，绝对不会把刚认识的我带到他家里，那样做太危险。“幸亏你不是坏人，不然，我可就惨了。”在师傅那里，好人和坏人的标准有可能是调了个的。不管怎么调个，师傅对我还是很信任的。

那天，师傅叫我洗了个热水澡，他把我换下的衣服扔进了垃圾袋，非要我换上他找出来的衣服，我感到很别扭。师傅却认为我穿上他的衣服才算恢复人样。晚上，他要带我去外面吃饭，说是得喝个认师酒。我不好推辞，只好跟着他到世纪城北边的“金源时代购物中心”，一进购物中心大楼，面对眼花缭乱的景象，我整个就晕乎了。自从到北京，我除过正儿八经地去过天安门，捏着地图乘公交车到几个地方找过工作外，还真是哪儿都没去过，甭说商场，连中关村附近的一些小超市都没进过。师傅见我缩手缩脚的样子，挑着手指头说这是目前亚洲最大的购物中心，要想把这一幢楼逛下来，没有一天时间下不来。我也弄不清真假，反正我就是放不开手脚。跟着师傅坐电梯上到五楼，这里全部是餐饮，每个餐馆门口都站着几个花枝招展的女孩在招揽客人。师傅领着我绕过她们，来到一个叫金色岛的日本料理店，叫我吃了一顿洋饭，喝了一顿洋拜师酒。按师傅的话说，先叫我开一回洋荤，见识见识，往后要见的世面还大着呢。

我是第一次喝洋酒，味道很淡的日本清酒把我喝醉了，糊里糊涂睡到第二天中午才醒。我一睁开眼，发现自己不在四面透风的破工棚里，而是一间考究的楼房里，刚开始糊里糊涂还以为自己在梦中呢。从柔软的席梦思床上爬起来时，我忽然清醒过来，才意识到，我的生活将要发生巨大变化，在工棚里钻在被窝等候一碗热腾腾汤面的日子，已经和我告别了。

二

一个师傅就是一个引路人。我就是被师傅引上这个道的，不然，我哪有后来的风光日子，说不定早就冻死在中关村的那个破工棚里，被送到八宝山（不知民工死后有没有这个待遇）烧成一把灰了。说起来，还是我的命好，和师傅有缘，才使我走上了这条没有回头路的小道。

师傅给我一讲他的职业，我从沙发上弹跳起来，叫道："这不是行骗吗？"

师傅瞪了我一眼："亏你还是个师范中文系毕业生呢，连个话都不会说。君子生财，取之有道。有人愿打有人愿挨，说句中听的话，我的这个生财之道，比起那些贪官来，不知要好多少倍呢。你不要把师傅想得太坏，我也是不得已而为之。其实细想想，我这样做也是为社会做贡献，变着法子整治腐败分子呢。"

师傅干的，是帮那些想留在北京的大学生找门路，疏通关系，提供真假难辨的用人就业信息。说白了，就是行骗。

师傅看透了我的心思，笑眯眯地对我又说："当然，咱们是因人而异，专门对付那些父母当官，能动用公家钱财的人了，对那些家境不好的，也下不了那个手，我会舍弃。”

师傅说的好像不无道理。拜师酒都喝过了，我已经上了这个贼船，想下去恐怕没那么容易，想想自己这一段过的日子，就是有十头牛拉着，我也不会回头了，就决定跟着师傅往前走一步看了。

这阵子，师傅不准备做新的生意，他没告诉我原因，只说他身体时常感到不太好，需要好好调整一下，利用这个空挡，可以带带我这个徒弟。

接下来，师傅带我去大红门，给我买了两套仿制的名牌服装，把我包装一下。我穿上假冒的名牌西装，师傅帮我扎好领带，用手替我把头发捋了捋，然后站在旁边欣赏着。我看着镜子里的自己，果然应了那句“人要衣装马要鞍”的话，我一点儿住工棚的痕迹都没有了，变成了一个衣冠楚楚的帅小伙。师傅说，我没看走眼，有点酷就够了，不然，别人会起疑心的。你看看我。

我扭头看师傅，他用手梳理着头顶仅存的几根长毛发，一根根捏起来从“地方”拉到“中央”，并将它们排队一样排得整整齐齐。

“我这个头一看就像官员或者老板，说了你可能不信，为这个头，可费了不少心，好不容易找到一家美发店才做成现在这样。我原来的头发好着呢，可那一头好发让我看起来太老实巴交，一点都不像费尽心思搞投机钻营的官人或者老板，只好舍弃一头毛发，搞了个“地方支援中央”，你看看，我这样子是不是权势在握，或者身缠万贯的样子？”

我看着师傅，说实话，我到现在没见过大老板或者政府官员，不过，经过一番拨弄的师傅看上去是跟我刚见到他时不一样，身上有一种让我敬畏的东西。

“不过，从现在起，我出门得换个发型了，换一副面孔出现，不然，被一些女孩缠上，我就没法休整了。”

师傅买回几个头套，每戴一种头套，就像换了个人似的，不注意看，还真认不出来。

换了行头，我开始接受师傅的培训。无论在什么时候，我都扮演师傅的秘书，但秘书也有秘书的不同，培训主要分两项内容，一是扮演不同的角色时应该注意的事项。也就是说，师傅充当官员时，我就扮演他的生活秘书，给他安排日常起居，像过去皇宫里的太监似的，形影不离；师傅充当老板，我就扮演他的工作秘书，像他养的走狗似的，摇头摆尾俯首帖耳。二是培训说话的分寸，什么该说，什么不该说，什么时候说什么话，这里面讲究大着呢，不比找个好工作简单。我费了大半个月时间，才叫师傅微感满意，他严厉地说，基础理论算是学到了，还得在实践中去摸索、去锻炼，才能取得成绩。我先带你实习实习。

实习开始前，师傅郑重地给我叮嘱，干我们这一行的，动什么千万不能动感情，也绝对不能和哪个女孩子上床。师傅说，记住，咱们经营的可是无本生意，为的是钱，一旦和哪个翻滚到床上，赔了身子，挣不上钱不说，反而会叫人家牵制住，到时能不能脱得了身，都很难说。

师傅的这番理论我听着还是很新鲜，只有说女人赔了身子的，而他的眼里，却是我们这些男人有贞操，赔的是我们的身子。

师傅要带我到几所大学附近的歌舞厅、酒吧去熟悉情况，他说那种地方才是最好的实习场所。

这次，我们的身份是老板和秘书。这里想傍大款的女孩子很多，一进酒吧，呼啦一下，苍蝇见了臭肉似的全冲着我们围上来，一边说着听不大懂的蹩脚北京话，一边在我们身上乱摸。一见这阵势，我心慌气短起来，那一张张凑到跟前的，可都是些年轻漂亮的脸，我一个年轻小伙，说一点儿感觉都没有可就不太正常了。我看师傅镇定自若，扬着头只管往里走，对那些暴露很多的年轻身体看也不看。我着实很佩服师傅的定力，也竭力装出满不在乎的样子，从苍蝇堆里钻出来。

我们在一个角落里坐下，服务生给我们点酒水时，那些女孩子个个像兔子似的，竖着耳朵听着，从我们点酒水的等级上，要分辨出我们的身份是官员还是老板——当然主要是师傅的身份。至于我的身份，她们自然是一目了然，不是“太监”，就是“走狗”，这从她们看我的眼神里就能感觉出来。

因为是实习，师傅有言在先，这段时间我们“不打猎”，所以，我们对那些美貌如花的女孩视而不见。

师傅说：“你要牢记，干我们这行，最重要的得会看人，不是用眼睛看，而要用心。什么样的人会成为我们的合作伙伴，你的心得看穿她，她的前前后后，绝对不能走眼，不然后果不堪设想。”

后来我才知道，师傅为什么要把这句话对我叮嘱了又叮嘱。他与我在工棚相识那天，正好是他马失前蹄的时候。过五关斩六将的关云长还有败走麦城的时候呢，师傅也有看走眼的时候。那次，师傅的计谋被一个叫程琳琳的女大学生识破，她纠结了十几个身强力壮的男生，把师傅堵在北大东边蓝旗营附近，他们从怀里掏出早已准备好的刀子、棍棒，慢慢地缩小包围圈。师傅就是有上天的本事，那十几个人也会把他从天上拽下来撕成碎片。师傅是个明白人，一看脱不了身，也不充好汉，低头哈腰地向人家赔罪，连连答应退回所有的钱财，包括程琳琳与他在一起的所有消费。可那些人根本不听师傅的赔罪，依然向他逼去。师傅急眼了，他往后退着，一脚踩在一个井盖上，把井盖给踩翻了，师傅眼前突然一亮，发现入地有门，没有犹豫，扑通跳进井里。那是一个架设各种管子的地下通道，当然少不了下水道，中间的空隙能容一个人爬行。师傅疯了似的爬进黑乎乎的通道里，不管前景如何，只管没命地往前爬。那些大学生反应过来，有胆大的跳下井里，却没人敢像师傅那样爬进中间的空隙，他们眼看着师傅从他们面前逃走，还装作很负责任地把守着那个井口，以及旁边的几个井口，自欺欺人地相信师傅还会从这几个井口当中的某一口里钻出来。他们哪里知道，师傅沿着通道爬了两个多小时，到中关村一个小区的下水井里才钻了出来，他辨清所在的位置后，为了压惊，就到小区的小吃店里要了两盘菜，喝了大半瓶二锅头才稳定下来情绪。他醉醺醺地往回走时，由于跳井时腿受了点伤，又喝了酒，晕乎首地栽倒在我们工棚外面，幸好被我看到，把他扶进工棚，用被子捂他，不然的话，他就算是躲过了程琳琳等人的棍棒，也躲不过冬天蚀骨的寒冷。

看来，命中注定我要撞上大运，在没有一点儿征兆的时候碰上了师傅这样的贵人，不但把我带离了工棚那个环境恶劣的地方，还管我吃管我穿管我住，管教我生财之道，使我绝处逢生，在寒冷的北京终于寻找到了一条生路。虽然这条路前途未卜，可从师傅现在的居住环境和生活条件来看，肯定不会坏到哪儿去。只是，对能不能混成师傅那样，我心里没底，明显大脑缺氧供血不足。

三

受过惊吓的师傅，比以前谨慎多了。我虽是他看中的，可刚开始，他也一样怀疑我的忠诚，曾严厉地告诫我说，他可以供我吃住，给我提供挣钱的机会，但绝对不允许我出卖他，一旦他发现我有一丁点儿这方面的倾向，他绝不轻饶。他能拯救一个人，也可以毁灭一个人。

见我被吓得不轻，师傅又缓和口气对我说："小子，你跟了我，就已经上了贼船，我们今后成了一根绳子上的蚂蚱，谁想日鬼谁，谁就没好下场。还是死心塌地干吧，歌里不是都在唱'不是我们太坏，而是这个世界变态，逼着良家妇女出卖贞节。'"

其实我并没有太多的想法，生活有了着落，跟着师傅肯定不会再受太大的罪，我哪里会想着去日鬼师傅呢。只是刚开始跟着师傅出入奢华场所时，我突然想起了以前在工地上给我送热汤面的那位大嫂，我的突然失踪，她肯定很担心。我都能想象出她担心的样子，可我除过和她说过几句感谢的话外，连她的名字都没问过。现在我不但每天热饭热菜有的吃，而且还把那些饭菜吃得有声有色，相比期盼热汤面的日子来，生活优越得简直无法形容。可我还是会忍不住想起那热腾腾的汤面，它们在我的心里，就是寒冬里最不可求的温暖。每当这时，我就有一种要回报大嫂的强烈冲动，同时，我也想告诉她，我的生活有了着落，再不用那么落魄，叫她放心。但我没法找到她，唯一清楚的，是大嫂住在工地对面那幢高层楼里，具体哪个单元哪一室我是一无所知，我怎么去找她呢?

回报的心情有时很迫切时，我就到大嫂住的那幢楼前去等。没想到，那幢楼里住的人很多，出出进进像火车站的出入口，全是陌生面孔。我引颈在楼门口等了三四次，也没有看到大嫂的身影出现，只好失望地走了。

事后，师傅知道了我的行踪，问明我的想法后，笑着对我说："看来你小子还真是个心地善良的人，干我们这一行，太善良可不行。不过，这也没有什么，要看你对什么人和什么事了。你一定要记住，做我们这行的，千万要心硬，不然，你会失败的。"

我点着头。

师傅说："你看着在点头，其实心里并非这样想。你还是受的挫折和打击太少，没有太多的社会经验。这样吧，现在也该是你出手的时候了，师傅就帮你先干一桩事体验体验，叫你知道在这个世界，人有多复杂。"

四

小鱼是我在师傅的幕后操作下，开始做的第一桩正经事。

第一次见到小鱼，觉得她有点像小胖，对她自然而然地就有了一种亲近感。要不是师傅有言在先，我肯定会暗示小鱼不上这个当的。

自从上次受创后，师傅不敢出山，怕惹来更多的麻烦，他在幕后出谋划策，让我出头在外面打点。在师傅的悉心指导下，没费多少周折，我把小鱼网住了。

小鱼在北大读自费，她看起来是那种急性子女孩，我和她见第一次面时，就发现她想要把自己挂在某棵大树上的心情很急迫，有一种奋不顾身炸碉堡的献身精神。我看着小鱼当时的样子，心想师傅果然了不起，他把这种人的心理摸得这么准，难怪他的无本生意做得如此成功呢。

后来，小鱼给我讲她的身世，说她妈得癌症死得早，后妈又很厉害，她爸如果对女儿稍微好点，后妈就甩脸子，不让她爸上床。她爸为了不得罪这个老婆，也不敢对自己的女儿表现得太关心。从上初中，小鱼就有个梦想，一定要好好学习，将来考大学，远走高飞，永远不再回这个没有一点儿温情的家。

尽管我时时牢记着师傅的话，但在当时，我想起父亲对我的态度，对小鱼产生了强烈的同情心。

我与小鱼还看过两次电影，银幕上演的什么，我全没记住，只记住了小鱼每次一进电影院就主动抓住我的手，还在我的手心里不停地扣，扣得我心里又慌又乱，哪有心思看电影。我一直用余光瞅着身边小鱼脸上的表情。小鱼看上去很平静，银幕上反射过来的光线，把她唇上的茸毛照得闪闪发亮，挺诱人的。我的想象力无限延长，到了小胖身上才能停住。到北京后，我最想的就是小胖了，尤其是她的身体，叫我经常彻夜难眠。以前在工地上，我不敢给小胖联系，怕她看不起我，现在，我又怕一不小心泄露秘密，就和小胖一直没有联系，有时心里挺愧疚的，把她的肚子都搞大了，害得她受了一次流产的疼痛，我却连个电话都不给她打。我是不是真变得没良心了，还是本来就没良心？这个问题我没法回答自己，我现在的主要任务，就是把小鱼拿下。这是师傅给我下的死命令。

第二次我和小鱼是去北大看的电影。好像是韩国的一部片子，演的大概是一群大学生的生活，他们动不动就上床乱搞，有些镜头不堪入目。北大是什么地方？中国文化和文明最发达的顶端，放这种片子竟没有一个人发出小声的议论。这就是素质。要是放在别的电影院，早就议论得一窝蜂了。

电影散场后，我和小鱼出了北大西门，在等公共汽车时，我没话找话地说些晚报上的强奸呀、自杀呀、离婚判决呀，还有司机撞了人逃跑之类的热门消息，可小鱼看上去一点都不感兴趣，她用热烈的目光不时地瞧着我，都有点挑衅的意思在里面了。我不能再装，否则小鱼还真以为我是个真太监呢。我鼓足勇气突然抱住了小鱼，她还像个贞女似的象征性地挣扎了几下。迈出艰难的第一步，我当然不能败给她，毫不含糊地把小鱼抱得更紧。小鱼不再挣扎，她在我怀里变得非常温顺，像只猫咪似的，我心里好一阵感动。从这时起，我不再说话，我们紧紧地拥抱着，像一对真正的情侣那样难舍难分，几辆公共汽车白白从我们身边开走了都不知道。等我从热烈的拥抱中醒悟过来时，才发现时间有点晚了，我们要坐的小五路早过了行运时间。我问小鱼怎么办？小鱼说："我咋知道，随你了……我有点冷，不想在这里待……"

我只好拦了辆出租车拉着小鱼钻了进去。司机问我们去哪里。没等我想好该怎么回答，小鱼已抢先告诉司机去万泉庄。我知道她租住在万泉庄。我想这样也好，先把小鱼送回去。

到了万泉庄，小鱼给司机扔下十块钱，却把我拖下出租车，要我去她的住处看看。我不好推脱，况且心里也很向往，便跟着小鱼去了她的住处。小鱼住在万泉庄一栋楼的地下室里，她一个人租了一间小屋，大概七八平方米的样子，阴暗潮湿，有股香水混杂其间的霉味。我仔细看着，屋里除过一张床，一个桌子外，几乎别无他物。

看到小鱼住的这么寒酸，我心里酸酸涩涩挺不是滋味，这么一个处境艰难的女孩，还要昧着良心挣她的钱，于心何忍！

小鱼看出我脸上的变化，却错误地领会了这变化的实质，顺势倒在我的怀里。我记得自己当时是推脱了几下的，但没有推开。像我这么一个大小伙子竟然连一个弱女子都推不开，鬼才信呢。其实，我心里还是谨记着师傅的教导，不能随便发生那种关系，努力克制住自己的。可是，从一开始我就抱着不想和小鱼把这桩事做下去的心理，按照师傅的原则，小鱼的父母都不是官人，算不上腐败分子，她的家境又说不上很好，和她的生意当然不能做了。因为有了这样的念头，我心里就没有了压力。没有金钱的关系，我和小鱼就不算是交易，不是交易就可以有感情，再说了，当时干柴已被烈火熊熊点燃，又怎么轻易能扑得灭呢。

我忘记了师傅的话。接下来发生的事，顺理成章，没啥新鲜的。我这个人缺乏描述和表达能力，没法把细节说得多么生动吸引人。可是，期间发生的一个小插曲还是得说说的。我俩脱光衣服钻进被窝不能自已，正要行动时，突然我想起不能给自己再惹麻烦，已经有过一次教训了，就问小鱼有没有防护工具。小鱼生气地一把推开我说，你把我当成啥人了！

我连忙解释不是那个意思。

不是那个意思，那你是哪个意思？

我绝对相信你是……纯洁的，我是怕给你添麻烦。

小鱼这才缓和下来，回到我怀里，小声地说，不怕，一次不会轻易怀上的。

可这打消不了我的顾虑，在这方面，小胖给我的教训是惨痛的，我再不能犯这么低级的错误了。我爬起来穿上衣服，不顾小鱼的劝说，坚持要到外面街上的自动售货箱里去买个套子。到街上找一个自动售套机不难，北京把这工作做得很到家，可犯了一个不小的形式主义，就是必须用一块钱的硬币，才能得到那玩意。我翻遍了所有口袋，也没有找到一枚硬币。回到小鱼的住处，问小鱼要，她光着身子到处找，也没有凑够一块钱硬币。她等不及了，再次把我拉上床。因为有所顾忌，我觉得不顺，差点泄气时，突然想起外面路边有一个药店，好像夜间也售药的，便又爬起穿上衣服跑到街上，来到那个叫大象的药店门口，敲了半天门，一个中年妇女才愤怒地打开小窗口，问我是不是要死人了。我气愤地对她说，人倒没死，我不想给这个社会再添一个新人，给国家基本国策做点贡献。

卖药的妇女听懂了我的意思，她可能提前到了更年期，打着哈欠生气地说："旁边就是自动售那玩意的，你没长眼啊。"

我说："眼睛倒是长了，可那玩意要硬币，我没有。你要嫌麻烦，给我换点硬币也成。”

卖药的妇女扑哧笑了：“原来你是软的，弄不成事。我换给你硬的，还不如直接卖给您软的。拿钱来，二十块。”

“这么贵……我要不了这么多的。”

卖药的妇女从窗口扔出一个盒子说：“拿着吧，省得半夜还要用时再叫醒我。”

“我真的不需要这么多！”

“嫌贵吧？这是美国进口的，保险。贵有贵的好处，上面有刺……你该不会是去找那种女人吧？”

我心想你管得着吗，扔过去二十块钱，我一把抓过盒子，转身走了。

这天夜里，我和小鱼折腾得很疲惫，睡下什么都不知道了。半夜时，地下室暖气的管道漏水，小鱼的屋子地上积了厚厚的一层水。我们俩的鞋子飘到床下去了，早上起来下床时，我迷迷瞪瞪一脚踩进了水里，吓得我惊叫起来，把还在沉睡的小鱼惊醒了，她爬起来见多不怪地看了地上一眼，又躺下了。我找不到鞋子，只好把脚又收回到床上，但脚是湿的，一时不知该咋办。小鱼抓起自己的短裤扔过来叫我擦脚，我愣了一下，还是用她的短裤擦了脚上的水，总觉得该说句话才对，就调侃了一句。

“你还真是条鱼啊，连睡觉都在水里。”

小鱼忽地爬起来，笑道：“你还有劲啊，这么多话？说吧，什么时候带我去见焦处长？”

焦处长是师傅化身时用的其中一个。我犹豫着，得好好想想，别给小鱼把师傅的身份搞错了，穿帮了可不好。我正在思考，小鱼却从后面扑过来抱住我的背，突然哭了。

我问她是不是后悔了。

小鱼被我的这句话逗得扑哧一笑，眼角还挂着泪，说：“我看你刚才怕回答我问题的样子，突然觉得我们俩像乱伦。”

“乱伦？”我一头雾水，“你怎么会有这种想法？”

小鱼眼泪又出来了，她抚摸着我说：“我只是一时冒出这么个想法，你别当真。不过，你还是把我的事当真点吧，什么时候和焦处长见见面，把我的事给催催。”

我答应小鱼尽量催催。

从小鱼住的地下室出来，一上到地面，强烈的阳光照在我脸上，就像打了我一个耳光，我被打清醒了，心想着该怎么向师傅交代。我是想着不和小鱼往下做这笔交易了，可师傅未必会这样想。这可是我第一次出道，师傅对我是满怀希望的。我和小鱼刚接触时，就给师傅汇报过她的情况，说这个生意不能往下做了，这个女孩子不容易。师傅却说，不要轻易下结论，接触接触再说。我遵照师傅的意思，和小鱼往下再接触，就发展成这个样子。

五

我正愁没法向师傅交代时，师傅却出了大麻烦。

那天，我和师傅一起去八一湖滑冰，师傅突然捂着胸口，弯下腰对我说，小毛，咱们走吧，我有点不舒服。

可能是太冷的缘故，我没当回事。师傅也没当一回事。我们还到紫竹院吃了一顿湘菜，才回的世纪城。到了晚上，我已经睡着了，师傅可能疼得不行，过来叫我，说他坚持不住了。我赶紧爬起来，打开灯一看，师傅手捂着肚子，额头上布满了豆大的汗珠，吓得我脸色顿时变白了，手忙脚乱地不知该怎么办才好。师傅摸了摸我的脸说："别怕，没啥大事，你陪我去医院看看就行。"

我这才醒过来，奔向电话想给 120 打电话叫救护车过来。

师傅一把按住电话，说："不要乱打电话，留下号码会给咱们惹来麻烦的，我们就去旁边的四季青医院好了。"

"四季青是个乡里的医院……"

师傅说："没事，咱又不是啥大病，不用去大医院。"

我陪师傅到四季青医院，值班的急诊医生一检查，说可能是肝硬化，已经很严重了，叫我们赶紧去大医院。

师傅一听，脸色一下子变了，拉上我出了医院门，打出租车去五棵松的一家大医院。医生怀疑是肝癌，等天亮了得做个全面的检测才能确定。他先给师傅打了一针止痛针，然后要我们先回去明天早晨再过来。

我和师傅的心都吊到了嗓子眼里，对结果的未知让我们惴惴不安，忧心忡忡，索性就坐在急诊室外面的走廊上等到天亮。一等到医院上班，我扶着师傅楼上楼下地跑了一上午，到各个科室检测了一遍，最后医生会诊，确定是肝癌早期，还有治疗的可能。这是目前最权威的医院，不可能出错。一听这病能治，我和师傅担了一个晚上的心才慢慢放回肚子里。可是医生又说，治疗的最好办法就是换肝，否则……

医生没说否则后面的话，但我和师傅都知道是什么了。

“换，我换！”师傅有点迫不及待。

医生看了师傅一眼，好长时间没说话。

“怎么了？医生。”

医生说：“你得有思想准备，换肝可没你想象的那么容易。这些肝基本上是从那些死刑犯身上取得的，这得碰机会，首先得有适合你血型的肝，其次是……价钱很昂贵。”

“换一个得多少钱？”

“在我们这，最少得二十五万。”

“二十五万？”师傅没有犹豫，“二十五万就二十五万，我换！”

按医生介绍的情况，我们去了最便宜的黄金总医院，他们要二十万就可以换肝。在这里，我们才知道，原来肝的价格有好多种呢，什么年龄、肝型都有不同的标准。我们按型号登记好后，留下我的手机号码，就回家了。一到家，师傅像换了个人似的，突然哭了，他抱着我说：“我的命好苦，刚过上几天好日子，就得上了这病。”

我劝师傅不要伤心，医生不是说了还可以治嘛，这个时候一定要保持乐观，千万不要太难过，否则会加重病情的。

果然，师傅不哭了，他依旧抱着我说：“小毛，师傅算是看出来了，你是真心对师傅呢，看你在医院一听我的病吓得那样，师傅当时心里热乎乎的，觉得这个徒弟没白收，知道疼师傅呢。”

我说：“师傅，要不是你，我在这个冬天不是变成木乃伊，就还在那个破工棚里窝着，苦苦地等那个大嫂送热汤面呢。”

师傅拍着我的肩，挺感动的样子。又说了一些他早就知道会有这一天的，他的身体他心里清楚，可没想到会来得这么快，还有好多事要他做呢，所以他得换个好肝，把没完成的事业继续进行下去。

过了半个多月，我接到医院预约换肝的电话，他们说师傅定的肝到了，让我们快到医院去住院，准备接受换肝手术。

师傅一住进医院，准备好了一切的医生立马给师傅进行手术。经过四个多小时漫长的手术，师傅换上了一个和他血型相同的肝。经过一段时间的观察，师傅的新肝在新的环境里并没有出现强烈的血液排斥反应，也就是说，师傅又重新拥有一个健康的肝脏了。我帮师傅办了出院手续，回到家里。

但是不久，又出现了一个新的问题，师傅总觉得肝部有不适感，这种不适与原来肝脏的疼痛感不一样。尤其是出院后，不适感越来越强。我问师傅是怎么回事，师傅说不太准确，好像有点馋酒，但又不是正常的那个馋。

我们去医院问医生。医生对师傅做了全面检查后分析，可能这个肝的主人原来很有身份，不是当官的，也是个老板，他经常喝茅台、五粮液等高档名酒，移植过来后，不太适应师傅经常喝普通酒的身体，它们在闹别扭。

“只要不是血液出现排斥反应，这种小别扭并不碍事。”医生说，“慢慢会好的，这要允许它们从高档环境到中下等环境有个适应的过程。要让肝来适合你的身体，不能叫你去适应它，你说是不是？总不能为了迎合它，天天去喝茅台、五粮液吧。”

医生说这句话时轻松地笑了。

我紧张的心才松弛下来，也没去想这样经常喝酒的肝怎么会成为正常的肝，这也不是我要考虑的范畴。医生的话也让师傅踏实下来，他想着像医生说的那样，回家静养一个时期，给新肝一个适应过程，新肝会变得通情达理起来，慢慢就不会再与他闹了。

可是，师傅的身体状况，并没有像医生说的那样慢慢好起来，反而越来越不好。有天夜里，我睡得正香，突然被一种奇怪的声音惊醒。我爬起来才听清，这个声音是从师傅的屋子里发出来的，我想着师傅是不是不太舒服，就赶紧打开灯跑到师傅屋里。果然，师傅一手捂着肝部，一手狠劲地拍打着床，那样子看上去既滑稽又可笑。好像他的肝不舒服是床给害的，只要把床拍打一番就能解决问题。我没敢笑，走上前问师傅到底怎么了。师傅脸色惨白，痛苦不堪地摇摇头。我这才发现他满头汗水，牙关紧咬，嘴唇都咬出血了。我没见过这场面，吓坏了，眼泪涌了出来，扶住师傅，要带他去医院。

师傅摇摇头，咬牙切齿地对我说："去医院没啥用。还不如给我……喝口白酒……"

我说："师傅，酒可不敢乱喝，你刚换的肝，会受不了的。"

师傅咬着牙摇头："管不了那么多，小毛，你不想我死，就快给我……白酒!"

我还能说什么，只好去拿酒。

翻遍了厨房的大小柜子，能找到的也只有一些像二锅头、剑南春之类的白酒。这些酒恐怕解决不了师傅那个新肝的馋劲，可能还会增加师傅的难受度。我正犹豫着，师傅又重重地拍起了床。我跑进师傅的屋子，师傅用手指了指他屋角的一个柜子顶端，我踮起脚尖一看，上面有一瓶"茅台"。原来师傅早就准备好了高档酒，以防万一呢。我抓过酒瓶，封口已经打开，看来师傅早就偷偷地喝过。我把酒瓶递给师傅，他强忍住难受，往牙缝里灌了些茅台酒进去，这才松开牙关，大口大口地喘起气来。

我一边给师傅抚摸着胸口，一边端着酒瓶协助他又喝了几小口。

慢慢地，师傅平静下来，脸色也恢复了红润。我紧张的心才放松下来，问师傅是不是早就喝上茅台了。

师傅苦笑了一下，说："没办法，我实在忍受不了这种难受。小毛，多亏有你在师傅跟前，不然，还不知道师傅会怎么样呢。"

"师傅，你现在的情况喝酒不好，酒伤肝。"

"我知道，可有什么办法。谁叫我摊上这档子事呢，你不知道，这肝捣起鬼来能要人命呢，我不喝上几口，根本硬撑不过去。"

"可是，师傅……"

"好了，小毛，师傅知道你为我好。我会掌握好这个度的。现在没事了，你回屋去睡吧。"

我回到自己的屋子，躺在床上却怎么也睡不着，为师傅的这个肝担忧起来。

不久，师傅的肝出现了大问题，再疼起来喝茅台酒也很难解决问题。我怕出意外，劝师傅到医院再去查查。

检查结果，师傅的肝功能衰竭非常严重，新换的肝已经无法再正常运转，再这样下去会有更大的危险。

刚换的肝就成了这样，肯定不能罢休。我和师傅经过三番五次与医院的交涉，才达成协议，我们再补交八万元，重新给师傅换一个肝。

大约等了十天左右，师傅第二次被推上手术台，又重新换了一个肝。为以防万一，师傅索性在医院住下，等新换的肝完全适应了他的身体再出院。

这段时间，小鱼和我已经是难舍难分了，在师傅换肝期间，她不断给我打电话，我躲着接她的电话，怕师傅对我有看法，忍耐着新换了个手机号，暂时不和小鱼联系。看着师傅没啥大碍，我急切想和小鱼联系，师傅看透了我似的，催问小鱼的情况，我说了最近没联系，不知道是啥情况。师傅叫我尽快取得联系，不要误了正事。

终于又见到了小鱼，我们疯了似的各取所需，累得一身大汗后，我才想起，按师傅的要求，该和小鱼谈判了。可我不知道该怎么和小鱼说，她刚才疯狂地配合我快活，现在小鸟依人般依着我的肩膀，我实在是举不起那把明晃晃的斧头冲她宰下去。我又没有听师傅的话，没给小鱼说正经事。

我心不在焉地跟着小鱼，在双安商场附近的一家西餐店吃比萨。比萨半生不熟，咬一口能拉出很长的生面丝来，并且还有股说不清道不明的怪味。我奇怪来这里吃比萨的人还不少，而且大多是成双结对的。我咽不下怪里怪气的比萨，看着小鱼吃得很带劲，又不好把自己的感受说出来，只好忍受着恶心生生将比萨一口一口吞咽进肚子。这顿饭照例是小鱼买的单，我没有和她抢，我有时候是非常谨记师傅说过的话，我要抢着付账就乱了规矩。

吃过饭后，小鱼硬拉着我要去双安商场逛逛。我还没想好用什么样的话来和小鱼谈判，就跟着她去了。进到商场里的小鱼，真的跟水里的鱼一样，很欢畅地游来游去，她看看这个摸摸那个，脸上充满了向往。想起她陪我的日日夜夜，我心里忍不住一软，便叫她选样东西我来买给她，她兴奋地望着我说是真的吗？我说这还能有假。

小鱼奔来跑去，最后选了一件七百多块钱的化妆品。我从师傅的药费里抽出七百块钱，付完款后，小鱼突然犹豫起来，问服务员这么贵的东西，如果拿回去后，觉得不是自己最喜欢的那种，能不能换？服务员说可以，我们信守承诺，包退包换。

我没有把小鱼的话当回事。到了晚上，师傅问起我和小鱼谈判的事，开始我还想编个谎话遮掩一下，但看着师父的眼神，我不敢，便说了给小鱼买化妆品的事。师傅听了，明显紧张了一下，他还没有和小鱼见过面，不知道小鱼到底长什么样，他问我小鱼是不是长得还不错，我和小鱼之间没有发生其他事吧。这下，我不能再交底了，再交我就完了，一旦师傅发怒，把我赶走了怎么办？我坚决地说："她长的只能说还可以，我和她绝对没有别的事。"

师傅看上去相信了我，说："咱们有时做一点投资也是应该的，为了更多的收入吗，有些鱼是需要一些饵料的。"

我没吭气。师傅想想又说："不过这个小鱼，你可能得警惕一下，她叫你去商场买东西，看上去平常，但细揣摩，就能看出她工于心计，按理，她有求于你，是不会叫你给她买东西的，而且还是那么贵的东西……我现在有点怀疑她是不是大学生，是不是想留在北京，还有，她是不是从你的话中，已经套出了什么，识破了你的意图？小毛，你现在去一趟双安商场，问一下卖化妆品的小姐，看小鱼回去换过商品没有？"

说句实话，师傅的话使我心里不踏实起来，让我对她一下子有了猜测。为了证实师傅的话，第二天我乘公共汽车专门去双安商场，正好还是昨天那个售货小姐。听我一问，小姐说昨天中午和我一起来的小姐已经把化妆品退了。我问为什么？小姐说，那个小姐说她拿回去细细研究了上面的说明书，觉得不适合自己，她不喜欢。

我心一凉，还是师傅看事深刻，看来这个小鱼果真有问题。我心里很虚，不敢把这个真相告诉师傅，怕他刨根问底。我想瞒着师傅，先从小鱼那里弄清她的真实身份再说。

再见到小鱼时，我还装作一如既往的样子，不能表现出异样来。可能小鱼觉察到了，她什么话也不多说，扑进我怀里就逗弄我，缠绵时，我对她还是动了欲念。可那天的事情出乎我的意料，我怎么努力，都没有弄成功。我伏在小鱼身上，像个失败的战士，痛苦不堪，疲惫地闭上了眼睛。

小鱼却抱着我问爱不爱她。

我对她说："这种话毫无意义，像我们现在的状况，还是不谈这个话题的好。"

小鱼似乎很生气，她把我推开，转过身去不理我了。

我也认为我这样说不妥，可有什么办法呢，这种情况，叫我说出爱她也是假的，连我自己都不信，恐怕满足不了小鱼的虚荣心。可她终究是个女孩子，我这样说总归是伤了她。我脑子很乱，迷迷糊糊地想着得怎么安慰一下她。

我被一阵窸窸窣窣的声音吵醒，我以为是地下室里的老鼠上了床，呼地一下爬起来。我的感觉里似打了个盹，一直就没睡踏实过。可爬起来一看，天已经大亮，地下室里居然也照射进一缕阳光来，刺得我眼睛生疼。我闭着眼睛适应了一会太阳光，再睁开时，看到小鱼站在床下正在穿衣服，窸窸窣窣的声音就是她弄出来的。她才穿了一半，是裤子，上半身还赤裸着，看到我起来，她转过身来，把坚挺的胸部朝向我，冲着我说，看啥看？你是看地上有没有水漂走你的鞋子，还是想看我的身体？

看到她轮廓分明的身体，我心里一热，想起昨晚上给她说的那句话来，一丝内疚涌上心头。我很想为自己昨晚的那句过头话，用什么来弥补一下，小鱼却像看透了我的心思似的，走过来把我的头拉到她柔软的胸口抱住说："其实，我一点都不怪你，真的，在北京就得这样，我们什么都没有，户口、金钱，没有这一切谈什么就都很虚假。我们这样在一起，没啥负担，也没有压力，挺好的。"

我的泪水再也控制不住，涌了出来，流到小鱼的胸部上，与她的胸一起温热着。我当时心想，师傅这人太多心，把什么人都想得挺坏，好多人并不是他想象的那么绝对，还是有好人的。师傅他自己不就是个好人吗，收留了我，给我吃，给我住，还给我钱花。想想以前和小胖，我是把她的肚子搞大了，但我有娶她的心呀，可她们家看不上我，不依不饶，还逼我父亲把我赶出家门，叫我在北京受那么多委屈，有家不能归，我不是碰到了那位好心的大嫂，又碰上师傅，现在又还碰了小鱼。

我被小鱼深深地感动了。

六

不久，小鱼突然有天给我打电话，说他父亲被查出来是癌症早期，还有救的可能，她要回山西老家，给她父亲治病。小鱼还说，不管怎么说，父亲生养了她，是她唯一至亲的人，她不能不管。当然，现在还有一个我，是她世上最亲的人。

我心里还挺温暖的。

小鱼接着哭了，说她没钱，回去也是白搭。

我没有时间做过多考虑，说替她想想办法。

小鱼带着哭腔说："小毛，你是我最亲的亲人，我爱你胜过我父亲！"

为了这句话，我从师傅那里偷偷拿出一万块钱交给小鱼，又把她送往火车站。如果不是师傅打电话叫我，说有急事，我肯定要把小鱼送到火车上，才能放下心。

我与小鱼告别，匆匆回到病房，准备好的谎话还没说出口呢，师傅就对我说："送走了吧？"

我一脸惊愕。

师傅说："我知道你会这么做的。"

"你……发现了？那你还……"

师傅捂着肝部说："就算师傅留给你的，叫你把这个好人做了……师傅已经没做好人的资格了……"

"师傅……"我哭了。

"没出息的货，哭什么哭？我还没死呢！小毛，师傅对你说正经的，这次换的肝好是好，可它的主人肯定没干好事，不然，他不会这么早就被送上断头台的。这次的肝主人不爱喝酒，生前肯定搞过不少女人，这几天，我心里光想那事，老定不下心来……"

"师傅，那我给你找个那种女人……"

"胡说，这是医院。"

"那……"

"我能克制住，过阵子它和我的身体会适应的。"

过了几天，师傅的身体还是适应不了新换的这个肝，反应越来越强烈。没办法，师傅只好红着脸同意了我的想法。接下来，我开始给师傅找那种女人。这对我是个难题，我不清楚什么地方才能找到那种女人，这种事又不敢随便在外面扯个人来问，我出去转了一圈，连个门都没摸着就回来了。

师傅是个聪明人，看我沮丧的样子就知道我没找到地方，便对我说，找这种人哪能在大街上瞎转悠呢，得去美容美发店，或者夜总会、酒吧才行。

夜总会和酒吧我不想去，那是种喧闹的地方，进去了首先就得有消费，像我这样离了师傅的指教就显得硬生生的人，那种地方的女人不一定能看得我。我想想，还是去美容美发店吧。

医院外面的街上开着好几家美发店，我转看了一下，选了一家在我看来像是经营那种生意的店面走了进去。几个头发染得不是红就是黄的新潮女孩马上迎上来，问我洗头还是美发。

我只顾找美发店了，却没有想这个问题，她们猛地这么一问，我才想到，自己该干点什么做幌子呢？

几个女孩见我犹豫，扯着我往里屋走，给我推荐做按摩。

一个红头发的女孩扯着我说："我们这的推拿按摩，不敢说在整个北京前几名，但在海淀区绝对算得上一流，来我们这儿的大多都是回头客呢。先生，不信你试试，爽着呢。"

我半推半就地躺在里屋的按摩椅上，问："如果……到别的地方去……按摩，行不行？"

"你啥意思？"

"我是说……到床上去做……"

红头发女孩瞪圆了眼，大叫一声，马上冲过来两个男人，怒气冲冲地站到我身边，问我想干什么。

我一看两个牛高马大的男人，吓傻了，赶紧跳起来解释，说是没别的意思，我有个病人在医院里想……

"滚！"一个男人指着我的鼻子气势汹汹地吼道，"趁我还没有动粗，你赶紧给我滚出去。把我们这当成啥地方了？你以为美发厅都是妓院啊！"

我滚出美发店，不敢再去街道边别的美发店了，只好漫无目的地走着。每走到一个美发店外面，像惦记着想偷他们似的，心里很虚，又不肯放过，就低下头拿目光偷偷往里面瞅，瞅着有些店里面的女孩很浪荡的样子，就想自己要不要进去问一问。正犹犹豫豫着，突然背后有人拍了一下我的肩，我吓了一跳，回头一看，是刚才那个美发店里红头发女孩。她冲着我正笑呢。

“你还想干什么?”我心有余悸。

“先生,你不必紧张,咱们往前走走,到前面那个公共汽车站再说。”

我奇怪地看着红头发女孩。她依然笑着对我说:“走吧,我知道你是真心的,刚才,我们那样做,怕你是便衣。”

“我就是便衣,来抓你们这些女人的。”

红头发女孩还是一副笑模样:“对不起,先生,别说气话了。从你出来,我就一直在观察你呢,你若真是便衣,哪能这样胆怯窝囊的样子,刚才早亮出证来收拾我们了。说正经的吧,你需要服务的那个先生年龄有多大?”

我毕竟是来为师傅找那种女人的,他还在苦苦地等着呢,再犟下去只会拖延时间。我缓和下来,跟着红头发女孩走到汽车站跟着,与她谈起价钱。

红头发女孩坚持说,:“你得先告诉我,那个先生的年龄。”

“反正就是那个事,你管年龄干什么?”我又不高兴了。

红头发女孩一笑:“大哥,不瞒你说,干我们这行也不容易,碰上个年轻身体好的,自己也快乐,如果是年龄大身体不行的,那才倒了老霉,他们大多都变态,自己不行,光掐人,这种客人价格当然不一样了。”

行有行规,看来她们也不例外。我就说了师傅的年龄。

红头发女孩说:“是你爸呀?”

“是我师傅。我哪有这么年轻的爸,我今年都二十二了,我爸怎么着也该有四五十才对。”

“说的也是,不过你师傅别看只有三十六岁,可他有病,和半打老头没啥区别,和年龄大点的一个价钱。”

“这怎么行?我师傅那病……不算啥,他身体好得很,你得便宜点。”我讲起了价钱。

红头发女孩不高兴了,翻着白眼说,“要是你做,我给你打六折都行。可他是病人,我不管他是啥病,一般能出来找我们去做那种事,大多都是命不长了才这样,你想想有多恶心。我是为成全你,不嫌他是个将死的人,你还拼命往下压价,这样的话,咱这生意就没法做了。”

我一听生气了:“谁说我师傅命不长?就因为他正常才会有那种想法。你不做算了,我找别人去。”

“哎,大哥,你先别走。”红头发女孩扯住我说,“这行有行规,有个先来后到，你先找的我，咱好说好商量，就看在你的面子上，打个八折。”

“这还差不多。说吧，什么时候叫我师傅过来？”

“你师傅在医院是住单间，还是几个人合住的大病房？”

“当然是单间了，我师傅可不是个普通人。”

“那就好，不要叫他老人家跑来跑去了，我上门服务吧，谁叫我碰上你呢，小帅哥，记住，我叫飞飞，姓吴。我说话算数，你要是需要了，保证打五折。这是我的手机号码。”

当天中午，趁午休时间，我带着红头发女孩——吴飞飞躲过护士，来到师傅的病房。师傅还有点不好意思，当着我的面说了一些违心的话，什么他不愿意，都是我这个徒弟搞的这种事。

我听着身上起了不少鸡皮疙瘩。

吴飞飞对师傅说：“你这个徒弟对你真够孝顺的，我今后要是能找这么个懂得照顾人的老公就好了。”

师傅看了我一眼，突然变脸了，狠狠地说：“还不出去，等在这里看西洋镜呀。”

我这才反应过来，转身要走。师傅又叫住我，要我拉上窗帘，出去时把门扣上，不要走太远，就在过道拐弯处。他还要我特别注意别叫护士冲进来，她们手里都有病房钥匙。

我拉窗帘时，吴飞飞快把衣服脱光了，我赶紧关上门，逃似的出来，轻手轻脚跑到过道的转弯处站定，我能听见自己体内的血液哗哗流动的声音。在心里，我一点都没有怪师傅态度的突然变故，怪只怪这个女人，她是我替师傅找来的女人，却当着师傅的面这样说我，师傅心里能是滋味才怪呢。

我想着下次再找这种女人，就不要这个女人了，还吴飞飞呢，一听就是个不地道的假名。

可是，师傅却恋上了这个叫吴飞飞的女人。隔了一天，他又叫我去找她。师傅还冠冕堂皇地对我说，不要找别的女人了，缩小范围，影响面越小越好。

就这样，隔上一天两天，我就给吴飞飞打电话，叫她上门来给师傅服务一次。还别说，师傅的身体状况看上去慢慢地好多了。看来，师傅的行为给了新换的肝很大的安慰，它在逐渐适应师傅的身体了。

七

这天，吴飞飞又一次给师傅上门服务完走后，我进了师傅的病房，师傅对着空荡荡的病房发呆，眼睛直直地盯着屋顶，一点都不像以前做了那种事后，脸上是满足的疲惫。我问师傅怎么了，是不是这个吴飞飞不行？

师傅的脸上掠过一丝难堪，他摇了摇头："不是，是我不行，与她无关。不过，今后再也不要叫她来了。"

"为什么？师傅，你的身体看来和这个肝刚刚有些适应，不能半途而废呀。"我突然醒悟过来，"是这个女人服务不好，那我换一个更好的……"

师傅打断我的话，有点伤感地说："小毛，不是这个意思，实话对你说吧，我的身体不行了……"

我说："师傅，不会的，这阵子我看你气色好多了。"

师傅摇了摇头："你光会看个表面，不知道真正内质，师傅身体确实不行了。"

我安慰师傅说："你别这么想，其实每个男人都会有这样的时候。"

我想起原来和小鱼在一起时，有时因为紧张，也有挺不起的时候。

师傅看上去真的像被我安慰好了的样子，他淡淡地笑笑，说："小毛，师傅很欣慰，收了你这么个徒弟，也算师傅后继有人了。你曾问过师傅为什么要走这条道，我都没给你讲，今天就给你说了吧。"

师傅说，他师专毕业后留校做了老师。他那时候年轻，有一个长得还算漂亮的女学生喜欢上了他。那个女生毕业后不想回自己的家乡，想留在市里。师傅也是真的很喜欢那个女生，就想尽办法帮她办留校，求了不少人，也花了不少钱，总算把她办成。就在师傅想着要向那个女生求婚时，没想到那个女生却要和他告吹，并且还泪水涟涟地说她以前失过身，自己配不上师傅，想让师傅找一个纯洁的女孩。师傅一度痛苦得死去活来，还真以为那个女生是为了自己。但不久他就知道，原来那个女生上学时就傍上了一个大款，盼人家离婚娶她，可大款一直离不了，为此，她只好脚踏两只船，为的是不让自己最终悬空。没想到她留校后，那个大款为她又把婚离成了，这个女生便迅速甩了为她跑东跑西的师傅，和大款结了婚，结婚后两人只生活了十八天，从大款手里搞到了十八万块钱，便以大款性变态为由，第十九天宣布与他离婚。

师傅愤恨地说，这样的女人太可恶了。

我却想，如果照那个女人的做法挣钱，都赶上开个小型印钞厂了。

师傅后来到北京做这种事，与他当年受那个女学生的启发有很大关系。等于是交了一次学费。

师傅对我说："干上这一行，也是给逼的，这样说有点自圆其说，可你出去看看，在北京这种地方，谁拿我们这些人当人了！所以，我就想着换个身份试试，哪怕是假的，没想到，你马上会变成人五人六，成为尊贵的上等人。所以，我就利用别人想留在大都市的心理，按北京话说，找到这么一个饭辙。说句老实话，我早想洗手不干了，每天提心吊胆，心里总不踏实，可总得生存，叫我去干别的，真不知会干什么，北京这地方，没来头只有像你以前那样，不是饿死，就得冻死，可做那样的人，到底为啥来?"

我回答不出来，这阵子，我基本上对这类问题的反应麻木不仁，管他什么爱呀恨呀情呀仇的，只要活着就好。

师傅的身体状况越来越差，我私下里问过主治医生，他告诉我，师傅的症状非常奇怪，明明换的肝和他的身体没有医学上的排斥性，可肝的运作功能却明显越来越弱，这种症状是这个医生临床多年，都没遇到过的，就是查遍了各种医学书籍，也没发现有这样的病例。医生又说，等过了这阵，他可以把师傅的症状作为临床经验写成论文。我问他等过了那阵？医生说，只有等你师傅离开人世后，这个结果才能成立。

也就是说，师傅在人世的日子已经不太多了。一想到这个，我的心里挺难受的。为了报答师傅的知遇之恩，我还是不时地把吴飞飞叫来，给师傅服务一次。我想叫师傅在弥留之际，再享受几天美好的日子。师傅虽然不愿意这样做了，可我能看出，他心里还是高兴叫来吴飞飞的。

只是，吴飞飞后来不愿意了，说师傅已经做不了那事，每次都叫她受活罪。好几次，我给她打手机，她竟然拒绝来服务。没办法，我只好去她的美发店里亲自叫她，并将费用比原来提高了近一倍，可她并不为所动，她说她不是不想挣钱，钱跟谁有仇啊，可是她实在挣不了这个钱。她当着我的面，还褪下裤子让我看她大腿上的伤痕，果然是斑斓一片。可为了师傅，我只能好说歹说，简直都在央求她了，可她就是不松口。她被我缠得没办法，才答应给我另找一个女人顶上。吴飞飞做了半天工作，她们店里的那些女人没有一个愿做我师傅的生意。总算吴飞飞还讲些义气，她答应给我从别处找一个，叫我等她的电话。

八

这天，我在家里给师傅炖鸡汤，接到了吴飞飞的电话，她说人已经找到，她已将具体地址告诉了对方，半个小时后她上门服务，叫我在病房里等着就行。

我怕换了人，师傅会不高兴，我得赶在那个女人到之前赶到医院，以防师傅怪罪时打圆场。我忙关掉火，把炖得还不太烂的肉捞出来，还装了一保温杯热鸡汤，下楼打出租车赶到医院。

师傅的鸡汤还没喝完，那个女人就准时上门来服务了。

女人来时，我正在卫生间帮师傅洗尿壶。师傅听到敲门声，他以为是护士，却进来了一个陌生女人。女人进来对师傅说明，是吴飞飞叫她上门来服务的。我说过的，师傅内心里并不拒绝这种事。况且，这个女人比吴飞飞的身材要好。她说完就脱衣服，她深知时间就是金钱，时间观念还挺强的。

我从卫生间出来，一眼看见的竟是小鱼，如果不是她在脱衣服，我还以为她是想法找到这来看我的。可是，她已经脱得身上没像样的衣服了。我惊呆在那里，小鱼是我亲自送去火车站，她要回山西给她父亲治癌症的，这个时候出现，又是以这种身份出现，着实叫我吃惊不小。我的脑子像一个删除了所有程序的电脑，突然间一片空白，什么都没有了。我真不敢相信，在北京我曾和一个叫江小鱼的女孩有过亲密的往，而这个女孩还有另外一种身份。我不知该说什么，一切都像梦里一样，情节的变幻根本叫人无法掌握。

小鱼看到从卫生间出来的我，她也吃惊不小，呆愣了一下，随即像没事似的，很快就把目光从我身上挪开，进入她的角色，做她应做的工作。

我头木木地退了出来。

出了师傅的病房，我头重脚轻地走在外面的过道上，直走到拐弯处，我都没弄清楚，我现在是给师傅站岗放哨，还是给自己负重的心脏一个换气的机会。我在拐弯处站着，走廊里寂静无声，这个住院楼像个装着病人的仓库，除过一股难闻的药水气味外，隐隐还能闻到一种发潮的汗水的气息。这种气息闻着很熟悉，是大街上到处都能闻到的人的味道。在师傅临近死亡的这种时候，我闻到这种气息，突然感到毛骨悚然。

岁月如水

随着时间的推移，往事已经很难被人们记住，偶尔有人提起，也只是一瞬间就过去，没有人再细细品味，深深地叹息了。只是日近暮年的老人见了赵千里在地里孤单单地耕作着，望着他灰白了的头说："千里，你也老了。"就再无语。赵千里就停下手中的活路，看到明净的日光下，潮湿的土地上升起一股股薄薄的雾气，袅袅娜娜地升腾着，把一个远去的背影，还有苍老的声息缠住了，不再漫延。

赵千里把走远的目光收回，放到地里正绿得可人的庄稼上，那心思也就没了，无精打采地锄起草来，难免就把秋庄稼当作旺盛的青草连根挖了。挖了也就挖了，已无心去疼了。只是一抬眼又看到了远去的老人，他刚才说的那些话，赵千里心里就越发的不是滋味，他是老了，七十好几的人了，不老才怪。可他一直没有这样的想法，在内心深处，他从来没有认为过自己会老。老对他来说是一件非常遥远的事，与自己没一点关系。可他一听到"老了"的话，心却慌了，手脚就乱了。

赵千里蹲在地里，抽了一支烟后，又续了一支。心里还静不下来。转回身看到被自己连根挖掉的几棵庄稼，绿生生地躺在地里，反倒又心疼起来，捡起庄稼苗，用手挖了几个坑栽了。一会儿，栽上的几棵青苗就耷拉下来。太阳很亮，挂在空中，很无情地晒在赵千里的几棵青苗上，也晒在赵千里的头上、身上，他浑身就冒汗，心里却凉得一阵紧过一阵。他站起来，朝刚栽的青苗撒了一泡急尿，尿水把地上冲了个深坑，泛着泡沫，他快意地抖抖身子，提上裤子，骂了声“狗日的太阳”，似骂了仇家一般，很解恨又很无奈。

赵千里的无奈是由来已久的了。人世间的一切叫人不可理喻，现实中的人生总是在无奈中度过的。人的一生是命中注定的，赵千里常这样想。

那年黄河泛滥，注定赵千里要家破人亡、远走他乡的。爹和大哥、小弟与家园一同消逝，没有留下一点可以追寻的痕迹。在那场天灾中爹带走了大哥与小弟，独把居中的赵千里给娘留下了。在日后的岁月里，经历了一些世事的冲击，赵千里才认定这是命里定数。

没有家没有一切的命运伴随着赵千里跟着娘度过他的童年和少年。他的童年和少年时代是那样的漫长，似没有尽头的荒原，走得他痛苦不堪。直到后来，他和娘走到一个叫始原的地方，被一座大得不能再大的山挡住了，这座大山也挡住他们再漫无目的走下去的欲望。

始原不是一个很特别的地方，也没有吸引人的可贵之处。但始原有一个姓张的大户人家。

“愿不愿意留下来？”张桉是这样问的，在他一只手捻着小胡子，眯着眼睛打量了赵千里许久之后。他这样问时脸上布满了慈祥，让赵千里母子俩心里有种暖乎乎的感觉。

“可……我不想嫁人的！”娘说。娘望着张桉的目光，头就低下了。赵千里往娘跟前靠了靠。赵千里看到张桉滋润的脸上掠过一丝微笑，那微笑使赵千里至今难忘。

张桉走过来，用手拍了拍赵千里的后背，又摸摸他的头，说：“不是只有嫁人才可以留下的。”

十四岁的赵千里是在逃荒路上成长起来的，他对人情世态有了一定的感受，当他从张桉的神态上看出了一些内容时，他就把单薄的身板挺了挺。用独当一面的目光迎着张桉高深莫测的眼神。

果然，张按笑眯眯地对赵千里的娘说：“啥事也不是绝对的，你有这么一个儿子，就是财富，何必守着财富自讨苦吃呢？”

作为“财富”，赵千里和娘就留在了张桉家的大院里，结束了漫无目的的流浪生活。在张桉家住下，有了遮风挡雨的安身之地，也能混口饭吃，赵千里母子对赐予他们这一切的张桉满心感动又无以言表，便只有努力地干活，回报主家的恩情。然而，十四岁的赵千里、饱经人世沧桑的母亲，他们绝对不会想到，张桉收留他们母子有着深远的目的。

待赵千里在张桉家吃了三年饱饭，长成一个壮实的后生时，张桉在这年初冬的傍晚，终于按捺不住埋藏了三年的想法，开始实施他的打算了。

那天的傍晚和平时没有多大的区别。已经失去热量的太阳还没有完全从那极清楚明亮的地平线上消失，在暗蓝色的天空中，披着一身银光的瘦月亮已经弯弯地挂在了东边的天上，铺了一地的暮色在这时候显得异常模糊。村子上空弥漫着一层层散不开的炊烟，散发出草木灰的气味，一阵唤孩叫狗的杂音在村里尖利地荡来荡去，把祥和的乡村气息刺破，弥合，又刺破……

就是在这样的气氛中，张桉提出要收赵千里作义子的。赵千里母子做梦也不会想到，张桉收赵千里做义子，蓄藏着一个更大的、使赵千里无法抗拒的阴谋。

当时，赵千里母子还感动得涕泪纵横，当即，赵千里给张桉磕了响头，并叫出一声生硬得连他自己都不好意思的“爹”来。

之后，尽管张桉的三个儿子和一个娇嫩无比的女儿并没有把赵千里当作他们的兄弟一样看待，赵千里也依然像长工一样干他的活，但义父张桉却把他当儿子一样待的，赵千里穿张桉一样的衣服，吃一样的饭食。可赵千里却总能感觉出张桉一家从骨子里透出来的那种鄙视和轻蔑。时间一长，赵千里就有了脾气，闷声闷气说上几句，娘便劝他：“咱本来就是个以乞讨为生的人，不要苛求。再说，你干爹待你还是不错的，该知足了。”赵千里想想，也是，他从一个没有饱暖的流浪儿到现在的丰衣足食已是一份难得的幸运了。于是就心平气静，就很知足了，日子也便过得有滋有味。那个冬天，他的脸上挂着充实得没有后顾之忧的满足。在始原村，他也没有了外来者的卑琐，完全以一个大户人家的少主人自居，村人也一改往日的目光，仰望着风光的赵千里，嘴上笑着，心里却骂“讨饭的小子”，怀着一肚的嫉妒。

在赵千里的记忆深处，那个冬天是温暖的，是他一生中没有感觉到寒冷的冬天。

来年春末，初夏的和风在田野里轻轻吹过，油菜花一片灿黄地摇动着一个季节生动诱人的面孔，丰收的景象已经溢满了农人辛苦劳累的脸庞。这时候的乡村，是最祥和的时候。一切都在这种时候开始的。这种时候谈论一些事是最好不过了。“千里，爹对你咋样?”张桉这样问赵千里的时候，显得很随和，一点儿都不生硬，他的脸上写满了长辈般的慈祥。“就像亲爹一样!”赵千里如实答道。张桉就轻轻地笑了笑，很满足。笑过，又像亲爹一样走过去，拍了拍赵千里的肩膀。

“爹总算没有看错你。”张桉说，“你能干，又懂事，不像你那三个哥，游手好闲，总让我有操不完的心。”张桉说到三个亲儿子，恨铁不成钢的样子，叫赵千里看了，心里就有一种熨过一般的舒坦。

“真是上苍有眼，让我有了你这样一个懂事的干儿子!”张按说。赵千里心里的自豪感就直线上升。“你也长大了，到了该说媳妇的年龄了。”张桉说。

赵千里从来没想过这事，他无话可说。

“我考虑过了，手心手背都是肉，”张桉很动情地说，“我把菊香许配给你，对你，我是放心的。”赵千里呆了，一个很遥远很遥远，遥远得他无法想象的东西忽然间竟让他伸手可及，唾手可得，他有种恍若隔世的感觉。他吓得竟大气不敢出，生怕这气一出，张桉的这番话便如一个肥皂泡般破裂。

“不过，”张桉叹口气，又说，“本来爹不该这时说。可这事折磨人哩。”赵千里望着干爹：“爹，你有难处你就说。”“我知道你最懂事了……你别怪爹……”张桉的目光躲避着赵千里，沉默了一阵，叹了口气，才说，“这是没有办法的事。”“爹说吧，只要我能办到的事，我一定尽力。”“那——爹就说了?”“说吧，爹!”“那我就说了。”张桉似下了很大决心似的，“就是派壮丁的事，咱家今年躲不掉了。”赵千里心里一惊。他知道壮丁是当兵，是去吃军粮，但他的意识里从没有他去当兵这个概念。

“你知道，你那三个哥哥是不中用的，爹只有靠你。只有你，爹才放心你去。”

赵千里沉默不语，他一时拿不定主意。“当兵是为国家出力，是大事，说不定哪天就出息了，”张桉说，“出去闯闯，长长见识，也好，要不老待在乡下，有啥出息?外面的世界大着呢!”

赵千里想的不是什么国家大事，而是他认为干爹是为他考虑，他想干爹视他为亲儿子一般，他说的话总是没错的。赵千里心里涌出一份感动，他对张桉说他去当兵，只是担心着娘。

“我会照顾你娘的，”张桉说，“你放心去，你是我的儿子又是我女婿，一家人哩。”

“我去!”赵千里说。赵千里说出两个掷地有声的字后，告别老娘，踏上了他人生中最大的转折性的道路。这条路使赵千里悔恨终生。

但在当时，赵千里因为干爹的关怀，并且还将娇嫩无比的菊香许配给了他而满怀豪情，一直没拿正眼瞧过他的菊香。在他临走时给他送了一双黑布鞋，并且用大眼睛扑闪扑闪地看了他好久，使赵千里心里更是扑闪出了无限的幸福。

当了国军的赵千里穿了一身鸡屎黄军装，被拉到四川的一个山沟里集训，光练步就练了三个月。赵千里不怕劳累，却怕了这单调、机械，没有波波纹纹的日月。赵千里在夜里常常抚摸着菊香送给他的黑布鞋，怀着甜蜜的梦想挨过一个又一个日子。等步伐训练结束，其他项目开始又臭又长地进行下去的时候，这些项目在一个阳光很好的上午突然结束了。赵千里他们被大卡车装上，整整颠簸了近一个月时间，才被扔到一个完全陌生的地方。他们身上的军装及内衣被迫脱下，当场用火烧了，然后换上一种实在没法辨出什么颜色的军装。军装质地很好。他们被一群叽里呱啦不知说什么话的人接管了，并在那些人的管制下开始了一种根本不是人过的生活，整天在大山里挖山打洞，常常十天半月难得见到光亮。他们像囚犯一样整整过了一年半那样非人的生活。

后来，赵千里才知道他们去了印度，是被一个国军长官当作物品出租给印度当了雇佣兵。这是他们又坐了二十多天汽车拉回原地后才知道的真相，原因是国军长官的这笔生意谈崩了，他们才得以回国。否则，后果不堪设想。

于是，他们中的大多数人开始了逃跑返乡的艰难历程。赵千里也逃，只是他也像所有的逃兵一样，逃了，抓回，挨打受饿，然后再逃，说不清逃了多少回，赵千里简直绝望了。他只是为了干爹的厚爱，为了娇嫩无比的菊香，才来到军队的，当然他也想“出息”一下，可在经历了这些苦难之后，他忽然明白了一些东西，他开始想家想得厉害。在他们中间有一些人染上一种潮湿的不知叫什么名字的传染病，死了一些人之后，赵千里抱着菊香送给他的黑布鞋，疯子似的跑着，他的脑海里在跑的同时闪过一幕幕过去的东西，每次过去的东西在他脑海中滤过之后，他的心里便多了一份理不清的痛苦。

最后，赵千里终于还是逃了出来。为了不惹人注意，他脱掉身上的军服去一个村子里想换些烂衣服，没有一个人愿换，却有人愿换他一直没有穿过的黑布鞋。赵千里死活不换，他说黑布鞋是他的心，换给别人他也就死了。最后他偷了一身别人洗过还没晒干的旧衣服穿上，才知是女人的衣服，他也顾不了那么多，将质地不错的军服用土埋了，开始一路打听着往家赶。赵千里走了一个多月时间，人不像人鬼不像鬼地回到了家。那是一个很普通的早晨。赵千里踏上了离开三年多的始原土地。在接近村庄的田野上，他先看到一头耕牛无忧无虑地站着倒嚼，一只大胆的麻雀在朝霞明媚的晨风中发出清脆的鸣叫，飞落在牛犄角上，停了停又叫着飞走了。村子里有狗一声高一声低地叫着，那声音划破了田野上的平静。赵千里突然间眼睛就被泪水模糊了，他终于回到了始原，这个让他日思夜想的村庄，这个让他心里放不下却又使他心中盛满痛苦的村庄。

赵千里做梦也没想到的是他娘的一双瞎眼。娘是想儿哭儿哭瞎的眼。已苍老得不敢相认的老娘扑到赵千里怀里，哭不出一个音来，憋得满脸通红，在赵千里回到家的第二天，娘竟没说出一个字来含恨离开了人世!

赵千里像木头一样，无法回到现实中来。他脑子里混沌一片，过去和现在在他看来似乎已不存在了，就像梦里一般，一切发生得是那样突然，他没有一点心理准备来承受现实。他的反应只能停留在一段空白的思维上。

赵千里娘的后事是他干爹张桉插手料理的，赵千里不闻不问，似乎娘的死与他没有关系。他只说“我娘死了”，竟有些麻木。人们不习惯他的这种麻木和待人的冷淡，都说赵千里脑子有问题了，那是当壮丁当的。

到赵千里猛然清醒的那一天，已是他回到始原的两年之后。在这之前，他一直是张桉家的干活机器。那一次是赵千里去种玉米，一个人种了两天，四亩地，却不见一苗玉米长出来。邻家的谷地都长出了齐整整的玉米。张桉气得和三个儿子围住赵千里往死里打。人误地一时，地误人一季呢。一顿打没有换来四亩地的玉米苗，却一棒子把赵千里给打醒了。

赵千里一清醒，第一句话就说：“干爹，我娘哩？你说过要照顾我娘的。你把我娘哩?”

张桉举棒还打。赵千里却一把夺过棒，说：“你打我干啥？我是你儿又是你女婿，你把我娘哩？你说过照顾好我娘的。我还要让娘看着我和菊香成亲哩，干爹你也曾答应过的，菊香还送了我黑布鞋呢!”

“让菊香嫁你？你真做梦!”张桉生气地说。

“这是干爹你亲口说的。”赵千里说，“在我当兵走时。还是你让我当壮丁的!”和张桉父子吵成了一片。便又围聚了一群看热闹的人上来。赵千里就看到人群中的菊香，依然扑闪着大眼睛，只是菊香挺着个大肚子，两只手各牵着一个孩娃。赵千里心里滚过一个惊雷，意识就完全清醒了，他说：“我娘死了!”

便哭得山摇地动。

哭过，与张桉再无话，打点好自己的烂衣破被，走出了张家大门。一个人到村里人家看秋废弃的一间场屋里住了，那里离他娘坟地近。

后来新中国成立了，一切都有了变化，始原也不例外。首先是张桉的大户当不成了，被打了土豪，分了田地，并成了刚成为土地主人的人们批判的对象。赵千里就有了曾经没有过的底气，见到失去往日风光的张桉，他也可以努力地挺直脊梁与之对视着，少了许多以前的怯弱和猥琐。

真正令赵千里在张桉面前，能够毫不含糊地直视甚至说上几句愤恨的话，而心里没有一丝怯意的，是张桉的女儿菊香成了寡妇之后。

那是解放好几年以后的事了。菊香的男人是在作为人民专政对象时，在一次从山上往下扛木头不小心连人带木头掉进山沟里摔死的。昔日娇嫩无比的菊香在失去往日的光彩之后又成了寡妇，带着四个要吃饭的孩子，顶着一个破落贫穷的家。

张桉当然顾不上女儿了，但在赵千里眼里，张桉是理所当然要受到这种惩罚的，他觉得这是上苍对张桉在他身上实施过欺骗行为的报应。赵千里这时再见到张桉时，就是胜者看败者的目光了。

时间在不觉间过了一年半，这时候，有人上门给赵千里提亲，女方竟是守寡的菊香。当时气得赵千里把提亲的人好好数落了一顿。提亲的人就说，多年了不见赵千里成家，还以为他心里一定装着菊香哩。赵千里生气地说他怎么会一直想着欺骗过他的菊香呢？真扯淡!

提亲人走后，赵千里心里却很空虚，就翻出一直珍藏着的菊香送给他的那双黑布鞋。他抚摸着布鞋想着自己所受的屈辱，心说：我怎么能娶她呢？

我又不是娶不上女人！赵千里对自己充满信心，他认为他年轻力壮，又能干，不愁找不上个好女人。但他又拒绝过几次给他提亲的人，甚至连成家的想法都没有。自那次别人给他提守寡的菊香后，他抚摸着黑布鞋，望着自己简单的家什，说，我是该成个家了！可到别人再来提亲时，赵千里成家的念头又淡得不见踪影。直到赵千里的世界整个儿变了模样，他才意识到成个家有个女人是多么重要，可那时却晚了，赵千里戴上了“四类分子”的帽子，这是他做梦也没想到的。赵千里是地主的干儿子，又当过国民党的兵，更严重的是他还是印度的雇佣兵。于是赵千里和张桉站在了同一个批判台上，比张桉挨批判的内容多，交代罪行时间长。尽管赵千里并不把自己与张桉置于同一类人，可他无可奈何自己命运的改变。站在和张桉同一个批判台上的赵千里想这就是命，命里注定他这一辈子与张桉是纠缠不清的。

因为身份的变故，这时候已没有人上门来给赵千里提亲了。每天晚上，挨了一天批斗或干了一天活，疲惫不堪的他回到那间属于他个人的小屋时，他才看到乱七八糟的小屋各个角落都蒙着一层凄苦的阴影，屋里冷清死寂，充满了一股阴冷的气息。他想屋里没有个女人也真是太没有生气了，他想他是该成个家，在他挨批判的凄冷的日子里。于是赵千里就想到了黑布鞋，和送他黑布鞋的菊香。赵千里是自己去找的菊香，他已不奢望别人去替他说了。菊香的态度很生硬，就像从前他作为张桉干儿子时有的那种轻视。菊香说：“你倒想得美!”赵千里说：“前几年你还托人上门提过亲。”“你现在能和那时比?”菊香说，“那时候我以为你心里一直装着我哩。”

“现在也一样。”赵千里说，“我一直都保存着你送我的黑布鞋。”

“那有多大意义？黑布鞋不是那时的黑布鞋，你也不是前几年的你。说啥也没有用的，我不会嫁你。”“为啥？你得说个理由。”菊香看着赵千里，撇了撇嘴，一字一句地说：“因为你是‘四类分子’。”

赵千里垂头丧气地走了。这时的赵千里才觉出挨批斗时没有感觉出来的那份痛苦，他全身的血管里似没有了一丝热气，一种寒冬的冰冷渐渐侵袭占领了他强壮的躯体，一直逼向他那痛苦得抽搐成一团的心脏……

赵千里一下子老了许多，可他自己没感觉到。那年他刚四十岁，却没想过自己这四十个年轮在人生的岁月中如此漫长。他只想自己还没成家呢，他怎么能感觉到自己在渐渐走向苍老？许多事情的发展往往出人意料。就在赵千里对成家已渐渐心灰意冷时，又过了五六年后的一天，菊香来找赵千里，一开口就说愿嫁给赵千里。

那时的赵千里已不想成家的事了，他顾不上想。那是一个饥饿的年代。赵千里有点吃惊地望着菊香，菊香显然是精心打扮过的，但她饥饿的脸色却没法掩饰住，尤其是那双眼睛，赵千里很害怕。他不敢看菊香的眼睛，更不敢看菊香的身后。其实菊香的身后什么也没有，只有暖暖的春阳下贫瘠的土地和青黄间杂的庄稼。但赵千里却似乎看到菊香身后的四个孩娃，他们都张着大嘴，等待着吃食。赵千里怕自己成了他们的吃食。

赵千里的拒绝显得沉重而无奈，往日的旧事像幻影似的在向他招手，可很难唤醒他曾经疼痛现已恢复平静的心了。看着菊香苍白的脸上浮起的虚虚的笑容，赵千里没有提起往日，对菊香没有一句责备。他像一棵阅尽人间沧桑的树，对一切表现得非常淡漠和宽容。他已不乞望情爱了，情爱于他是一缕远去的烟雾，在他生命中已完全消逝了。他想他和菊香的缘分是彻底干净了。过后，他将菊香送给他的那双黑布鞋挖个坑埋掉了，连同他的过去。在往黑布鞋上撒土的时候，他的眼前闪现着他的往日：和娘乞讨的他，作为张桉干儿子的他，当国军、雇佣兵的他，受批判的他，孤苦伶仃度日的他……他还看到一双乌黑的、扑闪着的大眼睛，还有一张泛着笑的、与他一生都纠隔不清的伪善的脸……他的眼泪随着飞过的往事一串一串落了下来，却也和往事一起被彻底埋葬了。

度过饥饿和困苦的年代，赵千里的生活就像一条平静的河流缓缓随岁月而去；他悠闲地度着日月，再没考虑过婚娶的事，也没说过不成家的，只是有次别人硬问他，他说："急啥？以后再说，还早着呢。"

村人就说，赵千里在新中国成立前神经错乱了，到现在还没清醒呢。

探　家

二十四年前的那个冬季多雪，是个羊年。母亲总能把那年冬天诉说得泪水涟涟。至今母亲总是说我就是个属羊的命。直到现在不吃肉食的我是不是被那年冬天吊坏了胃口？

那正是困难时期，静夜昏灯下兄妹揉搓烧熟的麦穗用两手间粉红略带绿意的麦粒充饥的惨状，使父亲眼泪纵横，我却没有哭。虽然后来在军营中从来没有想过下顿吃什么，可我却流过泪。我知道自己很难成大器。可也没有人可以肯定什么都是一成不变的。说不定哪天我所见到过的荒漠会成为绿洲，但人的心里可以呈现比荒漠更深沉的荒凉。

那年是当了五年兵后第一次探家，父亲把我当作一个军人对待了，首先叫我去把头推成了短短的小平头。儿子还是儿子，在父亲眼里我永远也长不大。大年三十晚上，父亲给我的是比我童年多一百倍的十元压岁钱，和侄子的一样崭新。我和侄子都愣愣地看着父亲，刚会说话的侄子看着我手中的十元钱拉下了脸，小手把他的那张钱捏得“咔咔”响。

于是，爷爷又给他的孙子加了五元钱。

从小村里的人都说我今后会有出息，说我不一般，是村里有希望的一个。那年我不上学了的确叫村里人惋惜了一阵子。可那时候我实在不忍心再看着父母背负着分家时的旧债往下过日子了。

当兵那年，我把这个大胆的想法告诉父母，是在一个刚秋收归来坐在院子里吃晚饭的时候。那天晚上月亮特别明。一轮圆圆的月挂在南边石榴山顶上，把温柔的光亮投到丰收的农家小院里。

母亲一听马上放下碗，一句话："不成!"然后不再吃饭了，却又加上一句，"吃苜蓿糊糊汤的日子过去了，刚不紧巴了，你又……"一串清泪挂在母亲的脸颊上在月光下闪着亮。

父亲却缓缓放下碗，拒绝了再盛饭，抽出一根劣质烟点上慢慢吸。

我看了看只顾埋头吃饭的大哥，就一直盯住父亲等待结果。

噙在父亲嘴上的烟头一闪一闪的在明亮的月光下显得孤独。

父亲终于开口，只说了一句："当兵。"然后就没有了下文。待抽完一支烟，再接上一支烟时，才说，"那年我也想当兵，验了，合格，可没走得成，硬叫你爷爷用烧火棍追了回来。那年走了的现在有的当了县长、乡长，有的就一直没有回来，也回不来了。"

我没吱声。

"你要当兵，我不阻拦你，可也不赞成你，免得你以后怨我。我怨你爷，在他临走时我还恨他。"父亲说。

父母吵了一架，我还是当上了兵。

临走，要上去西北的列车前，父亲把向四爸借的五十元钱塞给我。我推回，他又给我，我接了。父亲说："不要恋家，有我哩！去吧，庄户人家靠个老诚实干，闲时多写信，记挂着你呢。"说完别过脸去。我实在忍不住眼泪，心想的坚强一点也找不见了，任泪水模糊视线。看到泪汪汪的母亲，我擦了把眼泪，从手里被汗浸湿的五十元钱中抽出二十递给母亲。母亲不肯接，我却说不出话来。

母亲再次哽咽着推回，说："带上，用得着，出远门哩。"

我硬给，来回推让了几回。母亲泪更多，给我扶了扶帽子，然后说："硬要给，就给上五元够了，给你买鞋是借你二娘的钱。你穿妈做的鞋长这么大，临走了，就穿双买的……"

第二次探家的时候，父亲没有叫我去理发，却说："该成家了，一晃，当兵都七年了，我没给你订媳妇是等你会有今天。"

我无言。

父亲点上一支烟。父亲抽的依旧是那种劣质烟，多少年了没变，变的是他比原来抽得更厉害，也多了份自在，没有像原来那样抽得拘束、沉闷。

当初父亲在我当兵走时嘱咐过我不要学抽烟。他说："你们碰上了轻松的日子，就不要抽，抽烟不好。"我也的确坚持了五年没有抽烟，可是后来还是抽了。当我给父亲递一支"洋烟"被他拒绝的时候，我想起坐在中队后面的戈壁滩上卷"莫合烟"抽的时候竟有一种坦然。也在开始抽烟的时候写过一大堆这样那样的东西。如今戴上眼镜，一圈一圈的，初次见我戴副眼镜，母亲问："那新疆，风太大，害眼神？"

我只是一笑，是不好意思的笑。

父亲却说："小子长学问了，他的名字印在报纸书上。"父亲上过初中，在他问我为什么戴眼镜的时候我说了原因。

母亲说："庄户人家，别戴了，不便。"

我说："已经不戴不行了。"

父亲说："戴吧，现在不是庄户人了，咱家就出这么一个，这是出息。"

母亲不再说，大概是她说了也没有用。

不然，母亲不同意我当兵，父亲说了那种任我选择的话我还是当兵了。何况今天谁也没有提那年的话题，这才过去七年！

母亲总是叨叨我的婚事，父亲却说："是该说这事了，如今吃公家粮，也要寻个吃公家粮的。"

我说："爹，志愿兵是工人，不是干部。"

爹说："工人干部都是拿个本本在粮店里吃粮，要寻个吃本本粮的，你有今天不容易。

我说："恐怕不好找，我是地道农村长大的。"

父亲一听，将刚刚点燃的烟往地上一甩："嫌我们了？你爹就这能耐！"

"不是！"我赶紧解释，"是别人的眼光……我是志愿兵……"

"比别人强了，你小子变了，没以前老实了。"父亲说。

我再无语。和父亲毕竟是两代人，观念和认识本来就是两回事。当我穿上皮鞋，戴上眼镜回村时，从村里人的眼光里我已感受到微妙的对照。父亲依然是父亲，但他已不再是七年前可以把当兵的意见当作两种任我选择的父亲了。他可以不提当年的嘱咐，不让我抽烟，甚至可以在我归队时给我买两条当地名烟，还是带“嘴”的，可他却坚持要我寻一个吃公家粮的媳妇。

归队上车前，父亲忽然记起什么似的，在衣袋里掏了半天才掏出一个物件递给我，是高级电子打火机。他只说了一句：“现在，人家都用这个。”他把打火机塞到我手里。火车还没有要走的意思，他掏出属于他抽的烟，用火柴点，我发现父亲的手有点发抖，点了几次才点着……

我的视线透过父亲白黑发相杂的头顶，从父亲头顶升起的灰白色烟雾中看过去，看到的是家乡的石榴山。我突然发现这山似乎没有了以前的雄伟，但还是那样的青翠……

那山没有变小吧?!

我的感情中立即渗入了许多泪水的成分。

白雪季

一

二叔离开旱塬村那天是腊月一个有九的吉利日子。那天阳光不太好。二叔临走时在塬边回头留给村人的是嘴角挂着血、一双泪眼的狼狈样子。在村人的印象里，那是二叔第一次流泪。

接近年跟前的腊月一直没有一个好日头，挂在冬日天空中的那轮白色的太阳懒懒地往旱塬村洒那些不太辉煌的光辉，尽管在接近有九的吉利日子的前两天老天爷洋洋洒洒地飘过一场大雪，但旱塬村地势高，四周又无遮拦，夜里一场黑风一刮就把土地上三分之二的雪刮走去充实塬下的沟沟坎坎了，塬上只留下一层薄薄的雪，白白地覆盖着麦地和村庄。可惜塬下的麦地不属于旱塬村，所有旱塬村的老人就觉得很吃亏，就像往年一样站在塬边，看着身边塬上没有被雪覆盖住的冬麦，看着前面塬下白纸样的田野，老人叹口气，就骂狗日的老天……

旱塬村的年轻人不把雪薄雪厚当回事，他们不骂天，可他们骂地，旱塬上剩下的三分之一的雪被冷风踩过，贼滑。

二叔不属于骂天的年纪，本来二叔也是不骂地的那种人，可那场冷风刮过之后，腊月十九的早晨，二叔早早就起来了。二叔一出门就滑了一跤，于是二叔就骂了地骂了雪，还骂了风。二叔爬起来拍了拍屁股上的雪还要骂什么的时候，二叔想起了他这天有事，这天是个吉利的日子。

二叔这天结婚。

二叔起的不算早了，比二叔起得更早的是那几个给二叔操办婚事的厨子、帮工。二叔是被帮工们操作声弄醒的。

二叔把屁股拍得山响表示对雪的愤恨的时候，帮工、厨子走了过来。厨子是本村人，厨子点着头哈着腰到二叔跟前叫了声“二爷”，问了声“早”。

二叔没有答厨子的问候，只把目光在胖厨子的脸上定了定，就把目光移开了。

“料都备好了？”二叔问。

“备好了，二爷。只是……”厨子说。

“只是什么？”

“只是没有肉。”

“没有肉？！”二叔稍微一怔，二叔想起自己没顾上这些琐碎事，二叔把目光移至厨子胖脸上。厨子刚放松的脸又慌作一团忙迎二叔的目光。

“没有肉！”厨子说。

“狗肉，行不？”二叔过了会才说。

“只要带肉腥。”

“就一只狗。还瘦。”

“只要带肉腥。”

“狗肉上席面？……”二叔说。

“只要是带肉腥味！”

二叔想了想，又说：“还是八大碗？”

“还是八大碗！”厨子说。

“那你烧滚水。等着。”

二叔说完不看厨子就走了。

厨子还没烧滚水，二叔就回来了。二叔手里倒提着一条瘦瘦的黄母狗，奇怪的是黄母狗狠劲地挣扎着却不叫唤。

二叔提着狗看见厨子连水都没烧滚，就看了一眼厨子，看得厨子的胖脸抽动了一下。二叔就在厨子惊恐的目光里把那条黄母狗抡在空中然后使劲摔在地上。那狗与雪地相撞时没有发出一声叫，只有那狗瞪圆的眼珠与血一同喷出落到雪地上时，那狗的嘴里才发出一声叹气般的响声。狗血把白白的雪染红了一大片。

厨子是用眼睛瞪着二叔的脸从二叔手上接过死狗的。二叔的脸上有一点雪沫。

二叔说了句“剥皮”后才弯腰从地上抓起一把雪，二叔用雪搓手上粘的狗毛和溅在手背上的几滴血，二叔把雪搓成淡淡的粉红色后才狠狠地甩了甩手，然后二叔去安排接新娘的轿夫们动身。

二叔催促轿夫备好轿后，回屋穿上那件藏青色的长棉袍，头上扣上锅底一样的黑礼帽，二叔坐上接新娘的轿到塬下接新娘去了。

二婶是塬下人，这是二叔两年前就相中的。二叔相中二婶后，就带着两个伙计去二婶家求亲。二婶的爹娘用二婶已定亲来推辞二叔的求亲。二叔就不多说话，二叔的两个伙计就出去了。二叔一直在二婶家坐到天黑，直到天黑二婶定亲的那个小伙子家人哭着来告诉亲家，他们的儿子腿断了来退亲时，二叔才让早已回来的两个伙计丢下一大堆礼物背着手走了。二叔一直没有对二婶家一个人施暴，二叔还经常给二婶家送些粮食。

二叔虽然是个土匪，但无论村人怎么想，二叔却没有在那年腊月十九结婚之前把二婶怎么样，村人不相信二叔会让二婶保持着黄花闺女。

但四叔信，四叔比谁都信。

二婶直到结婚时还是黄花闺女，村人的确难以置信，土匪帮里的二叔可是个二爷，世上的坏事二叔没有一样没干过的。后来随着形势的发展，二叔的土匪帮也穷途末路作鸟兽散了，于是二叔想着把二婶娶过来，二叔想钻在乡村里过日子。这时的二叔已经到了结婚连肉都没有的地步了。二叔当了一场土匪，却没有在旱塬村窝边干一件缺德事，相反二叔还救济过几个即将饿死的村人。所以村人中还是三分有二的人来参加二叔的婚礼，尽管大多数村人为的是来吃这一顿饱饭的。

太阳已经升到一竿高了，还不见二叔和迎亲队伍的影子，村人们就傻傻地站在雪地望着太阳下的塬边。太阳光把村人的影子斜斜地印在雪地上，村人们身上基本上都打着补丁的衣衫在腊月的风中起起落落，很有些节奏。

终于等到二叔和迎亲的队伍在东面塬边上出现的时候，太阳已经升到了头顶。旱塬上的雪野首先冲出一声“兹啦”的唢呐声才唤起村人的兴奋和饥饿即将解除的激动，村人在当头的日光下挪动了一阵脚步，把短短的人影子不留情地踩在脚下。

看着这么多村人迎候着满脸堆笑的二叔和抬着新娘的轿子在场屋前停下时，抚养二叔和四叔长大的三奶从人群中冲了出来，三奶扑向二叔，嘴里大骂："你挨千刀的贼，狗肚里还有一窝崽哩。你挨千刀的。"三奶是闻着狗肉香找到这里的。三奶和二叔早已没有了来往，三奶和黄母狗过着日子。

二叔微微怔了怔，就招呼刚放下轿子的四个轿夫把三奶架走。四个轿夫愣着，二叔就骂了句"吃愣球长大的。"二叔就瞪着眼推开三奶，四个轿夫就上去把三奶架住。三奶在四个轿夫的簇拥下悬空身子踢腾着那双尖尖的小脚被架走了。

三奶的骂声被二叔请的吹鼓手吹出的音响搅烂，随便地掉在雪地里让等着吃喜席的村人踩在脚下，发出"吱吱"的叫唤声。

二叔不顾许多，二叔只吩咐请来的帮工们布置桌凳准备在雪地里拜堂成亲，然后开席。

待一切布置好，其实就是摆个桌子、凳子。二叔在主持婚礼的人高唱下从轿子里拉出二婶开始拜堂成亲。那时，天空中乳白的太阳似乎跳动了一下，不太强烈的太阳光线正好照在二婶的身上。二婶按农村嫁女的打扮穿着一身红袄裤，头上盖着红盖头，人们看不到二婶的面目。村人把目光投在太阳正好照着的二婶身上，二婶身上的红棉袄像一团火，也燃着了村人的目光。二婶穿的这件红袄是二叔早年从远村一个地主的出嫁女儿身上脱下来给二婶备下的，二婶家穷没有能力备上这么鲜艳、这么崭新的红绸袄裤。红袄很合身的紧绷在那年已成熟的二婶身上，二婶胸前就顶起两座像天上太阳一样圆的包，只是没有太阳那么大，却比太阳红。村人中有不敢看二婶胸前那两个太阳的上年纪的人，村人中更有热烈地把目光往那两个太阳上黏的上年纪和没上年纪的人。村人的目光最终黏得二叔来了火，二叔是在那些往二婶胸前粘的目光尤其是上了年纪的人的目光里动气的。二叔扫了一眼破烂装束的村人，二叔就把火放在了也用目光黏二婶胸前两个太阳的主婚人身上："看你娘作甚?"

主婚人梦中醒来一般慌了慌，随即扯开嗓门，像公鸡一样唱着：一拜……二拜……三拜……

四叔就是这个时候出现的。四叔身后跟着四五个和村人一样装束的人，与村人不同的是这些人肩上都挎着一杆枪，枪在雪天的旱塬村里出现很耀眼。更何况那枪上还有和雪一样亮的刺刀。

村人一见耀眼的枪，身子就往后缩。

这时狗肉的香味早已开始弥漫在这个没有围墙的大院里，并无限地往旱塬雪野的每个角落漫去。好多年没有这么浓这么香肉味的旱塬村被突如其来的肉香熏出了异味，那是村人在看到四叔身后有背枪的那些人后闻到的。

四叔抽动一下鼻子深深地吸了一口香气，四叔将吸进的气吐出后才说出那句让二叔心冷冷地抽动了一下的话的。

“魏保财，你跑不了了！”四叔是这样说的。

四叔这句话虽然使准备入洞房的二叔心抽动了一下，但二叔毕竟不是干过一般职业的人，二叔自听到这个出自他亲兄弟熟悉的声音，心抽动了一下之后，二叔就在心里估量了一下眼前将会出现的情形，二叔就想起了早上刚睡起来滑的那一跤，二叔也就想到了自己的处境，二叔就在村人的缝隙中搜寻脱身的目标。那年已是新中国成立后的日月，不同于以前。二叔脑子里迅速闪过一个念头之后，就顾不得揭开二婶的盖头看一眼还没来得及入洞房的新娘。二叔就拔腿往村人堆里窜。

四叔和那几个背枪的人大概早就防备着二叔的这一手，他们把肩上的枪取下枪栓拉得“哗啦”响的同时已一窝蜂上去将二叔围在中间，几条枪同时顶在了二叔的脑袋上。

将二叔困住后，四叔才一心一意醉心于好多年没有闻到的肉香味中。四叔还没顾得上把肉香味吸进鼻子好好品尝一下。这时的四叔就非常有劲地深吸了几口香气，让肉的味舒坦了肺部及全身，四叔在肉味中感觉突然肚子很饿，四叔强烈地压抑住肚子的饿劲，得意地扬起头看了一眼愣站着的村人，四叔的心在村人的目光里得到满足后，才很“大义灭亲”的说了一句：“魏保财是土匪，政府抓他。”

四叔说这话的时候不看二叔，却多看了几眼蒙着盖头的二婶。四叔就只看到二婶胸前那两个太阳，四叔看到二婶那两个太阳时喉头忽的热了，四叔就闻不到肉香味了。

二叔毕竟见过大场面，二叔在枪的威逼下很稳重，二叔看到四叔的目光不住地往二婶身上扫，二叔就在枪口下咬了咬牙，二叔咬牙的声音很响，村人都听见了，但四叔没听到。

四叔得意地扫了一眼二叔，四叔往人堆外一指：“那就是政府。”

村人包括二叔都回头一看，有一个穿着长礼服的人站在雪地里，人们只注意了眼前发生的一切，没有想到“政府”一直站在后面。

“政府”是在四叔的话音落后才走进人堆里的，“政府”站在二叔跟前盯了二叔一会，才问：“你叫魏保财?”

二叔不语。

二叔这时的目光很吓人，村人没见过二叔的这种目光，人堆里有村人畏二叔这样目光的就悄悄退了，几个二叔请来的帮工也慢慢往人堆里退，他们想退得离二叔越远越好。

“政府”看了一眼村人，“政府”又问二叔：“你是土匪?”

“知道还问?”二叔是盯着“政府”说的。

两个背枪的人上去就给了二叔几枪托，有一枪托砸在二叔的脸上，二叔的嘴角涌出血后，二叔半个脸才紫青了。

“政府”挥了挥手，制止住两个背枪的再动手。“政府”把目光往二婶眼前搁。“政府”毕竟是“政府”，只看到红盖头就收回目光搁在二叔半个没紫青的脸上。

“抢的?”“政府”问二叔。

“娶的!”二叔说。

“霸占的。”四叔说。

“政府”看着很平静的二叔点了点头。

四叔见“政府”点头，四叔就又说了一句：“霸占的良家妇女。”

背枪的就上来推二叔。二叔反抗，背枪的就上去踹了二叔一脚，背枪的看了看二婶，看到红盖头，背枪的上去又踹了二叔一脚。

二叔不顾背枪的踹，二叔冲过去冲到二婶跟前，二叔伸手揭了二婶头上的红盖头，二婶就很耀眼的亮在了冬阳下。二叔及村人还有四叔都看到二婶的脸上挂着泪，泪在冬阳下闪着光流动。

四叔呆了呆，在呆过之后上去推了一把二叔。

“走!”

二叔就这样被四叔带着“政府”和背枪的人带出了旱塬村。

二

四叔是天擦黑才回到旱塬村的。

旱塬村还被狗肉的香味笼罩着，四叔闻着狗肉的香味把雪踩得“吱吱”响着就站到了二叔的场屋前。

四叔大声唤了一下像狗一样守在煮狗肉锅边的厨子。厨子吓了一跳，惊怔之后，厨子马上往脸上堆笑。

“四掌柜的。”

“叫我村长。”四叔说，“我被政府任命当旱塬村村长了。”

四叔是由那个被四叔称作“政府”的人任命当村长的。当时四叔不太信有这样的现实，直到“政府”写好公文在上面盖上那个鲜红的官印后四叔才呆了。四叔知道官印是最有用的，但四叔没想到政府会让他当村长。四叔从“政府”手中接过写有自己大名有官印的公文后，四叔手抖了抖。四叔没忘了问政府一句话：

“那有奎的村长？”

“免了。”“政府”说：“罗有奎没你有功劳。”

那年月正是清匪搞土改的时候。

四叔一个后晌就当上了村长，四叔就知道抓二叔抓对了。此时四叔就掏出那张公文纸，在厨子眼前一晃，很宝贵地收了装好后，四叔才说：“新中国成立几年了，我们也该管家了。”

厨子不识字，也没在四叔那一晃间看清那张纸上写些啥，厨子只是见有一个红圈在眼前一闪，厨子就抽了一口气，他明白那是官印。“村……长，狗肉给您老留着。”厨子说。

四叔早就被狗肉味熏得肚子发烧，这大半天没吃东西，先前的饿一下显得更厉害。四叔急急往锅里投去目光，厨子手忙脚乱地就捞肉。四叔就势往地上一蹴，接过一根狗后腿狠狠地啃了一口。

“咸了。”四叔咽下一口肉时说。

“咸压腥。狗是母狗，肚里有崽，腥浓。”厨子说。

厨子说话时心跳得一点都不正常，狗肉咸是厨子在二婶下轿后他只顾看新娘，看得手心发烧就不由自主地多抓了一把盐丢进了狗肉锅里。

四叔嘴里塞满了肉，四叔顾不了许多，咸对于四叔来说不重要，重要的是四叔要狠劲地吃。待四叔啃完一根狗后腿开始啃第二根的时候，四叔想了想，便吩咐厨子捞几块狗肉给三奶送去。四叔说不要捞后腿。四叔说肉煮得很烂。

厨子去了，过会就端回肉说三奶不吃，三奶看到狗肉就不住地流泪，三奶流着泪还骂了二叔一句：“挨千刀剐的。”

四叔停了停啃嚼，就说：“不吃，省着。你也吃。”

“不敢。”厨子对村长说。

“叫你吃你就吃。”

厨子才抓过一小块肉吃了再不吃。四叔再叫吃，厨子就说“还是您老吃。”其实厨子早就啃了一个狗腿，厨子是在二叔被带走村人散后吃的。厨子当时庆幸没有人来抢狗肉。但是厨子吃得一点都不开心，厨子吃狗肉时心一直颤颤的。

厨子说：“有酒，是二爷……不，是那个土匪留的一坛酒。”

四叔兴奋了，连说拿过来拿过来，吃狗肉喝酒，天上神仙的日子呢。

厨子就去里屋抱出一个土陶罐来，给四叔往碗里倒酒，四叔接过碗一口将酒喝干，四叔全身热热的。四叔满足地舔了舔嘴唇。

四叔见厨子这么忠实于自己，四叔更肯定自己是村长了，四叔一兴奋，就又干了一碗酒，四叔就把一块舔尽肉的狗骨头往地上狠劲一扔，说：“以后就跟着我。”

厨子就差点没跪下，厨子把头弯到裆部连声应答着。

以后，厨子就跟了四叔，跟在旱塬村村长的身后。

四叔先前曾投奔过二叔，四叔不会做农活，四叔看上了二叔他们随吃随喝随嫖的日子。二叔没要四叔，二叔知道四叔好吃懒做不是个下苦力的坯子，四叔就骂了二叔一声“土匪”，二叔就甩了四叔一个巴掌，从此四叔就记恨二叔。四叔也不照管日见衰老的三奶，到处游逛混日子，四叔混得不如意就越发恨二叔。

四叔咽下两条狗腿外加一个狗舌头后，灌进肚里的三碗散白酒烧得四叔全身燥热像洗热水澡一样舒坦，四叔从没这么舒坦过。四叔连打了三个喷肉臊气的饱嗝后，又挤出四个硬屁，四叔才拍了拍鼓胀的肚皮，四叔说真他妈的过瘾。

厨子再劝四叔喝酒的时候，四叔没有理厨子，四叔站起来踢了一脚地上的狗骨头，踢得厨子又是心一颤。骨头挪了个地方发出尖利的脆响，像铁器一样。

四叔很渴。四叔站起来身子有些摇晃，四叔不断地站在原地倒着碎步子才站得稳些。四叔被初次酒肉充足的生活滋润得发晕的时候，连骂了几句“他妈的”，四叔骂过之后，热乎并不减退，四叔被热渴折磨得痛苦又快活。四叔睁圆眼问厨子：“新娘呢?”

“一个人在洞房里。”厨子说。

村人实在，嫁女如泼水，收不回去，二婶是嫁到旱塬村作二叔新娘的。

四叔说：“亏了她了。”

厨子说：“嫁出的女，没法，得顾妇道。”

四叔就越发渴，四叔就咬着牙骂了二叔一句：“驴日的老二。”

四叔骂二叔的时候，并不觉得轻松，四叔只觉得吃饱喝足了人还有痛苦，四叔不想被这种痛苦再折磨，四叔就有了想法，四叔思虑着想法的时候很得意地一笑。

四叔笑过之后就走到雪地。此时天已全黑，天空没有月亮，只有几颗不太亮的星星挂在冬夜的空间里看着雪地上热乎乎的四叔。

四叔就向二叔的洞房那边晃去，四叔晃了几步就停下，四叔剜了一眼跟在身后想扶他的厨子，四叔问：“做甚?”

厨子说：“村长喝多了。”

四叔骂了一句：“放你娘的屁。”四叔还要骂，想起自己是村长了，四叔就不再骂。四叔于是就对厨子说：“明天你到塬下买个铜锣，越大越好。”

厨子傻看着四叔。

四叔上了火：“傻×，明后晌要敲锣唤村里大小聚合，我宣布政府的任命书。”

厨子才慌忙点头。四叔说了声：“去吧。”四叔没醉，四叔只是很渴很热。

三

四叔踏进二叔的新婚洞房。四叔摇晃着身子。

二婶坐在柜子前打盹。跳动的红烛光把二婶的身影印在墙上，一上一下地晃动。二婶依然穿着那件红袄，红袄紧紧地裹在二婶身上。

屋子有些凉，四叔却热得全身冒汗。四叔进屋后没顾得上别的就是先揉了一下迷糊的眼，揉过眼之后四叔就把清楚的目光投到二婶脸上。

二婶哭过。二婶两眼像熟透落地的烂桃似的。四叔就更渴更热。四叔从二婶脸上的红眼窝里看到了二婶撩人心魄的力量，四叔还看到印在墙上二婶的影子一上一下地晃动，晃动得四叔心里发慌。四叔还看到二婶胸前两个红红的山包，四叔喝的酒就直往头上涌，涌到了顶端没路了就活活折磨四叔。四叔全身心不舒坦，四叔把二婶往眼睛里装满装足后他的身心就越发难受。四叔很渴，四叔很热。四叔受不了，四叔被身体折磨得想死想活。

四叔终于抵制不了身体中折磨人的那股力量，四叔像在沙漠中渴极了的狼见到泉水一样扑过去，就用两臂紧紧箍住了二婶，四叔知道二婶能解渴，二婶会像冰一样吸收他身上的热量，可以使他解除眼前难以摆托的痛苦。四叔大张着嘴把自己能贴的地方都往二婶身上贴。

二婶在惊恐中本能地挣扎着，二婶像被网住的鱼一样挣扎着，但二婶总也挣脱不了四叔的网。二婶撕扯着网，二婶用牙咬着网，二婶最后还是被网的主人撕开了美丽的像鱼鳞一样在烛光下闪亮的红袄，二婶那时就没劲了，二婶就什么也不知道了，二婶又在梦中睡去。

四叔任意摆布了二婶完成了他的想法。四叔有些仇恨地摆布二婶，四叔又有些复仇的快感摆布二婶。当四叔在摆布二婶发现二婶流血时，四叔就清楚了许多，四叔在惊怔之中找到血源，四叔在得意过后的那一刻感动了。四叔就忘了那年投奔二叔时被二叔打的那一巴掌。于是四叔也就有了新的想法，四叔感到该过日子了，四叔想到自己是村长了该有个知冷知热的家过日子了，反正二婶也没有做过二叔的人，二婶又是用轿子抬到魏家的。四叔是这样想的。

四叔在这样的想法里舒坦地过了一夜。

二婶是快天亮时才醒来的，二婶醒来后把梦中的故事回忆了一遍，二婶看到眼前的事实，二婶就去死。二婶是乡间女子，知道乡间女子该咋活。

二婶没死成。二婶被一夜守在屋外窗下舍不得离开的厨子救下了，二婶是光着脚跑出屋子去跳院落里的枯井的，辛苦一夜的厨子如梦初醒冲过去抱住了二婶，厨子抱二婶抱得很紧，厨子冻了一夜的身体一下热得发烫。

厨子抱住二婶在井台边的时候，四叔睡得正香。四叔是被二婶悲凄的哭声叫醒的，四叔从舒坦中惊醒提着裤子冲出屋，四叔看到眼前的情景才舒出一口气，四叔就一手提着裤子一手在厨子的胖肩上拍了拍。四叔这样拍厨子，厨子很感动，是当村长的四叔轻轻地拍了拍，厨子守了一夜的冷冻、焦渴被村长的轻轻一拍化解了一半。

四叔和厨子把二婶弄回屋子，四叔一直劝到二婶不哭不闹，四叔才说："跟我过吧！"

二婶不语，二婶的身子一抽一抽地动，二婶的眼窝更红。

厨子说："四爷如今当村长了。"

四叔瞪了一眼厨子："新社会，叫爷？"

厨子见四叔并不发怒就连说："叫村长，叫村长。"

二婶不语，只是二婶的身子没先前抽得厉害了。

四叔说："昨黑。怪我。酒烧的。跟我过，日子不会亏。乡间，咋也是过。"

二婶不语。

四叔又说："好歹我也是村长了，日子顺些。"

厨子说："村长是政府任命的，有红官印。"

四叔看了厨子一眼，目光里满是赞许。

二婶就看了一眼四叔。四叔看到二婶眼睛更红。四叔一看到红，四叔就全身冒热气。

厨子又说："二……不，魏保财是土匪，叫政府带走了，政府还能饶他？"

四叔就看着二婶，看二婶脸上的颜色。

二婶就又看了一眼四叔，二婶碰上了四叔的目光，二婶就低下了头。二婶惶惶地看到四叔长得也周正。

四叔见二婶又看了一眼，四叔就看到了昨黑的生活，四叔看到昨黑自己被感动，四叔就想着一定要把这生活过下去，一定要过下去。四叔就又有了想法，四叔知道二婶能够又看自己一眼就有可能过上这日子。

四叔就对厨子说："你就当村上的民兵连长吧，管些事。"

厨子傻了傻，随即领会了四叔的意思。厨子两腿抖得没一点劲，软软的就要往地上跪。

四叔就瞪了一眼厨子："新社会，还民兵连长呢，管武事呢。"

厨子就站直，像个管武的一样，挺了挺胸。厨子心里不亏，昨个狗肉伺候的好就成了村长跟腿的。今个抱住了跳井的女人，就当了村里管武事的民兵连长。厨子有些梦里一般，虽然昨晚一夜受冻，但厨子心里知道他不吃亏。

四叔让厨子当民兵连长时，二婶又看四叔一眼，四叔见这样，四叔便有了更新的想法。

四叔就对厨子说："立马宣布政府公文。"

厨子说："我跑着到塬下买铜锣。"

四叔说："买个×？这时光。"

厨子看了看天，天才大亮没多久。

四叔思谋好，就说："民兵连长，你留下，照顾她。"

四叔让厨子看着二婶，怕二婶还想不开。

民兵连长明白自己的任务后，觉得和村长贴近了不少，就问四叔："唤村人，用什么敲?"

四叔说："你只在这，我找个破盆子敲敲就成。"

四叔就看了一眼二婶，给民兵连长使了个眼色，民兵连长心领神会没先前笨了，因为他知道自己是民兵连长了。

四叔去寻盆子，二叔的场屋里没有能敲的铁盆子，二叔只备了一些吃食。锅灶和一些简单的柜柜箱箱，二叔还在屋里盘了一个大炕。灶间只有一些土陶盆罐之类，四叔抓起一个土陶盆，用昨黑啃过的狗腿骨试着只敲了一下，陶盆就碎在了脚下。

四叔再寻不到能敲响的盆子。四叔也不好这会就去问前村长罗有在奎要那面铜锣，四叔就想起了三奶的屋里有一个铜盆。那铜盆还是二叔有一次打劫了一个地主，二叔的手下提来了铜洗脸盆给二叔当尿盆用的。后来二叔一次心发善就把那个值钱的铜盆给了三奶洗脸用。三奶洗刷过也是洗脸用，后来三奶嫌铜盆太亮洗脸时能照出人脸，不如陶盆忠实，三奶就也用铜盆作了尿盆，反正是在晚上用，天黑。四叔找到那个铜尿盆时，三奶睡着还没起来，三奶的屋里像坟墓一样静。三奶年轻时就死了男人，三奶没生娃，她就把饿死和病死爹娘的二叔、四叔拉扯大，但二叔、四叔长大后没一个和三奶过日子，三奶就养了黄母狗一起过日子。二叔当土匪那阵，有时还打发手下给三奶送些粮食，三奶就和黄母狗没饿死一直活着，黄母狗被二叔摔死作喜席，三奶气闷伤心就一直睡着没起来。

四叔进屋，三奶醒了也不理四叔。四叔到炕前从地上端起盛有尿的铜盆就走，三奶却问“做啥?”四叔不答出门就把尿泼在院子里的雪地上。尿把雪地上染了一大片黄色。

四

四叔提铜尿盆用多狗腿骨在村子里敲了三遍后，村人就拉开院门看着四叔耍猴的一样。有个村人手里提着裤子从门缝里探出头问了一声四叔：“做甚？敲这响?”

四叔底气很足地喊：“都到村头大槐树下聚合，政府有话。”四叔没当过差，这才想起该喊，前面白敲了三遍铜尿盆多吸了些尿臊气，村人这么一问，四叔才开始一面敲铜尿盆一面喊着：“都到村头大槐树下聚合，政府有话。”

村人好不容易才聚集。村长有奎也在村人堆里。有奎见魏家老四没经他同意便敲盆聚合人很生气，有奎手提铜锣上前质问四叔。四叔从衣袋里掏出昨个政府写的公文递过去。有奎伸手欲接四叔没给，四叔只拿在手上让有奎瞄了一眼，四叔也给围上来的村人瞄了瞄，四叔就把公文叠好装袋里怕人抢似的用手捂着衣袋。有奎已经拉下脸背过身走了，有奎分明是在雪地踩出“咚咚”的响声而没有一点踩雪的音响走的。

四叔就看了一眼有奎的背影，四叔不管有奎踩雪的声音怎样往耳朵里钻，四叔就又提起铜尿盆用劲地敲了几下才大声说：“政府任命我魏有财当村长了，以后有甚事便寻我。”

村人哗然，但有围上去的村人瞄到了四叔公文上那个鲜红的官印，村人还是信的。

四叔不会发表就职演说，四叔也不想多话，四叔提上铜盆狗骨就走了。

四叔心里想着二婶。

四叔回到屋前。四叔老远就闻到了屋里飘过来一股肉香味，比昨个的迷惑人，四叔就看到了昨黑，四叔就慌乱地把雪踩得乱叫着进了屋。

四叔进屋看到炕边上放着一陶盆冒香气的狗肉，四叔就看二婶，二婶就把目光避开了，四叔就看民兵连长，民兵连长早已从炕边沿上挪开了屁股。

二婶看了一眼四叔，二婶说了话："回来了，吃饭。"二婶说完就拿碗忙手上的事了。

四叔惊怔地站着，四叔看着二婶的背影。四叔喜不自禁，四叔全身呼的一下热了个透，四叔有些冲动了。

二婶就成了四婶。

二婶是在四叔敲响铜尿盆时想通的，二婶想通时流了一串泪。二婶是个女人，是个普通的农村女人，二婶是二叔用花轿抬到旱塬的，二婶自二叔那年求婚打伤订亲的小伙子并经常接济自己家里使自家没饿死一个人时已认了女人的命，二婶也从拜过花堂男人却被抓走没入洞房而又让四叔破了身寻死不成中认定了村女的命，二婶从四叔敲铜尿盆的声音中认了重新往下活的命，二婶从这间小屋和在这小屋头一夜的时间发生的一切中认了在这间小屋活下去的命。二婶从娘家嫁出了不可能再回去。二婶从第一眼正眼望四叔时就看出了四叔要比二叔强些，从一个是土匪一个是村长中认定了人活着的日子。虽然二婶知道四叔是咋当上村长的。

二婶就这样认了做四婶。

四叔也吃出了那天他宣布完自己当上村长后回屋吃的狗肉比民兵连长煮得有味得多。四叔平生吃了一回那样有味的狗肉。四叔太满足了。

五

四叔最后一次见到二叔是腊月完了，四叔真正过了一个舒坦的正月年后。

那时地上的雪化得只剩下背对太阳的阴坡地里发白了。旱塬上雪薄，虽然冬日的阳光没有几丝热量，但近一月的日头也就把雪慢慢吞吃了。过了正月大年，风不再冷，但无遮拦的旱塬上风却凉，村人们大都窝在屋里还享受着过年的气氛，那时日的年没甚过头，可村人看重过年。四叔过了一个好年，四叔当了村长也吃上了白米细面，四叔也有了四婶知冷知热、知饿知饱地伺候着，四叔平生第一次过了个年也就过出了年的滋味。

起先，村人也嚼过二婶变四婶的舌头，也嚼过四叔变村长的舌头，但没有嚼得比四婶的响。村人嚼舌头能嚼出村人一生的命，村人看着四婶像个村妇一般里里外外操持一个家，也不见四婶阴着脸的时候，四婶见了村人也唤声伯哥婶嫂之类，唤着和四叔一样的辈分，四叔又是村长，村人说四婶也是村长的女人呢，村人也就自然不再嚼舌头了。只是过年时，民兵连长在自家招待村长和村上一干人在家喝酒时，一个和四叔同辈的组长开玩笑说起四叔四婶。那是他们喝了酒后，四叔也就趁着酒兴说二叔被抓走四叔当上村长关键性的那夜里的事，四叔说得几个人全身燥热，四叔着重说了四婶那夜才见红的事，大伙全不信，四叔就说原先他也不信二叔那土匪甚事不干还能让四婶嫁成黄花闺女，四叔说可四婶是真的，那夜里四叔没喝多。大伙看着四叔说四叔有福相，白捡了个舒坦的日子过，又是四婶那样俊俏的女人，四叔就合不拢嘴地笑。但那个小组长仍不信四婶是黄花闺女嫁过来的，四叔越强调小组长越不信，四叔就上火了，四叔后来就作为一个村长掀翻了酒桌。

过后，村人中传开四婶是黄花闺女嫁过来和不是黄花闺女嫁过来的闲话。四婶听到耳朵里伤心地哭过一回，四叔就开了个会撤了那个小组长的职务。

四叔见到二叔是在县上召开公判二叔等一干犯人的会上。四叔本参加不上那样的会，四叔是作为大义灭亲的典型代表被邀请参加的。那时四叔实在不想见到二叔，四叔不是觉得愧，四叔是想着有二叔那样的土匪哥哥丢他村长的面子。

二叔被抓走后一直在县监狱。四叔见到二叔时是在公判大会的台子上，二叔很像个人地站在台子上，四叔差点没认出来。那时候的公判大会多，旱塬村离县城一百二十多里地，村人是没有闲工夫跑去看公判大会的。四叔是典型代表还坐在台子上。

二叔被宣布判了无期徒刑押往新疆劳改。二叔接受完宣判和台下一片打倒呼声之后回头看了四叔一眼。

四叔是县长让大义灭亲的典型上去声讨二叔罪行的，四叔站在二叔跟前站在万人的公判大会台子上讲了二叔当土匪的种种劣迹，四叔没有忘记给二叔的罪名加上霸占良家妇女和摔死三奶黄母狗办喜席的罪行。如何霸占妇女的恶劣行为是四叔临时编的，那时四叔已当了近一个月的村长，四叔会讲话了。四叔讲了如何虐待四婶及四婶全家而没讲二叔接济过四婶的全家，没讲四婶是个黄花闺女嫁过来的。

四叔讲完。在台下人堆愤怒声讨声的掩遮中，二叔小声对四叔说了句“你嫂子是好人。你要……”

二叔没说完，四叔就骂了二叔一句“土匪”。本来四叔准备还要给二叔一巴掌还了那年投奔二叔当土匪时挨的那一巴掌，可四叔没打，四叔知道政府不允许打人。

四叔没想到公判完二叔一干犯人后，二叔被解放军推着下台时又回头看了一眼四叔，二叔的目光没有一丝恨意，四叔就听到自己的心猛地很大响声地又跳了一次。

二叔就这样走了。二叔去了新疆劳改。

那年二叔二十八岁。

剩下的是四叔和四婶过日子。

村人的日子是早作晚息，整天都为了填肚子而在这个世界上忙碌着，没啥规律而言。

四叔是村长。四叔整天背着个手春夏秋冬都是把衣服披在肩头在村里各个小队里转，四叔后面跟着当民兵连长的厨子，厨子也学会了当民兵连长，只是民兵连长没事可管，他就每天跟在村长屁股后头转。

四叔从村里走过，村人碰上都和他打招呼，村人问声“村长来了”或“村长吃了”，四叔便答“来了”或“吃了”，四叔答得很简单。有年长的村人见了四叔便问“有财来了”或“有财吃了”，四叔便不高兴，四叔便甩一下肩把披的衣服抖一抖，四叔嘴里只“嗯”一下走过。四叔身后的民兵连长却要说一句“村长是来检查收成的”或“村长是来检查播种的”，民兵连长把“村长”两字咬得很重，不管村人怎样看他，民兵连长说完就跟上四叔走。

四婶贤惠，成为四婶没几天，四婶就把三奶的灶合在了一起。四叔四婶仍旧住二叔的场屋，三奶住原来的家，相隔几步路。三奶每天待在场屋里吃饭做些小家务活晚上回家睡觉，也是四婶每天早早过去给三奶烧好炕铺好被直到伺候三奶睡下。三奶起先不愿合灶，三奶抚养二叔、四叔长大却没有得到他们的报答，三奶已和二叔、四叔没关系了，但三奶老了，三奶经不住四婶的软磨，就合了灶。三奶过上了日子，四婶也有了说话的人，四婶很少和四叔说话。

过了一年，四婶生了个女孩娃，女孩娃取名菊花，是九月菊花开时生的。三奶像当年爱二叔、四叔那样爱女孩娃菊花。

四叔有了村长的派头后，早已不用那个铜尿盆聚村人，四叔让民兵连长到塬下买了个大铜锣，大铜锣不用时就挂在民兵连长的胖屁股上，一走一响。那个铜尿盆被四婶用草木灰刷了五遍送回三奶屋里给三奶当尿盆，三奶看着闪着黄光的铜盆说不用了，三奶已换成了土陶盆盛尿，三奶说铜盆尿水响声太大太亮就把铜盆给四婶和菊花用。四婶看着铜盆当尿盆可惜，四婶就当洗脸盆用。每天早上，四婶洗脸时，亮亮的铜盆上便闪着四婶姣好的面容，这时四婶心里就一阵难受，但四婶一直用铜盆洗脸。

政策下来，农村不再搞互助组。政策下来，农村不再搞合作化。政策下来，农村开始搞人民公社。那时四叔还没当上几年村长，四叔就叫民兵连长敲锣在村头大槐树下聚合，四叔一次次宣布政策。后来四叔改成村主任，本来大队要设大队支书，四叔不是党员，旱塬大队又太小就先不设，旱塬大队还是四叔说了算。村人好说话，政策说咋干就咋干，四叔不用费劲就把旱塬村大队从合作化搞到人民公社，搞得有声有色，四叔觉得搞这些不费一点劲。搞公社开始，收锅收粮，办食堂，大家像一家人一样在一个锅里吃饭，在一起种地收割，倒也红火。那时四叔的权势大增，连村上的老辈见了四叔也不直呼四叔的大名了，村人们见了四叔都说“村长来了”或“村长吃了”，那时的四叔一般不作答了，身后的民兵连长就答“主任来了，检查工作”或“主任吃了”。如果哪个村人问四叔时是叫的“主任”，四叔便会作答的。

这时的四叔很满足，叫个主任和公社主任、县政府主任一样，是主任比村长好听。

四叔认为旱塬大队甚事都好办就是划阶级成分的事不好搞，四叔把全旱塬村大队新中国成立前的地主全划成地主还不够数，旱塬村原来的地主和长工的日子差不了多少，旱塬村靠天吃饭，旱涝都没好收成，只有老天和气才能不至于饿死，旱塬村有年干旱没收成有个小地主还饿死了老娘。要划阶级成分，贫农、中农好划，就是地主、富农不好划。四叔完不成公社下报的地主、富农名额，四叔就想到了前任村长罗有奎，罗有奎下台后一直不听话，一直顶着四叔。四叔一提罗有奎划地主，民兵连长支持得不行，民兵连长被罗有奎当面骂过狗腿子。民兵连长在四叔提出要划有奎地主时不说有奎骂过他狗腿子，却说有奎骂过四叔这个主任。四叔问咋骂的，民兵连长说："骂主任，骂主任当村长是……"四叔不叫民兵连长再往下说，四叔摆摆手说："划！罗有奎地主。"就这样报到公社。原来那个让四叔当村长的"政府"现在是公社主任，公社主任在旱塬大队划成分报表上批了字打了回来，公社主任说有奎怎能划地主，有奎的爹在抗日时是支前模范，后来在解放战争时还要当模范可叫炮弹给炸死了，不能把地主划到罗有奎头上。四叔到公社说实在完不成地主名额了，公社主任就大笔一挥免了旱塬村大队还剩的两个地主名额。

四叔带着民兵连长在旱塬村大队又转了几年，四婶没间断过就生下了大壮、桃花、二壮、杏花、梨花和三壮。四婶生下这一堆一个比一个矮一头的孩娃后，大跃进开始好几年了。为了跃进，大炼钢铁，修大寨田，靠天吃饭的旱塬村大队的几个大食堂的大锅里一天比一天稀了，一天比一天绿了。几年光景下来，四婶参加生产队劳动修大寨田，又一连生了七个孩娃还要顾七个孩娃的饭食，又吃食堂饭虽然四叔是大队主任，可四叔不顾家，四婶顾家、顾老人三奶、顾七个孩娃，四婶生了七个孩娃少了许多精血，四婶又辛苦又劳累，四婶瘦了一半，可四婶依然很耐看，只是四婶胸前的两个像太阳一样隆起的包像没有装东西的布袋一般再也没有太阳的殷实、饱满和辉煌了。

后来旱塬村大队饿死了一些浮肿的老弱病残，大食堂就办不下去了，各家又吃各家的饭，但并不见得谁家的锅里就稠些。本来四叔家锅里能稠些，可四叔家孩娃多，嘴多，四叔家锅里照样稀。

四婶早就被卷进了锅里的稀稠里去了，四婶把当年嫁过来的琐碎事搅在了每天打发三顿的稀稠里了。四叔有时还得意，还躺在炕上看着身边躺着的四婶，就想起那年那个冬雪季的那个夜晚，但四叔也想的不那么细致了，四叔被满炕的人和满屋各种各样的呼噜声搅碎着回忆，四叔还要带着全大队人抓革命、促生产、兴修水利、垒大寨田。

那时的四叔已把村主任当得相当熟练了，但四叔的旧毛病老犯，四叔光想着吃好的，四叔是村主任不用干活，他就想着吃好的。四婶没法给四叔伺候好的，四叔就不是前几年的四叔了，四叔当了村长、大队主任，四叔有了脾气。四叔脾气一上来，有时就动手给四婶几下教训，四婶也像别的村妇一样，很女人地挨男人的打，然后委屈得哭一场，然后照样下田出工，照样顾锅里的稀稠。后来四婶挨了四叔的打也回过一次娘家，四婶到娘家没住上半天，一串七个孩娃就来找四婶要饭吃，四婶就哭着回来，四婶又开始操持锅里的稀稠。

四叔的恶习隔日见涨，四婶受的委屈就越多。三奶看不惯四叔对待四婶的行为，三奶不怕四叔，三奶看不惯有时就和四叔吵。三奶总吵不过。

又一个冬雪季，只是雪不厚，收成越来越不行，还能吃饱五谷杂粮的四叔想起了好多年没吃过的狗肉了特别是四婶做的，像那年那个冬雪季的早上四婶做的狗肉了，四叔越想就越想吃那个味。四叔就带上民兵连长在满村子里寻狗。那年月人吃不饱，狗就瘦得不成样子，四叔和民兵连长在塬边一个小队人家的屋后寻到一条黄狗时，那狗已连走路都费劲了。四叔叫民兵连长用枪打。民兵连长胆小，看着那狗的目光不敢开枪，四叔就一把夺过枪骂了一句“松包”，四叔就举枪打狗。四叔看了《地道战》《英雄儿女》电影有十三遍，四叔也知道枪咋打，可四叔打了三枪也没打中狗。那狗也跑不动每次枪响都只是发一下抖却不闭眼地看着四叔他们，四叔不再打却冲了上去用刺刀捅那狗，第一刺刀上去捅到狗的肚子上，那狗走不动路了竟叫了一个很大的声音，那叫声吓了四叔一大跳。四叔连着用刺刀捅，那狗后来就一声不叫了，四叔就看到刺刀捅过的狗身上红红的血往雪地上流，四叔看到血就一下看到了那年冬雪夜二婶的血，四叔全身就热了，四叔就叫民兵连长提上狗留下一路的血滴回家。

那年月，四叔提条狗回家，全家欢喜，四婶的脸上也有了光。四叔吩咐民兵连长剥狗皮，准备柴火，叫四婶赶快煮狗肉，四叔要四婶煮出那年那个冬雪早上的肉味。七个孩娃也都充满希望地围在锅边，四叔不停地来锅边看肉，孩娃碍了四叔的路，四叔就没有像先前那样踹上一脚，四叔心情很好，四叔只想着狗肉的味。

四婶把狗肉煮好，民兵连长也回家拿来一壶白酒。四叔就又看到了那年那个冬雪夜和那个早晨的美好。四叔抓过酒壶，四叔不顾烫从锅里捞出一条干瘦的狗后腿就啃，四叔啥也不顾四叔只用劲地撕扯着狗腿上的肉。四叔好不容易撕下一块肉急不可待地吹着气大嚼起来。四婶、民兵连长和那七个孩娃咽着口水把目光都聚在四叔的嘴上。

四叔没有把那狗肉咽下，四叔是在众人的目光里把那口肉狠狠吐到地上，四叔吐掉肉脸上不透亮了。大家吃了一惊，四叔是在大家惊讶的目光里上去给四婶一脚的。四叔在这个冬雪季没有尝到那年冬雪季的味，四叔的美好感觉没有了，四叔上火了，四叔就又踹了一脚四婶骂了一句：“驴日的，想毒死老子。”

四婶跌坐到地上，用手捂着腿疼的地方流下了一串辛酸的泪。四婶为了节省，连狗胆也煮上了，四婶想苦胆也是肉，四婶在四叔的催促中将苦胆和肉煮在一起了，四婶先前想着苦胆和肉分开煮的，但四叔催得紧，四婶忘了把苦胆和肉分开。

七个孩娃不懂事，他们在四叔骂四婶时围上去就捞锅里的肉吃，他们不嫌苦，他们肚子缺食，何况这还是一锅飘着香味的肉。

四叔见七个孩娃抢肉吃，四叔气极，四叔上去一脚就踢倒了近处的大壮。四叔见大壮倒在地嘴里上还不停地嚼肉，四叔上去又踢了大壮一脚。

三奶就是那个时候死的，三奶躺在炕上想着自家的黄母狗伤心，三奶又见四叔踢倒了四婶骂四婶，三奶还见四叔踢倒了大壮是踢了两脚，三奶就骂四叔和土匪二叔一样是该“挨千刀剐的”。四叔就骂了一句三奶“老×活够了！”三奶就一口气上不来，一口痰堵在喉咙，死了。

三奶死后，天上又落了些雪，旱塬就刮风，风把新落的雪三分有二的刮到了塬下，旱塬的老人小伙都骂了天：狗日的天。

六

旱塬村人没骂错老天，来年天旱得果然没多少收成。收成不好锅里就稀清，几乎每家都可以看到锅底的斑斑锈迹。旱塬村浮肿的病人一天比一天多，四叔却在公社主任来大队检查工作时汇报说，粮食收成不太好但营养好。

村人对四叔都有了看法。

四叔是一夜之间被推下台的。

推四叔下台的就是那年被四叔接替了村长职务的罗有奎，四叔最终的失败也结束了旱塬大队的权威职位，此时的有奎比当年的四叔有力量的多。全国搞运动，搞“四清”，搞“破四旧”，四叔是被有奎清理出来的“四类分子”。有奎带着一帮青年人闯进四叔家，站在四叔面前的时候，四叔刚睡觉起来还不明白啥叫“四类分子”。四叔提着裤子问有奎要公社的公文看，四叔根本不信公社会任命有奎当村主任。有奎就掏出一张纸也像那年四叔在他面前一样晃了晃，四叔就看到了官印，血一样红，但这次四叔看到血一样的官印没有一点激动，四叔的脸白了。

世道不一样了，世道变成了有奎一夜之间把四叔推下台，有奎成了旱塬村大队革委会主任。并且这个革命委员会主任一上台就把当年推他下台的四叔定为四类分子。

有奎召集村人宣布他当大队革命委员会主任的时候和批斗四叔的四类分子是一起进行的。那是秋庄稼长到可以藏住人的季节，那年天旱，旱塬村的秋庄稼不如塬下的好，可塬上所有的村人还是寄希望于这些秋庄稼过下半年日月。村人对运动和谁当大队主任或者村长没多大兴趣，村人只对收成感兴趣，学了几年大寨，收成一年不如一年，锅里的一年比一年稀，村人对四叔先前也有了看法，可这回掺着野菜度日的村人却对批斗四叔来了兴趣。

直到批斗开始好长时间，四叔才真正弄清自己的罪行。四叔的罪行与二叔有关，二叔当过土匪是劳改犯，四叔是土匪劳改犯的贤弟孝亲。四叔就接受村人的批判，村人全把锅里越来越稀与自家几人得了浮肿病死掉与四叔联系起来。村人想起有奎十几年前当村长时日子过得还能填饱肚子，眼下有奎又上台，村人就有了吃饱肚子的希望一般都拥护有奎，对批判四叔就更有兴趣。村人中也有激昂者，陈述了四叔好多年前去投奔二叔也要当土匪虽然没当上，但总是想当过，四叔原先就是个土匪的料，还有亲兄长二叔就是土匪。旱塬大队出现了一场罕见的批斗会。

四叔被批斗后，四叔从此就成了每次开会的开场白。那时会多，四叔根本顾不上“四类分子”被监督劳动改造，四叔每天有应付不完的会，有作不完的开场白。四叔有时开会还要接受贫下中农的拳头，四叔有时被打得三天直不起腰。经常执行押送四叔的是四叔提的那个民兵连长和几个基干民兵。民兵连长本来是有奎上台后当不成了，可民兵连长给有奎跪下哭了一次，并且还当场批斗了四叔，民兵连长有奎就用了，并且由民兵连长升成了民兵营长还兼着大队革委会保卫组副组长。民兵营长的手下都是些精壮小伙，动手打人也很实在，四叔有时低头认罪时头低了高了都要挨打，四叔有时被打得没一点人样。

四叔从那天早上被有奎带人带走后，就很少回家，真正苦了的是四婶，摆在四婶面前的是七张嘴和七个永远也填不满像无底洞一样的肚子。

四婶为了维持这些生命，四婶把所有的办法想尽后，就带着大壮求到了娘家。四婶娘家在塬下，收成比塬上稍好点，但四婶娘家也是一大堆人，那年月人际关系都叫粮食给疏远了。四婶一进娘家门，四婶的几个成家的和没成家的兄弟们都躲开她，谁都知道旱塬的日子比别地方的日子更不好对付，不回娘家的四婶在每家锅里日见稀的时候带着儿子回家，兄弟们再明白不过。四婶为了七个孩娃，四婶看着兄弟们的白眼每个礼拜和大壮到娘家吃上两顿饱饭，然后四婶的娘背着几个儿子媳妇给四婶装上三四升杂粮，四婶娘像地下工作者一样先到门外侦察一遍，然后四婶和大壮才猫着腰冲入夜幕。四婶和大壮背着比乞讨来的质量要好点、数量要多点的粮食回到塬顶时，六张嘴已在大丫菊花的率领下早就等在塬边接应，每次都是星星或者月儿挂在半空的时候，这群人才接上头。接上头，大丫菊花就问四婶“几升?”

四婶没有大壮嘴快，大壮说：“四升”，或者说：“三升”。

如果大壮回答说是“四升”，那六张嘴就会发出吃东西一样的“啧啧”声，如果是“三升”，六张嘴也有“啧啧”声，只是声音小些。

四婶带上大壮回娘家背一次粮，回来掺上野菜就可以对付一个礼拜时间。四婶每次到背粮时都发愁，每次都是厚着脸皮赔着笑脸进娘家的门，背回粮在塬边与六张嘴汇合后，四婶才在黑暗里在孩娃们或大或小的“啧啧”声中流一通泪。四婶的悲苦只有四婶一个人心里明白，四叔是无法知道的，那时的四叔是根本不顾家的。大壮也是十三岁的小学四年级的人了，大壮也能够看懂别人的眼色了，大壮也不愿背粮了，大壮连背粮能在外婆家吃上两顿稠些饭食的好差事也不想干了，大壮一直被姐弟们羡慕背粮吃好饭，可大壮不愿去背粮了。四婶就在大壮说不再去背粮时打了大壮一巴掌。大壮挨了一巴掌却不哭，四婶看着大壮却哭出了声，四婶一哭，全屋就有了八个哭声汇合在一起用各种音调哭这日子。大壮哭过之后就又跟上四婶去背粮，只是大壮再到外婆家就寻个角落里不出来，除非吃那两顿饭和背上粮回家时才离开那个阴暗的角落。

四婶的娘每次只能给几升粮，四婶娘怕一次给多了让儿子们发现了一下子断了四婶全家的粮路，四婶的娘知道那年月为了粮食人可以不顾亲情，但四婶娘说不能看着那几个外孙活活饿死。

四叔当“四类分子”也当出了经验，只要革委会主任有奎或民兵营长甚至某个贫下中农随时喊一声“魏有财！”四叔不管干什么都会停下答一声“到！”同时把身体绷得笔直。那时的四叔就一直紧绷着每根神经伸长耳朵到处捕捉“魏有财”三个字，四叔怕挨打。不过四叔的日子也过得下去，大队给“四类分子”管饭，虽然是半饥半饱，到开会时当开场白还有饭吃不用去想下顿能不能揭开锅，四叔还希望多开会就可少干粗重活，反正也有饭吃，四叔的“四类分子”倒也当得滋润。

七

四婶和儿子大壮背粮的历史终于在一个中秋的礼拜天晚上结束了。

四婶最后一次背粮是四婶娘装上粮刚出门被四婶的二哥碰上后断了粮路的。虽然四婶娘还去门外侦察了一番才让四婶和大壮背上三升杂粮出门的，可四婶的二哥冲出来从大壮肩上夺过粮袋时说他早就怀疑上了。四婶的娘当即被二儿子大骂了一顿昏了过去。大壮一把夺过粮袋把粮食往地上一倒拉上四婶走了。那年大壮才十三岁，大壮觉得他长大了。

四婶哭过后头有点疼就睡了一天。四婶头一直疼着想再睡已是不可能了，四婶跟前围着七张嘴，十四只眼睛都饥饿地看着四婶。四婶就爬起来带上孩娃们去挖野菜，四婶只有这个办法了。

野菜维持不到一个礼拜的日子，先是桃花再是二壮开始全身浮肿，四婶又哭了一场，四婶把两个孩子摆在炕上，四婶看着两个孩娃哭个不止，四婶只能哭了。

这期间四叔回来过一次，四叔一年回不了几次家，四叔每次回来都要装一肚子四婶和孩娃锅里稀绿的饭才走。这次四叔回来照样先是揭开锅盖看了看锅里，四叔看到锅洗得很干净，连锅里的几点锈斑都洗得透着红红的颜色。四叔失望了，四叔也愤怒了，四叔把锅盖狠劲地摔在锅上。四叔本想发作，四叔看了看躺在炕上两个“胖胖的”孩娃和一旁垂泪的四婶，四叔就啥也没说走了。

四婶被揪出来批斗是四婶家断了粮路不久。四婶是为了两个孩娃菊花和大壮挨批斗的，菊花和大壮是为了全家这么多空空的肚子挨的四婶的巴掌。那夜很黑，菊花和大壮看着愁苦的四婶和两个弟妹浮肿的样子，还有全家人都空着肚子，大壮悄悄叫上菊花趁夜色进了生产队的玉米地。大壮在这堆孩娃里最懂事，因为大壮跟着四婶背过粮食。仲秋时节的玉米棒上还是些排列有序的嫩玉米芽芽，但也可以充饥。大壮和菊花就用背粮的口袋装满一袋嫩玉米棒回了家。大壮和菊花在油灯下打开一整袋吃食时，全家人没有像原来四婶大壮从四婶娘家背来三升杂粮那样嘴里“啧啧”，全家人的眼睛里都放射出一种灿烂的光。四婶也是，四婶当时眼睛里只装了一袋能够填肚子的嫩玉米棒，四婶身边正躺着两个浮肿的孩娃。

四婶眼睛里见到粮食的光是在油灯突然灭了之后和灯光一起消失的，菊花再点灯时，四婶满眼的只是惊恐，四婶一把夺下已抓起嫩玉米棒就啃的杏花手中的玉米棒，那时四婶的手在发抖。四婶就把目光盯在了有功劳一般泛着红光的大壮、菊花脸上，四婶盯了好长时间才说了一句：“说，是谁叫你俩去的?”

四婶说这句话的时候是不平常的音调，大壮和菊花和所有的孩娃都吓了一跳。大壮和菊花脸上的光就不见了。

大壮怯怯地说：“是我，娘。”

四婶就给了大壮一巴掌，大壮的脸上就红了起来，只是大壮脸红得无光，大壮不哭也不说话。四婶愣了愣，四婶就给菊花也甩过去一个巴掌，菊花捂上脸就哭了。

四婶哭了。四婶哭得很凄惨。

四婶哭了一阵之后，四婶就在脸上抹了一把泪水，四婶就点上火，四婶和孩娃们有两天没吃东西了。四婶用刀把玉米棒连蕊子剁细了煮了一大锅糊糊，四婶招呼孩娃们喝得肚子都滚圆。四婶需要粮食，四婶像没男人的寡妇一样操持着这个家。

四婶是顶替自己的孩娃被抓去批斗的。四婶家那晚熬玉米棒粥的粮食香味被开批斗会回家来的民兵营长闻到了，第二天一早革委会主任就带着民兵营长和基干民兵闯进了四婶家，那时候四婶的一堆孩娃们还饱着肚子睡大觉。

剩下的小半袋嫩玉米棒子在灶间的柴火堆里被民兵营长寻了出来。四婶的孩娃们全醒来惊恐地看着四婶和民兵营长手里的小半袋玉米棒子。

四婶看了看民兵营长，民兵营长是原来跟着四叔的民兵连长，四婶就不再看任何人，四婶只盯着那小半袋嫩玉米棒子。

革委会主任问：“是谁偷的？破坏革命的反革命分子处处出现。”

四婶说：“是我偷的。”

“谁叫你偷的？”

“自己。”

四婶没定为反革命。四婶脖子上挂上了一个纸牌，牌上写着“现行反革命窃贼郭改改”，在“郭改改”三个字上画了个大红叉。四婶叫郭改改，村人都不知道，是从生产队社员名册上查到的。

四婶拉着一个大架子车，上面堆着山似的玉米秸和那小半袋嫩玉米棒。玉米秸是民兵营长派基干民兵砍来的，连别人偷了棒子的也砍了来。

四婶拉着一架子车绿绿的玉米秸在民兵营长和基干民兵地押送下到各个生产队游行，民兵营长提个大铜锣一路敲着。

四婶游行时心里装着七个孩娃的吃食，四婶就屈服了民兵营长让她喊的“我是反革命，我是贼”。四婶这样喊着心里着急，四婶在各个生产队转了一圈到天黑，四婶也没有一点力气，四婶想着早点回家看饿了一天的孩娃，四婶就求民兵营长放她回家。民兵营长看了看天，民兵营长看到的是没有月亮只有几颗不太亮的星星挂在天边的夜空，民兵营长说："可以。"就让基干民兵先回家，然后叫四婶把架子车上的东西搬到大队仓库房里就让她回家。

四婶是用尽全身的力气一脚蹬开压在她身上的民兵营长后才跑进黑夜里的。民兵营长是在那年那个冬雪季的夜里他还是个厨子在四叔让二婶变为四婶的那夜他在屋外挨冻焦渴了一夜就有了想法的，只是他一直没有机会。

民兵营长没达到目的还叫四婶蹬了一脚。第二天民兵营长又拉上四婶批斗时就给加了两条罪名"土匪姘头"和"破鞋"。

四婶胸前的纸牌子换了一个更大的，四婶的脖子上还挂了一双臭脚汗味很浓的破胶鞋，四婶还拉着一架子车玉米秸到各村游斗。那次游斗不像第一次那样只是喊喊，那次游斗是每到一个村庄就叫社员们停工开四婶的批斗会。游行到那年四婶当村长时在民兵连长家喝酒争执四婶是黄花闺女时撤掉的那个小组长所在的队时（那个人如今又当了队长），批斗四婶就最厉害。那天四婶的脚站肿了。

批斗四婶是土匪魏保财的姘头时，村人才想起了那年那个冬雪季，才想起四婶原来的身世，村人已忘了四婶还有过那么一段故事，于是村人在开批斗会之余就回忆了那段往事又互相补充了一下各自遗漏的细节把那段故事尽量说的圆满、正确。

四婶在村人的回忆中才记起了自己的一切，饥饿的日子使四婶只顾眼前，一想到过去和眼前自己日子的艰难还有四叔对她及一堆孩娃的态度，四婶真真切切地流了一通酸酸的人世悲苦泪。四婶流过泪后，就麻木了，像木头一样被基干民兵推来推去拉着大架子车批斗，四婶不知道天黑天明，四婶也像木头一样叫民兵营长在一个也无月有几颗不太明亮的星星夜里实现了他的想法。

四叔在"四类分子"当得很顺当时看到四婶也挨斗时，四叔只对四婶后两个罪名申辩了几句。四叔申辩的结果是叫基干民兵痛快地踢了几脚。

四婶回到家是从死去的孩娃桃花紫青的脸上才清醒的，四婶看到桃花可怕的脸，四婶才从麻木中走了出来。四婶如梦醒一般怪叫了一声就昏死了过去。

四婶醒来时，四婶首先闻到了玉米糊糊的香味，四婶看了四周围一个个把糊糊喝得很响的孩娃们时已是深夜。四婶接过大丫菊花端来的一大碗玉米糊糊没问是从哪来的，四婶就急急地喝了。四婶喝了一大碗糊糊后便有了点精神，四婶就看到了很多……

四婶看到了一条路，四婶看到只有那么一条路，那就是死。

四婶啥也不顾了，四婶只想死。

四婶想到死的时候四婶含着泪看了看喝玉米糊糊的每个孩娃的脸，四婶没看到她很想看到的那张脸，那就是大壮的脸。四婶大吃一惊，四婶失声问菊花大壮呢？菊花说刚还在，大壮弄回玉米棒后菊花只顾熬糊糊了。四婶问不出大壮的下落，四婶的神经一下就绷紧了，四婶刚松弛了的神经绷得快断了，四婶丢了魂一般。

四婶看到推门进屋的是她的孩娃大壮，四婶跳下炕扑了过去就把大壮紧抱在怀里。大壮惊恐的在四婶怀里说玉米棒是他偷的，大壮说是他一人偷的这次没有菊花。四婶失声痛哭起来。

大壮见娘一下哭得这么伤心，大壮也就哭了，大壮哭着说："娘，你打我吧，我偷了玉米棒回来，我还去等在玉米地里，给往回走的民兵营长后脑勺上一砖头。"

四婶听大壮说，四婶惊愕地看着大壮，看着大壮四婶哭得更惨，四婶咋舍得下这么个儿子和这一大堆孩娃呢？

在那一刻四婶放弃了死，四婶看到死去的桃花，四婶看着全在哭的一堆孩娃，四婶搂着能给民兵营长一砖头的大儿子大壮，四婶就不想死了，四婶想着要活下去，四婶搂着大壮想一定要活下去。

当四婶得知民兵营长头被打破住院后，四婶吊着心守着大壮在屋里不出来。待大队革委会主任罗有奎查了一阵谁打破民兵营长的头没查出也就不查了，四婶才把心放回肚里，操心一家人的吃食。

日子在苦难里过得缓慢。但日子还是一天挨着一天过去了。

运动斗争不再激烈时，四叔回家了，四叔还是"四类分子"。

四叔回到家和没回家一样，这个家都是四婶带着孩娃们操持着吃食，四叔回到家只是多添了一张嘴。

八

二叔是在一个飘雪的冬日黄昏回来的。

二叔回来的时候全国已没有了运动。

二叔回来的时候农村已饿不死人。

二叔回来的时候，刮着风，旱塬村在无遮拦的风中，风把飘在空中和落在地上的三分有二的雪刮到了塬下，旱塬村的老人看着塬上塬下的雪薄厚不一就骂：狗日的老天。

二叔在飘雪的冬季里提着一个大提包站在了场屋前，二叔在飘雪中看着破旧的场屋，二叔也把二十三年前发生在这个场屋门口的事看得很清楚。二叔手摸着下巴上的胡须，二叔听到下巴发出和风一样的声音，二叔就听到了他自己悲凉的一世。

当四叔的大儿子大壮长得跟四叔一样的身体站在二叔跟前时，二叔才把二十三年的往事收回。二叔就看到了一个二十三年前那个冬雪季带着政府来抓他的年轻的四叔站在面前。

二叔愣了。

“你找谁?”大壮问二叔。

“我是……魏保财”二叔不愣了就说。

“问你找谁?”

“这场屋是我的!”

二叔说这话的时候，二叔就看到从屋里走出一个女人，二叔照了那个女人一面，二叔就两眼发直，二叔就直勾勾地看着菊花。菊花长得像四婶。

大壮看到陌生人用那种眼神看姐姐，大壮就上去推了一把二叔。大壮要赶走这个人。

二叔从梦中醒来一般。二叔叫了一声：“改改!”

二叔的叫声在飘雪的场院里有些特别的响了一阵。四叔和四婶就是那个时候奔出屋来的。

四叔四婶也认不出二叔了。

二叔也认不出四叔四婶，二叔只认出了菊花是他二十三年前用花轿抬来的也是他在新疆劳改时一直没忘记的改改。

二叔能叫出一声“改改”，四婶就突然想到了是谁。但四叔想不起来，四叔认不出二叔，也不会想到能是二叔。二叔走了二十三年，二叔眼下已老得像一个将死的村中老人，虽然二叔站在飘雪的场屋前时才五十一岁。

四叔是在二叔讲了几次自己的名字后，四叔才十分不相信地认出二叔的。

这是一个不好处理的场面。二叔、四叔、四婶都站在雪地里任雪在各自的头上飘过，但事实总是飘不到这三个人的现实里来。面对这样的场面，四叔也不请二叔进屋，二叔也不好当着已拥出屋的一大堆孩娃面进屋。四婶最为难，四婶不看二叔、四叔任何一个人。

还是大壮懂事，大壮把二叔、四叔和四婶请进了屋。

二叔进屋看了看屋里的杂七杂八，二叔看了看一屋的孩娃，二叔就悲凉地看了一眼四婶，四婶也看了二叔一眼。二叔从四婶脸上看不出二十三年前的那个改改，二叔就把目光搁在了四叔脸上，二叔就看出了四叔脸上的许多颜色但二叔没有愤怒，二叔看到的是二十三年后的四叔，二叔没法愤怒。

二叔就把目光扯回来搁到四婶脸上，二叔没看到多少颜色，二叔眼前有些黑。

二叔再看屋里的孩娃姑娘小伙一堆，二叔就说：“这是我的屋。”

四叔不语，四叔过了阵才有气无力地点了点头。

四婶就看了看二叔，四婶却看出了二叔脸上的许多颜色。四婶就流泪了。

四婶再看看四叔，四婶也看到了四叔脸上的许多颜色，四婶的泪就更多。

二叔也流了泪，二叔看到四婶的眼泪顺着四婶多皱的脸往下慢慢地走着，二叔就想到二十三年前和他拜过花堂的改改，二叔就心酸地流了泪。

二叔流够泪后，二叔就对四叔说：“这是我的屋，你搬出去。”

四叔不语。

二叔又说：“这是我的屋。”

四叔这才看了看屋，四叔就看到了二十三年前的那个冬雪夜。四叔从那时一直就占有了这个屋，四叔没想到会有今天。四叔就看了看二叔。二叔也看了看四叔。四叔就看了看屋里一堆孩娃。二叔就看了看屋里的一堆孩娃。二叔的目光不凶，但二叔的目光收不回说过的话，二叔的话在目光里写着。

四叔就搬了出去，四叔全家搬到了三奶的屋里去住。

四叔腾出了二叔的屋，二叔就对四叔说："人都走?"

四叔说："都走!"

二叔说："改改呢?"

四叔说："孩娃都一大堆了。"

二叔说："不行!"

四叔说："都老了。"

二叔说："改改是我用花轿娶的。"

四叔被二叔的话咬了一口，四叔脸上颜色很重地低下头。

四婶随孩娃们搬走了。

九

二叔请人把场屋整修了一遍，把场屋二十三年的痕迹全部除去后，二叔就开始往大队、公社跑，二叔要政府判四婶跟他过日子。

村人都知道二叔回来了，二叔带回来两千多块钱，村人说二叔到新疆劳改还发了财回来，这世道。村人说二叔那年是被判的无期徒刑，咋就回来了？还带回那么多钱，这世道!

二叔不多说话，二叔见了村人也不打招呼。和二叔一起长大的人现在都站在塬边看着塬上塬下的雪薄厚不一骂："狗日的老天!"二叔像原来一样不骂天。

二叔落上了户，但二叔提的事没人管。二叔就买了烟酒大队、公社的送上去。二叔的事就有人管了。先是大队支书管，大队已在运动结束后换了领导，原革委会主任罗有奎随着运动的结束也就结束了他的权威。新支书是年轻人，高中生，公社重点培养的接班人。支书吃了二叔从新疆带回的葡萄干说"好吃"，二叔就让支书拿了一大包，支书就看了看二叔布置好的场屋。支书问二叔："听说你有两千块钱?"二叔说："没那么多，一千二。都是那时打土坯一分一分攒的。"支书问二叔那钱咋用，二叔说想拾掇个家。

支书说："是该有个像样的家，年龄大了该有个照应。"

年轻支书很会当支书，二叔很感动。

"不过，"年轻支书说："孩娃都一大堆了，人也老了，先前没个婚约，这事要四婶拿主意。"

二叔一愣，急了，说："我把改改用花轿抬来的，拜了花堂。"

支书说："这个不好说，不像现在有政府的结婚证。"

二叔就很悲惨地低下了头不再说话。二叔在新疆劳改了二十三年，二叔拼命干，二叔用汗水换来减刑，从无期到有期，从大数字到小数字，二叔为的是能再回到旱塬村。二叔想的是能和二十三年前拜了花堂的新娘入洞房。

二叔就又去找公社，公社书记到旱塬大队检查冬麦长势时来了二叔的场屋，二叔很感动，二叔热情接待。

公社书记吃了二叔从新疆带回的葡萄干说了声"好吃"后才说："这件事好办，大队支书都给我汇报了，过去村人没有婚约的多了，相互愿意成亲就是夫妻，你和郭改改同志拜了花堂，现在她和你亲弟弟过日子，又生了一堆孩娃，这件事你做哥的就让吧。"

"不行！我这多年为的啥？"二叔又激动了，二叔说："那年老四硬说我霸占的民女。"

公社书记说："就那个年代了。"

二叔说："我没霸占，我是求了亲，请了媒婆，是用花轿把改改从黄花闺女抬过来的。"

公社书记过了会问："一定要郭改改？"

二叔说："一定要！"二叔说这话时二叔又看到了那年那个冬季拜了花堂的改改。

公社书记就说："那就让郭改改同志拿个意见。"

叫来四婶、四叔。公社书记把情况一说，四叔急了，四叔看着四婶急急地说："一大堆孩娃要过日子。"

四婶听四叔这么说，四婶的眼泪一下就冲了出来。

公社书记说："郭改改同志，你拿个意见？"

二叔急说："我为了你在新疆流了血流了汗，我为的就是和你过日子。"二叔看着四婶。

四婶眼泪更多，四婶在公社书记的催促不下抹了把泪说：“我都老了，孩娃也大了。”

二叔急问：“你的意见？改改。”

四婶不敢看二叔，四婶惶惶地说：“我和孩娃们在一起，孩娃们成家了，我给他们抱孩娃。”

二叔跳了起来：“你看看我，你再看看你，过的啥日子?”

二叔这么一说，四婶就痛哭了起来，四婶就看到了这么多年的日子，四婶看到了那年那个冬雪夜，四婶看到了四叔踢她也踢他们的孩娃，四婶看到了饿死的桃花，四婶看得最清楚的是四叔吃了苦狗肉连踢了她两脚连踢了大壮两脚，四婶就看到她为了吃食和大壮去背粮看的白眼和断粮路的情景，四婶就看到她挂着有三个罪名的大牌子被游行批斗，四婶还看到民兵营长压在她身上看到大壮给了民兵营长一砖头，四婶看到了这二十多年的日子……

四婶痛哭不止，四婶没听到过谁说她过的啥日子，四婶只有为了过日子而操劳受委屈。

二叔蹲在地上哭了，二叔脸上的沟沟坎坎里蓄满了泪。

四叔站一旁斜眼二叔，四叔露着胜利者的目光。

公社书记劝了二叔，又劝四婶。公社书记要四婶拿好主意。

四婶就止住哭，四婶走到二叔身边，说：“我和他过了。”

二叔和四婶到公社领了结婚证，也没举行仪式，四婶就搬回了场屋。

四婶变成了二婶。

二婶的几个孩娃也愣过一阵，大壮菊花懂事，他们看到娘为了他们挨四叔的打受舅们的白眼受大队的游行批斗，想到娘过的日子，就都不怨娘，却把四叔疏远了。

村人在背后咬二婶的舌头，村人想到二婶这么多年的光景，村人叹口气就不再咬舌头。

二叔二婶过上日子，二叔有钱，置了些家当，二叔给二婶扯了衣裳，但二婶还是老了。二叔找不到那年那个冬雪季的改改，只有眼前的二婶。但二叔完成多年的想法入了洞房，二叔也待二婶新娘一般好，知冷知热。二叔有了家，二叔实现多年的想法，二叔二十三年的凄凉就没了，二婶还是操心着一大堆孩娃，但二婶日子好过了些，二婶也渐渐胖了。

来年，二婶生了个男孩娃。那年二婶四十六岁，二叔给他的孩娃取名留根。

二叔有了家也有了孩娃，二叔会过日子，二婶少操了不少心。

政策变了，地又分到户，日子也越变越好过。旱塬村人都可以吃饱肚子了。

二叔种着责任田，二叔回家抱上留根到村里地头转，外村人来旱塬村走亲戚，见了二叔还以为是爷孙俩。二叔不在乎外村人的目光，二叔照样逗着留根叫他爹，留根就叫了，留根叫得二叔化解了二十三年的苦难。那时二叔的身体已一年不如一年。

四叔恨二叔，四叔整天喝酒，但四叔已喝不出二十多年前的那份舒坦，四叔不顾地里庄稼，大壮和菊花弟妹们也把自家地里弄得有好收成。

二婶操心着孩娃们，孩娃们大了，二婶就四处托人给菊花找婆家给大壮、二壮寻媳妇。二婶有了留根的第二年，菊花出嫁了，菊花嫁到了塬下，大壮二壮也都相继订了媳妇。这些都是二婶一人操劳着，二叔有些心疼二婶，二叔却不拦二婶，二叔只顾抱着留根。

二叔最后躺下不能起来是二叔在一个雪天里不小心滑了一跤后就再也没起来，二叔的腿不能走路了，二叔的腿劳改前叫别人打过。

大壮懂事，大壮带上弟妹就给二叔地里做活，大壮也常到二叔的场屋来帮二婶干这干那，大壮也抱留根，还逗留根叫哥。二叔躺在炕上听了也高兴。菊花回娘家看二婶，每次都先来二婶家，给二婶送吃的补的。菊花常忘不了给留根好吃的，菊花有时也给四叔买一两条烟但不给酒，菊花的男人买个汽车跑运输，菊花过的好日子，但菊花常操心着娘，菊花知道娘不易。

二婶很受孩娃们的尊重，二婶在村里也有脸面。

十

那年腊月，落了一次雪后，旱塬村的地上三分有二的雪像往年一样被没遮拦地刮到塬下，旱塬村老人站在塬边看着塬下冬麦地里的雪比塬上冬麦地里的雪厚，塬上的冬麦露着头颅在雪外张望，旱塬村的老人照样骂一声：狗日的老天。

但旱塬村有收成，旱塬村人把地伺候得好，干旱也有收成。

腊月好日子，大壮在一个吉利的有九的日子结婚。大壮媳妇就在塬上。

大壮打扮一新，大壮也像其他村人结婚一样用汽车接新娘，菊花男人开上“东风”卡车给大壮接亲。

二婶操办大壮婚事，留根跑过去拿根竹竿挑一串鞭炮迎新娘。大壮就把二叔背过去放在檐下火炉边的藤椅上，二叔坐那里看大壮拜花堂，二叔的眼里不知不觉就有了泪水，二叔看到了那年那个冬雪季也是腊月吉利日子的自己。

四叔在人堆里走来走去，四叔想得最多的是那年那个冬雪季他所做的一切，四叔想着那些看着眼下心里不是滋味。

拜完花堂新人入洞房后，人们开席忙吃的，大壮结婚杀了一头大肥猪，肉多，村人都吃得满嘴闪光。

那一个叫声是在人们只顾吃喜席时听到的，其实人们都把目光盯在桌席上，但那一声叫有些异样，人们就惊奇地寻叫声望去。

一只白母鸡站在院子的一颗枣树上，白母鸡站着的那根树枝细，树枝就颤颤地抖着，白母鸡却站得很稳。那声叫是白母鸡打的鸣，不伦不类，人们才停住看的。

二婶觉得奇怪，二婶就上去做手势赶那母鸡，二婶嫌不吉利。

二婶赶白母鸡，白母鸡不动，白母鸡伸长脖子又打了一个不伦不类的鸣，比先前的声音还长些。

四叔的几个孩娃也上去帮娘赶那鸡，还有别家小孩都赶。白母鸡不动。

留根放完鞭炮，手中一直拿着挑鞭炮的竹竿和一群孩娃闹着玩。留根见娘和哥姐们赶树上的白母鸡不动，留根喊着“打”字冲过去就用竹竿去赶母鸡。留根一竹竿抡过去就打在了白母鸡的头上，白母鸡一头栽了下来躺在雪地上。那根白母鸡站过打鸣的树枝狠劲地晃动着。

那年留根六岁。留根用的是六岁孩娃的劲。

人们看到留根一竹竿打下了白母鸡，人们也不觉得奇怪，人们就开始把目光收回搁到喜席上。

这时四叔走过来一看，一缕红血从白母鸡嘴里流出淌到雪地上，白母鸡和雪地一样白。只有那一缕红红的血很新鲜的淌到雪地上。四叔惊叫：“死了?!”四叔一看血，四叔就看到了一个很远的雪夜里的故事，四叔全身呼的一热。四叔看着留根和留根手中的竹竿，四叔就说：“真土匪的种。”

四叔一句话，吃喜席的人皆惊，人们去看屋檐下的二叔。

二叔听到四叔的那句话，二叔嘴里冲出一口血，那口血落在雪地上，很红。二叔就是那个时候怪叫了一声，二叔同藤椅一起栽在雪地上。

二叔死了。

过后人们回想说，二叔那声怪叫像那白母鸡打鸣的声音一样。

那年二叔五十八岁。

十一

二叔死后，过了一年，四叔过来，四叔看了看二叔整新过的场屋，对二婶说：“合了吧?”

二婶说：“不了，我和留根过!”